― 작가소개 ――― 8p.

1. 바라기 ――― 11p.

2. 나의 욕망 ――― 55p.

3. 욕망의 더미들 ――― 91p.

   [고라니와 함께 욕망의 더미들 파헤치기] ――― 96p.

4. 나체로 악수하기 ―――105p.

5. 무한이라는 환상 ――― 159p.

6. 둥지 부수기 ――― 219p.

7. 모든 영원 ――― 251p.

8. 끝 ――― 277p.

└ '욕망' 정의 ――― 288p.

차

23p. ──── 둘이 합쳐 1인분　강하민

65p. ──── 물고기가 산을 넘는다면　신준호

115p. ──────── 낙뢰　채시원

171p. ──── 인간의 결함에 관한 원망법　이동엽

225p. ──── 나는 잘 있습니다　한정우

263p. ──────── 건조한 낭만　김소연

목차

작가

신준호

도시의 쓰레기를 주워 먹고 사는 뿔 없는 사슴. 하릴없는 삶이 불편해 산을 탈출해서 사는 중. 가끔 개구리를 동경함.

강하민

영화 연출 공부하며 세상을 배우던 철부지.
욕심쟁이라 영화를 보는 것만큼 먹는 것, 노는 것, 듣는 것, 자는 것, 일 벌이는 것을 좋아한다.
'그럴 수도 있지'라는 마법의 단어가 입버릇이며 그 단어로 자기합리화하는 것을 즐긴다.
놀랍게도 아직 본인 자신을 완전히 다 안다고 확신할 수 없는 덕분에
인생에서 가장 험난한 모험인 자기 자신을 알아가는 모험을 천천히 진행 중이다.
앞으로 많은 일들이 벌어지겠지만 분명 행복할 수 있다는 믿음 하나로 살아갈 예정이다.

김소연

안녕하세요 소연 입니다

스물하나의 저는
어스름하고, 고요한 감각에 집중하여
사람들을 관찰합니다

현대를 살아가는 모든 이가 서로를 따라가고 따라하며
입을 모아 말하는 자유와 낭만이
제게는 썩 욕망이 되는 것 같지 않습니다
돌아보면 빛이 나고 내면에 새겨질 수 있는 자유와 낭만을
좇는 삶을 살고싶습니다

모두가 경험했지만 숨겨져있는
우리를 스쳐간 어스름한 감각을
이야기합니다

이동엽

만 스물두 살의 철없는 몽상가 (2025년 10월 기준)

보드게임과 문학을 사랑하며, 머릿속에서 시시각각 새 우주들을 창조하고 그 속에서 부유하기를 즐긴다.

세상에는 재밌는 것들이 너무 많다. 그렇기에 죽음은 넌센스다. 그 말도 안 되는 부조리로부터 인간의 구원을 바라며 맹신하게 된 것은, 예술도, 종교도, 철학도 아닌 과학이다.

"내가 죽기 전에는 영생하는 기술이 발명되겠지. 나는 과학을 믿어."

그럼에도 불구하고 재수까지 해가며, 과학과는 다소 거리가 있어 보이는 한의학을 전공으로 택했다. 그것은 필자 본인에게도 의외였다. 전통의 한가운데에서 두리번대며 현대 과학을 찾는 일. 그 일을 업으로 삼게 된 건, 어쩌면 친구들의 농담처럼 장생술을 익혀 무한한 행복을 채굴하기 위함이었을지도 모른다.

무한한 행복!
필경, 열쇠는 과학이 쥐고있을 것이다. 거기에 요즘 세상에 사라져가는 무조건적인 사랑도 한 스푼쯤 더해야 한다.

우정한(20+N)

솔직한 글을 쓰고싶은 사람이다. 계절이 가져다 주는 마음들을 즐긴다. 공항에 가는 길을 가장 좋다한다. 재즈가 흘러나오던 춤을 춘다.
이 책으로 만나게 될 당신들을 좋아한다. 무척.

채시원

재미있는 일을 찾아다니는 사람. 나에게 재미있는 일이 무엇인지 발굴하그, 직접 그 장을 만들기도 한다. 당신과 우연히 만나지고 싶고, 우연히 만난 당신과 느슨히 오래 함께하고싶다.

01

바라기

2025년 07월 12일, 대학로의 한 연습실

준호 잘 찾아와주셔서 감사합니다. 녹음 시작할 건데. 편하게 말씀하셔도 돼요. 써온 글에 관해서 이야기 할건데, 자기 글에 대해 길게 설명을 해도 되고 -

시원 네. 글 어떻게 쓰신건지 먼저 설명해주셔도 되고, 다른 분들이 어떻게 읽었는지 이야기 들은 후에 말씀 덧붙여주셔도 돼요.

1. 욕망이란 단어의 질감

하민 욕망이라는 키워드를 듣고 생각나는 아이디어가 너무 많았어요. 그러다 보니 아이디어의 스케일이 욕망이라는 단어에 비례해서 커지다 보니까 갈피가 잘 안 잡히더라고요. '이런 이야기를 해도 될까?' 계속 더 깊게만 들어가는 것 같고.. 시작부터 인간의 본능에 관해서 이런 얘기하기가 저는 조심스럽다고 해야 할까요?

준호 아주 동의하는 바입니다.

하민 그래서 조금은 가볍게 시작해보자 싶어서. 욕망이라는 단어를 바라볼 때 드는 생각들과 그리고 욕망이라는 단어를 조금 소박하게 바꿔서 바라기라는 단어로 바꿨을 때. 우리가 이것을 어떻게 대할 수 있을까에 대한 생각으로 한번 글을 작성해 봤습니다.

준호 바라기라는 말이 좋았네요.

시원 욕망이라고 하면은 거대한 느낌이 있으니까. 귀엽게.

하민 네네. 욕망이라는 단어를 보면 계속 진중한 주제로 말을 꺼내야 할 것만 같고, 휘둘리는 느낌이 있을 것 같아서. 가볍게 겉부터 핥아먹으면서 점점 **빠져들어** 보는 게 어떨까 했습니다. 처음부터 게 내장부터 먹는 느낌으로 시작하면 끝도 없을 것 같아서 거리감을 한번 좀 재봤습니다.

준호 시작하며 GD의 노래*를 가져온 건 거리감을 주기 위한 킥이었을까요?

하민 네 그렇죠

준호 합당한 도구였습니다.

동엽 바라다. 어감 자체가 너무 귀여워요.

준호 '난 널 원해'가 아니라 '난 당신을 바라고 있어' 이런 느낌.

하민 그렇죠.

준호 깔끔한 시작이었어.

하민 일종의 직업병 같은 건데요. 아무래도 영화 연출을 하다 보니까. 초장부터 임팩트가 있어야 스스로 마음에 들더라고요.

준호 문창과 영화과들이 항상 강조하는 첫 문장이 제일 중요합니다', '첫 장면에 사로잡아야 한다'.

하민 그런 맥락이죠.

시원 그러면 '욕망'이라는 단어가 갖는 인상이 긍정적인 쪽에 가깝다고 생각하시나요? 아니면-

하민 비겁하지만 중립이에요. 모든 단어≡ 결국 좋은 뜻과 나쁜

---
* "영원한 건 절대없어 결국에 넌 변했지"
*293쪽 QR코드를 스캔하면 작가들의 에세이를 읽어보실 수 있습니다.

뜻이 다 있으니까. 사랑이라는 단어도 사실은 좋은 뜻으로 많이 쓰이지만, 나쁜 뜻으로 가면 그게 집착이 될 수도 있고.. 단어는 모두 이분면적인 모습이 있다고 생각하거든요. 단어에서 우리가 뭘 바라보고 싶으냐의 차이일 뿐이지. 욕망이라는 단어를 처음 들었을 때 되게 부정적인 뜻이라 생각이 되었어요. 근데 조금 생각을 달리해보면 건전하고 진취적인 뜻이었다는 걸 느꼈어요. 욕망이 결국 인간의 원동력이 될 수도 있을 테니. 그래서 저는 욕망에 몰입해서 쓰는 것보다는 좀 거리감을 두고 대하고 싶어요.

준호   그래도 글을 보면 미세하게나마 긍정 쪽에 가깝지 않나 싶네요,

하민   그렇죠. 미세하게 긍정적. 사실 이 글에서 나타나지는 않았지만, 욕망은 좀 아쉬운 것 같아요. 여운이 있으니까. 욕망은 대부분 유통기한이 있다고 생각이 듭니다. 왜냐하면, 욕망은 어떤 것은 몇 년, 빠르면 한 달쯤만 지나도 까먹을 때가 많아요. 순간이 지나가 버리면 '아 내가 그랬었는데'라는 안타까운 여운이 있는 것 같아요.

준호   그죠. 나이를 먹다 보니 뜨거울 때랑 차가울 때랑 완전 다르다는 걸 느끼는 것 같아요. (정우를 보며) 그러면 여기서 '가장 핫가이'. 바라기를 읽으며 느낀 감각을 한번 들어봐도 될까요?

정한   저요?

준호   이 중에서 가장 뜨거운 사람. 옷을 제일 얇게 입으셔서.

정한   약간 부끄러운데요.

준호   부담스러우면 옆에 있는 (동엽을 쳐다본다) 두 번째로 어린 핫가이한테 물어봐도 되니까. 편하게 하셔요.

정한   그렇다면…. 소박하다고 하셨잖아요. 바라기가.

하민 네

정한 근데 저한테는 강하고 담대한 것 같아요. 세상엔 센 단어들이 많잖아요. 억압이나 욕하는 것도 왜 그 말을 하느냐 하면 어감이 세기 때문에 하는 거고. 그런 단어보다는 바라기. 정갈하면서도 직설적이잖아요. 그런 단어가 더 강한 것 같더라고요. 읽으면서 어렵지 않게 확 와닿았는데! 이렇게 써도 바라기가 강하게 느껴질 수도 있겠다는 생각을 했었어요. 예시가⋯.

준호 (장난스러운 표정으로) 혹시 아이젠 소스케 아시나요

하민 당연히 알죠

준호 <블리치>의 최고 악역인데 세상에서 제일 센 사람으로 나오거든요. 그런 사람이 '너무 센 말은 하지마 약해 보이니까' 이렇게 말하는 장면이 있는데. 그런 느낌 아닐까.

시원 오. 처음 들어봐요.

준호 오늘 밥 먹으면서 서브컬쳐 교육 좀 듣자.

정한 (눈을 번쩍 뜨며) 아. 기억났어요. 저가 연극을 하는데. 5명씩 줄을 세워놓고 이제 감정을 하나씩 줘요. 키워드를 주면 이제 1번부터 5번까지 그 감정이 차례대로 커져야 해. 그러니까 첫 번째 사람이 완전히 크게 해버리면 두 번째 사람은 더 크게 해야 되는 거죠.

시원 오렌지 게임 같은 거네요?

정한 그렇죠. 그런 걸 하다가 분노가 걸렸는데 어떤 선배님이 5단계를 하게 되었거든요. 5번이면 엄청나게 세게 해야 하잖아요? 그래서 저는 소리 지르고 윽박지르고 그런 걸 할 줄 알았는데⋯. 아무 말도 안 하고 표정으로만 표현을 딱 하시는데 그게 더 와닿더라고요.

동엽 너무 좋은 비유네요. 절제를 잘하신 거죠.

정한 어떨 때는 절제가 강한 것 같다는 생각이 들었어요

하민 영화에서도 진짜 빌런들은 침착한 광기를 보여줄 때가 많아요.

시원 무용에서도 정지가 굉장히 강한 표현일 때가 많죠.

정한 근데 여백이잖아요. 비어 있다는 뜻인데 왜 강한 걸까요? 그런 정적인 게 왜 세지?

준호 추가될 맥락이 많아서 그런 게 아닐까요?

정한 (맞다는 듯 손을 흔들며) 전에 편지를 받은 적이 있는데. 마지막에 어떻게 적혀져 있었냐면 '여기서 몇몇 문장들은 뺐다. 네가 그거를 상상할 수 있도록 말이야'라고 적혀 있었거든요.

준호 연애편지였구나!

정한 (웃으며) 그런 건 굳이 말하지 않겠어요.

시원 예를 들어 마크 로스코 작품도 완전히 커다란 캔버스에 한두 가지 색만 이렇게 칠해져 있는 작품인데. 투박해보이는 그런 그림 앞에서 사람들이 운다잖아요.

동엽 뭔가 뜻밖의 감정이 몰아쳐 올 수도 있겠어요. 정보량이 갑자기 확 줄어들면.

하민 맞습니다.

시원 바빌론이라는 영화에서도요. 거의 마지막에 계속 색면만 연달아 나오는 부분에서도 사실 그런 느낌을 받았어요. 의도가 어땠는지는 모르겠지만.

하민 영화에서 감정을 극대화하는 방식 중에 하나에요. 정보를 막 쏟아내다 마지막에 오로지 사람 얼굴만 딱 보여줬을 때도. 수많은 정보량을 흡수하다가 흡수하던 양만큼의 표정을 보게 되거든요.

동엽 뭔 느낌인지 알겠다.

하민 오히려 우리가 감정의 여운을 더 느낄 수 있게끔 하는 거죠.

시원 그게 '바라기'의 어감이군요.

2. 욕망과 프로파간다

준호 어릴 때부터 우화 같은 거 보면 욕망 부리는 사람들 다 파멸하잖아요.

하민 그렇죠.

준호 혹부리 할범이라든지 놀부라든지. 그러다 보니 욕망이란 단어에 나쁜 의미가 묻어버린 게 아닐까.

하민 그럴 수 있어요. 모든 매체에서 쉽게 다루는 방법 중에 하나일테니까.

준호 유교적인 감각이 남아 있어서 이렇게 느끼나? 대부분 동양적인 설화들이니까

하민 자극적이잖아요. 재밌잖아요.

준호 일종의 프로파간다의 시작 아닐까. 이제 자유를 얘기하는 설화들은 다 목이 잘리고… '나는 세계 평화를 바란다' 이러면 규탄 받는 거지. 욕망을 통제하지 않으면 사람들과 같이

살아가는 데 힘들긴 하니까.

시원   사회안정을 추구하는 그런 방향이겠죠.

3. 경험한 적 없는 것에 대한 그리움

준호   아주 좋습니다. 그럼 다음 글로 넘어가죠. 정우 님 글이죠?

정한   … 설명이 필요할까요…?

준호   당연히 원하신다면!

정한   욕망에 대해서 적어봤는데요. 원래 저는 제 이야기를 하는 것을 안 좋아해요. 그래도 지금은 좀 특수하다고 생각이 들어서…. 에세이를 쓰면서 나를 좀 이해시켜주고 싶다. 그래서 개인적인 이야기를 썼던 것 같습니다.
옛날에는 화려한 글을 쓰는 걸 원했거든요. 멋있고 이상 같고 이런 글을 쓰는 걸 원했는데. 어느 순간부터 그런 글이 SNS에서 많이 보이더라고요. 멋있는 척을 그들이 안 멋있었어요. 그러면 멋있는 글은 뭐지라고 생각을 했을 때, 담백하고 정갈하게 쓴 게 제가 느끼기에 되게 멋있더라고요. 그래서 그렇게 쓰려고 노력해 봤습니다.

시원   그러셨군요, 그래도 오글거리더라도 쭉 길게 써보면, 나중에 다시 읽으면 좋은 문장을 발굴해낼 수 있을지도 몰라요.

준호   맞아요 맞아.

정한   혹시나 해서 따로 쓰레기통을 만들어 놨긴 했어요.

시원   오 역시.

준호   알뜰살뜰하다.

준호 접근이 참 좋은 것 같아요. 본인이 말한 담담한 접근법일까? 단어 하나 가져와서 조각 내보고 거기에 대한 이해로부터 시작하는 것, 'desire'에서 '별을 간절히 바라다'까지 가는 방법이 멋졌네요.

동엽 여기 쉼표는 의도된 건가?

정한 그쵸, 제가 배치를 중요하게 여기거든요. 문장이 다섯 개잖아요. 중간에 하나 넣으면 재밌을 것 같다는 생각이 들었는데. 어떤 책을 읽고 쉼표가 앞에 있는 게 인상 깊어서 써 봤습니다.

동엽 저도 강렬한 글을 써보고 싶어요.

정한 잘 쓰실 것 같은 느낌이 들어요.

동엽 진짜요? 저는 잘 못 씁니다. 다양한 생각이 많아서 하나로 통일이 안 돼요.

하민 저는 읽으면서 '걸음'에 대해서 쓰신 게 인상 깊었거든요. 문장을 읽는데 한정우라는 사람이 여태까지 8bit 모자이크처럼 보이다가…. 걸음걸이에서 이 사람이 어떤 골격과 어떤 큰 틀을 가졌는지가 확실하게 보이는 느낌이라서 좋았습니다.

정우 (부끄러워하며) 아 그랬나요.

하민 걸음걸이가 사람의 상태 잘 보여주는 디테일한 인간의 몸짓이라고 생각하거든요. 그런 몸짓에서 그 사람의 상태를 포착할 수가 있잖아요. 근데 그걸 으히려 의식하고 행한다는 프로세스를 거친다는 게. 이 사람이 어떤 체계를 가지고 있는 사람인지 알겠다는 말이었습니다.

시원 발걸음엔 아주 많은 것이 담겨있죠.

정한 저도 그걸 보는 걸 좋아해요. 어떨 때는 걸음이 목적이 되기도 하더라고요. 그냥 걷고 싶다가 아니라 난 이렇게 걷고 싶다. 이렇게도 걸어보고 싶다는 생각이 걷게끔 만들어요.

동엽 공감되는 게 제가 친구들 글씨체에 되게 관심이 많거든요. 공부를 잘하는 친구나 닮고 싶은 친구의 글씨체를 따라 해 본 때가 있었어요. 이런 사람이 되고 싶어서. 글씨에도 걸음걸이처럼 그 사람이 녹아있다고 생각했어요.

준호 그럼 글씨 못 쓰는 사람에 대한 편견이 있나요?

동엽 글씨 못 쓰는 사람에 대해 긍정적인 편견이 있어요! 자유분방하고 천재가 많을 것 같다. 왜냐하면, 글씨 못 쓰는 친구 중에 되게 똑똑했던 애가 있어요.

준호 (감동한 듯) 내 평생 맘이 삐뚤빼뚤하단 말만 들었는데….

시원 그래도 읽을 수 있게 잘 써욧!

정한 욕망을 쓰려고 보니까, 어릴 적부터 가졌던 그리움들 갈망들 갈증들에 대해서 생각해보게 됐는데…. 제가 경험하지 못했으면 그 갈증이 생길 수가 없잖아요. 어릴 적에 들었던 어머니 아버지의 말씀, 책, 영화, 음악, 복잡하게 뭔가 표상이 됐을 텐데….

시원 아, 저는 정우님 쓰신 글 중에서 "욕망을 경험한 적 없는 것들에 대한 그리움이라 생각하고 싶다."라는 문장이 저한테 와닿았어요. 너무 아련하고….

하민 아주 좋은 말 같아요.

준호 욕망을 감각하는 모습들을 보면 관통하는 무엇인가가 있는 것 같아요.

시원 네. 그 문장을 계속 읽다 보니까 욕망이라는 단어가 되게

연약하게 느껴질 정도로 -

정한   그런가요.

시원   재밌었어요. 솔직한 글이라서.

정한   부끄러운 것 같아요. 이렇게 솔직한 글은…. 레포트는 많이 써봤는데. 이런 건 처음이에요.

동엽   아주 멋있었어요.

하민   동감입니다.

둘이 합쳐 1인분

강하민

01.

놀랍게도, 나는 신을 믿지 않는다.
"제발 신이시여, 알라, 부처, 예수, 하나님. 제발…."
오히려 '신' 보다는 사람을 믿고 사람이 일궈놓은 기술력을 좀 더 믿는 편이다.
"지랄하지 마!"
지랄? 와, 너 정말 <핵심>을 찔렀는걸?
기술력이 만들어낸 목소리는 무미건조하게 파도를 뚫고 나에게 닿았다. 영혼이 없어서 오히려 비꼬는 듯 들리는, 분명 저 녀석의 손을 본다면 크로스핑거를 하고 있을 법한 목소리였다. 혓바닥도 내밀며 윙크 할 것 같은.
"닥치고 묻는 말이나 답해!" 내가 말했고
"닥치고 어떻게 말하라는 건데!" 이건 려율이가 말했다.
려율이는 내 어깨를 때리며 말했지만, 두꺼운 패딩 덕분에 별 타격은 없었다. 저 말만 듣는다면 화나서 소리를 지르는 것 같지만 실상은 그렇지 않다. 차갑고 매섭게 부는 바닷바람에 대비한 귀마개에, 목도리, 패딩 모자까지 둘러 입은 우리는 눈사람처럼 동글동글해서는, 이렇게 소리를 질러야 그나마 서로의 목소리가 들렸기 때문이다. 가족오락관처럼.
"AI한테 좀 겸손하게 말해! 아무리 데이터 쪼가리지만 예의는 지켜야지. 아니면 윤, 혹시 너도 죽고 싶어서 그래? 매트릭스 안 봤어?"
"아니…. 그건…."
물론 당연히, 그건 절대 아니다. 죽고 싶어 하는 사람이 어디 있다고. 그냥 인공지능 따위가 나를 이겨 먹으려고하는, 자꾸 틀린 정보를 되게 뻔뻔하게 맞는 척을 하니까 그 부분이 어이가 없는 것이다.
"자, 알려줄게. 3기 췌장암의 전체적인 5년 생존율은 약 16% 정도, 2년 생존율은 최대 38% 수준, 그리고 수술할 수 있거나 치료 접근이

좋은 경우…"
 이런 터무니없는 소리 말이다. 눈치 없이 최악의 타이밍만 골라서 말하는 놈의 말을 더 들어서 좋을 게 없으니까.
 유난히 격양된 파도들은 려율이를 위로하듯 춤을 추고 있었다. 지금 나오는 저 미친 소리를 들을 필요가 없다는 듯이. 충분한 자료에 근거하여 오목조목 논리적으로 '이봐요 거기. 당신 살날이 얼마 안 남았는걸?'이라는 매정한 말을 듣고 싶은 사람이 어디있을까.

…

 려율이는 파도가 부서지는 걸 바라보고 있었다. 우린 그냥 일출을 보러 온 건데 그녀는 어째서 파도만 보고 있었을까. 파도가 그녀에게 닿기 위해서 격하게 움직였지만 이내 부서지고 말았다.
 파스스-. 우리가 서 있는 모래사장, 눈으로 만든 하얀 솜이불을 덮고 있었다. 파도 역시 추운지 이불을 가져가려고 했지만, 매번 실패했다. 그래도 파도 나름대로 노력을 열심히 했다며 흔적을 남긴 채 모래 속으로 사라졌다. 두 녀석의 치열한 난투전, 그 덕분에 우리는 파도가 어디쯤까지 오는지 알 수 있었다. 나는 안전하게 눈 위에, 려율이는 조금이라도 가까이에서 파도를 보기 위해 경계선을 넘나들었다.
 "해가 안 뜨려나 봐."
 사실 집을 나설 때부터 알고 있었다. 이 날씨에 무슨 일출이냐고. 금방이라도 비가 올 것 같이 무거운 구름들이었다. 그래도 려율이는 별 상관하지 않았다. 해가 뜰지 안뜰지는 중요한 게 아니라고.
 "아이 아쉽다. 그래도 아침부터 이렇게 나랑 함께 할 수 있으니까. 그치?"
 "맨날 같이 있는데 뭐."
 "윤, 장단 좀 맞춰 줘."
 해맑게 웃었다, 덮인 눈을 다 녹일 정도로. 려율이는 애초에 해를 바라보고 있지 않았다. 추워서 볼이 벌겋게 변했고, 코를 훌쩍이면서 나에게 뒤뚱뒤뚱 걸어왔다. 그러고는 능숙하게 내 롱패딩을 타고 팬

티 안으로 손을 집어넣어서 엉덩이를 주물럭거렸다.
"윤, 내가 핫 팩 제대로 터트려놓으라고 했지. 하나도 안 따뜻하잖아 이거."
라며 내 엉덩이를 주물럭거리는 그녀를 보고 그건 핫 팩이 아니라고 반박하려 했는데, 나는 반박 대신 엉뚱한 울음이 터지고 말았다.

02.

민망하게도 나는 종종 울었다. 려율이의 얼굴을 보면 울음이 나는 건 어쩔 수 없다며 스스로 자책했는데, 내가 울 때마다 오히려 려율이는 못 참겠다는 표정으로 나를 덮쳤다.
"누가 그렇게 야무지게 울래?" 변태가 말했고.
"!" 이건 나였다.
매번 내가 울면 귀신같이 찾아와 바지를 벗기려는 그런 노력 덕분에, 울 때마다 무조건 섹스하는, 울음에 점점 야박해졌다. 나름 충격 요법으로 나를 변화시켜 나갔다.
놀랍게도 병을 발견한 계기는 우리의 첫 섹스였다. 누가 봐도 남은 생일 초를 묶어서 만든 금방이라도 바람 불면 꺼질 것 같은 연약한 불빛. 유튜브로 열심히 찾은 조회수 낮은, 하지만 정말 무드 있는 플레이리스트. 분위기를 내보려는 노력에 비해 현실은 500/25 판자촌 반지하라 그렇게 크게 틀지는 못했지만 아무도 우릴 막을 수 없었다. 서로의 눈을 쳐다보았다. 쌍꺼풀과 무쌍이 흠칫, 요동쳤다. 눈동자, 손, 입술, 숨결, 우릴 덮은 얇은 이불 모든 것이.
서툴지만 행복했다. 서로의 사랑을 하나로 차곡차곡 뭉쳐서 너 하나, 나 하나 나누었다. 처음엔 긴장감으로 아무것도 눈에 들어오지 않았는데, 점차 품 안의 려율이가 느껴졌다. 무언가 해냈다는 만족감과 더불어 내가 나누어 준 사랑을 바라보았다. 려율이도 나와 같은 기분이었기를 바라며.

"…어?"
 언제나 인생은 내 간절한 기대를 배신하듯, 내 사랑은 배를 움켜잡고 숨을 쉬지 못하며 바들바들 떨고 있었다.
 그날의 기억은 그 시점 이후로 증발했다. 어찌저찌 기억 나는 건 그 와중에 옷은 어떻게 다 입고 나서, 려율이를 업고 울면서 응급실로 달려간 것. 호흡도 못 가다듬고 눈물, 콧물 자국도 닦지 못한 채 허겁지겁 의사 선생님께 우리의 첫 경험을 상세하게 다 말했던 것. 별거 아니라고 어이없다는 듯 의사 선생님이 말했지만, 아니. 나는 너무 불안하고 무서워서 제발 X-Ray라도 찍게 해달라고 빌었던 것. 그리고 확대된 의사의 동공 모양. 그 동공 안에 머무른 우리 둘.
 려율이는 오히려 덤덤했다. 그냥 단지, 해가 떠오르는 거. 바다가 보고 싶다고 했다.

...

"근데 려율아. 혹시 소원 같은 거 없어?"
매우 당연한 질문이었을 수도 있다. 하지만 쉽사리 묻기 어려웠던 질문이었다.
"내 소원?"
려율이는 한 번도 생각해 본 적 없는 문제라는 듯 곰곰이 생각하기 시작했다. 음…,허…,차암…,같은 효과음을 내면서 진지하게 고민하던 려율이는 이내 포기선언을 하곤.
"뭐, 그냥 행복했으면 좋겠어. 평생."

 알다시피 소원의 대부분은 이뤄지지 않는다. 려율이랑 결혼해서 평생 행복하게 살고 싶다는 소원도, 그냥 행복했으면 좋겠다는 소원도 그런 타입에 속하는 듯 보였다. 그럼에도 그걸 이루기 위해서 최대한의 노력을 하는 게 어쩌면 우리가 가지고 있는 소원의 의미는 아니었을까. 우린 따로 이야기한 것도 없었는데 당연히 그래야 하는 것처럼 하루하루를 열심히 보냈다.

려율이가 나를 변화시켜 나가듯, 려율이도 스스로 다짐을 한 것인지 어느 날 갑자기 헬스를 끊었다. 그것도 무려! 1년치를. 나는 이왕 10년치로 끊으라고 했는데 우리가 돈이 어디 있냐며 혼났다. 그래도 려율이의 변화는 나를 다시 한번 끌어올려줬다. 운동을 한다는 것은 살고 싶다는 의지를 불태우는 것. 려율이가 노력하는 만큼 나 역시 뒤처지면 안 되니까.

"윤, 나 운동 다녀올게! 오늘은 와사비 닭가슴살로 준비해 줘!"

파도 같은 웃음을 남기며 내리막길을 내려가는 그녀는, 메아리만 남기고 잠수를 하듯 땅 아래로 잠겨 사라졌다.

03/24.

"포기하는 것은 나쁘지 않지만, 자신에게 거짓말하는 것은 좋지 않대."

려율이가 플라스틱으로 만들어진 조악한 마감의 미끄럼틀을 타고 내려오며 말했다. 정전기가 려율이를 좀 더 풍성하게 만들어주었다.

"그거 진짜 좋은 말이다. 누가 말씀하신 거야?"

"봇치 더 록 주인공이"

"진짜 별로다."

푸핫-! 하고 웃으며 자칭 자라나는 새싹은 다시 미끄럼틀을 타러 갔다. 봄이 다가오는 이 시기, 적절한 바람과 나름 선선한 온도, 아이들의 웃음소리가 우릴 신나게 했다. 금방이라도 피어날 것 같은 벚꽃 봉우리 아래 어린이들이 타라고 만들어 놓은 시소에 앉아 나는 혼자서 펄쩍펄쩍 뛰며 어린이들 사이에 티 안 나게 섞여 있었다.

사실 난, 이 대화의 흐름을 아주 잘 안다. 분명 려율이가 무언가 대단한 걸 말하기 전 깔아주는 충격 방지용 밑밥이라는 걸. '진짜 별로'라고 말했지만 내심 스스로 긴장하고 있어서 저렇게 퉁명스럽게 말한 것. 솔직히 저 때의 감정은 지금 생각해 보면 잘 떠오르지 않는다.

"윤, 있잖아. 나도 그래서 스스로한테 거짓말 안 해보려고. 그러니까 잘 들어줘야 해."

이 이후에 한 말 때문일지도 모르겠다.

"나 진짜 진지하게 생각하고 하는 말이니까 화내지 말고 들어야 해. 진짜 진지해."

"응. 좋진 않지만, 말해줘."

"전에 소원 있냐구 물어봤었잖아. 그래서 나도 좀 곰곰이 생각해 봤거든?"

"오, 뭔데?"

"윤, 너가 내 자살을 도와주는 게 소원이야."

...

아무 말도 못 했다. 너무 놀라면 소리도 안 나온다는데, 그게 지금 이구나 싶었다. 진지하게 하는 말이니 나도 진지하게 들어야겠거니 생각했는데, 전혀 진지하게 생각할 수 있는 문제가 아니었다. 내 인생에 있어서 자살이라는 선택지는 전혀 없었을뿐더러 함께했던 일상에선 전혀 그런 낌새가 보이지도 않았기 때문이기에.

그래도 무어라도 말을 해야만 했다. 지금 내가 뱉을 말이 어쩌면 제일 중요한 기점이 될 수도 있겠다는 생각이 들었기에 하고픈 말을 속으로 수백 번을 되뇄다. 그리고 차분히 쳐다보았다. 욕망은 눈에서, 의도는 표정에서, 속마음은 자세와 태도에서 나오는 것을 알기에 더욱 더 차분히 수천 번의 되새김질 혹은 담금질을 끝낸 나는,

"나도 그럼 려율이 너 따라서 같이 죽을 거야!!"

괜히 주둥아리 길게 변명하지 않겠다.

려율이는 항상 그랬다. 화내면 때리고, 때린 것에 대한 이유를 알려주지 않았다. 나는 제법 뒤끝이 오래가는 편이기 때문에 맞은 것은 웬만하면 기억하는 편이라고 표현하는데, 려율이는 쓸데없이 기억

력이 좋다고 비아냥거렸다. 얼씨구 그것도 기억했거든.

려율이가 '진심주먹'으로 날 패고 있었다. 나도 나의 말이 무슨 뜻으로 해석되었는지 짐작이 되어서 잠자코 맞고 있었다. 아무렇지 않은 척했지만 려율이도 분명 많은 고민과 고통 속에서 내놓은 답이었을 것일 텐데, 사실 항상 그랬기 때문에. 그런 진심을 나는 장난으로 격하시켜 버렸다. 그렇게 믿고 싶었기 때문이라는 얄팍한 이기심.

그런 려율이를 나는 말없이 바라보다, 또 눈물이 났다. '운동하더니 손맛이 제법 많이 매워졌네'라고 변명해야겠다 생각할 찰나 려율이도 울기 시작했다. 파도가 날 안았고, 나도 그러했다. 우린 말 없이 서로를 품고 울었다. 그게 정답이었다는 듯이. 다른 사람들, 어린이들이 쳐다보든 말든 지금 이 순간, 우리 말고는 이 세상에 아무도 존재하지 않는 것처럼.

"그래도 있잖아, 앞으로도 계속 잘 지내자."

려율이가 조심스럽게 말했다. 너무 많이 때려서 화해의 뜻인지 아니면 다른 뜻이었는지는 모르겠지만. 분명 잘 지내지 못할 나에게 잘 지내자고 말한 게 괜히 머쓱한지 웃으며 말했다. 나는 아무 말도 답으로 내놓지 못했고, 려율이는 내 답을 신경 쓰지 않았다. 대신, 그냥 웃었다.

'3월 24일'. 처음으로 자살이 소원이라고 말한 그날. 나는 본능적으로 생각이 들었다. 지금부터라도 모든 걸 기록해 놓아야겠구나. 사진이든, 일기든, 메모든, 뭐든. 솔직히 이걸 쓰는 아직도 말도 안 된다고 생각한다. 물론 내가 멍청해서 그런 건지 잘 이해되지도 않은 거겠지만. 6년이란 시간 동안 나는 그냥 려율이에 대해 아무것도 모르고 있었구나, 그렇게 생각하기로 했다. 그렇기에 기록하기로 결심했다.

04/01.

 모든 게 다 거짓말이었으면 좋겠다. 려율이가 평소에 나에게 자주 하던 말들처럼. 그 말들은 항상 그런 면이 있였다. 절대로 아닐 법 싶은 일들은 진실이었고, 평범한 일들은 거짓말로 말하는 아주 고약한 면이. 그래서 그런지 오늘 같은 만우절에는 절대로 거짓말을 하지 않았다. 그게 Hip-Hop이라며.
 췌장암, 시한부, 자살. 어째 소름 돋게 만드는 그런 말도 안 되는 단어들로 만들어진 문장이 려율이 입만 거치면 진짜가 되는 일이 생기는지. 이제는 정말로 상관없으니 다 거짓말이었으면 하는 바람이다. 제발 오늘 같은 만우절날, 여태 내가 한 말은 전부 다 진실이라는 거짓말을 했으면 좋겠다고, 그런 섣부른 '만우절 패러독스'가 일어났으면 좋겠다고 간절히 바랐다.
 "추하게 살고 싶지 않아요 저는. 뭐든 시작과 끝맺음은 깔끔하게. 그게 좋아요."
 "하늘아, 그래도 나라가 해준 건 없지만, 받아- 먹을 수 있을 때 최대한 해 먹어야지."
 "그치, 먼저 준다는데 굳이 안 받을 필요는 없잖아."
 "많이 신경 써 주셔서 정말 감사한 마음이에요."
 "하늘아…. 오 하나님."
 보육원 선생님이 안타깝다는 듯 시뻘건 십자가 목걸이를 꽉 쥐셨고, 나 역시 보육원 선생님 옆에서 염주를 만지작거리며 려율이를 바라보았다. 바로 오늘, 우리가 이 보육원을 퇴소한 지 1년째 되는 날. 모두가 4월 1일날 퇴소한다고 해서 거짓말이라고 했는데, 그때도 려율이는 거짓말하지 않았었다.
 사실 뭐 특별할 만한 상담은 아니었다. 형식적으로 대학교 갈 생각은 정말로 없는지 - 지원금 타 먹어야 하니까. 앞으로 미래는 어떻게 살아갈지 - 지원사업 실적 보고해야 하니까. 어떻게 살고 있는지 상담받으러 오면 항상 말씀하시길 결국 이 모든 건 결국 하나님의 은총이라고 했다. 우리가 겪은 모든 고통과 행복, 그리고 이룬 업적들을 하나님 탓으로 돌려버리며 우리는 아무것도 하지 않은 무력한 인간들이 되어버리고 마는 것이다. 그래서 여기 오는 게 참 싫었다.

...

　이상하게 축축한 곰팡내와 알 수 없는 플라스틱 청록타일들이 무식하게 존재감을 자랑하는 이 보육원에는 나쁜 추억만 있던 것은 아니다. 90%의 나쁜 추억과 그나마 좋은 추억 10%. 좋은 추억이라 하면 6년전 려율이를 만났다는 것과 그 시절 이름은 김하늘이었다는 것.
　"하늘? 뭐, 그냥 '대한민국의 246번째 국민' 같은 이름이라 진짜 맘에 안 들어. 아니, 뭐, 짜피 누군지도 모르는 사람이 지어준 이름인데 그냥 내가 짓지, 뭐."
　나도 그 의견에 상당히 동의하는 바. 그렇기에 하늘이는 누가 들어도 임팩트 있게 기억할 수 있도록 발음하기 어려운 '려율'로, 나는 간단하면서도 발음하기 쉬운 '윤'으로 서로를 부르기로 했다. 그때부터였나, 보육원에서의 우리는 의지할 곳이 없어지기 시작했다. 다른 보육원생들이 보기엔 우리가 모난 돌로 보였을 테니까. 그렇기에 더더욱 서로를 믿었고. 내 사람, 내 사랑을 믿었다.
　"괜찮아, 우린 둘이니까 하나인 거야. 탄지로랑 네즈코처럼."
　"뭔…? 대체 어디서 그런 거를 자꾸 보는 거야?"
　"효영이꺼 뺏어봤지. 걔 있잖아, 재미있는 만화책 많이 가지고 있더라고."
효영이가 저 멀리서 흐뭇하게 웃으며 우릴 바라보는 시선이 느껴졌다.
　뭐, 그래도 우린 운이 좋았다고 생각했다. 다른 보육원에서 벌어지는 일들을 들으면 성폭행이니 폭력을 쓰는 곳이 있다고 했는데 나랑 려율이는 '따돌림'만 당했으니까. 우리 둘 다 부모가 없었기에 저기 저 성운이 형처럼 '부모'라는 작자에게 퇴소금이 다 뺏기고 버려져 자살 시도를 하지도 않았고, 서로의 사랑으로 충분했기에 저기 저 윤

지처럼 유부남들과 바람피우다가 뺨아리를 맞진 않았으니. 그리고 그게 자랑인 거라도 된 것 마냥 그들은 계속 떠들고 다녔다. 그럴수록 얌전히 따돌려지기 잘했다고 생각했다.

그런 지옥에 비해 지금 우리가 함께 있는 200/35의 4평짜리 반지하는, 가끔 검버섯 곰팡이가 만든 꽃은 작은 우주가 되어 우리를 반겨주고, 천장에 그려진 침수의 흔적은 뭉게구름이 되어버린 우리만의 새로운 노스텔지어였다. 려율이는 이미 그곳으로 가고 싶은 표정이었다.

"하늘아, 그래도 힘들거나 도움이 필요할 때는 언제든지 보육원에 와도 돼. 형식상으로 일단은 내년에 보자. 하나님은 언제나 지켜주시고 인도하실 거야."

"아유, 당연하죠. 내년에 뵈어요, 쌤."

려율이는 어김없이 거짓말을 했다.

04/22.

"윤, 저게 무슨 별자리인 줄 알아?"

"갑자기 그런 불안한 주제로 대화하지 말아 줄래?"

"저 마지막 별똥별이 떨어지면 난…."

"알다시피 별은 셀 수 없을 정도로 많으니까. 마지막이라는 건, 무한대에 없지 사실."

혀를 찬 려율이가 온몸이 모래에 파묻힌 채로 아쉬워했다. 이것도 어떻게 보면 고약한 취미라고 할까. 춥다고 하기엔 애매하고, 선선하다고 하기엔 좀 살 떨리는 야밤의 모래사장에 묻히는 걸 예전부터 좋아했다. 그것도 알몸으로. 나름 따뜻하고 이렇게 속박되고 압박되는 기분이 되게 좋다고 한다.

"저기 저어- 쪽에 별 보여? 저게 무슨 자리게?"

"음, 뭐 어디?"

"저기 있잖아 저기."

려율이는 열심히 눈빛으로 알려주었지만, 나는 밤 하늘 대신 려율이 눈동자만 바라보았다. 그게 심술 난 건지는 몰라도 갑자기 눈을 엄청나게 깜빡거렸다. 나도 질 수 없어서 똑같이 깜빡거리며 응수했다. 그러더니 모래 무덤에서 팍-! 하고 손이 튀어나와서는 내 고개를 억지로 돌렸다.

"자, 저기는 바로."
"바로?"
"머리털자리야."
"이야…. 거짓말."
"진짜야. 머리털자리."

놀랍게도 머리털자리는 실제로 있었다. 별 3개만 있으면 어디서든 우길 수 있는 모양으로 당당히 존재했다.

"근데 갑자기 머리털자리는 왜?"

내가 어느 정도 다시 탄탄하게 모래를 다잡고 나서 묻혀있는 모래 무덤을 베게 삼아 누우며 물었다.

"아니 뭐, 그냥. 머리털자리. 찾기 쉽잖아? 별 3개만 찾으면 되니까."

밤하늘을 보았지만, 별은 어디에서도 찾을 수 없을 정도로 날씨가 흐렸다. 전혀 보이지 않았다. 별은 커녕 달조차. 파도 소리가 우리의 말을 쓸어 담았다. 모래 속이 제법 따뜻한 건지 만족스러운 콧소리를 내며 스스로 팔을 무덤 안으로 가져다 놓았다.

그 모습을 보니 갑자기 소름이 돋았다. 본능적인 소름. 그래서 나는 삽이 있다는 것도 까먹고 손으로 려율이를 꺼낼 수 있을 정도로만 다급하게 파냈다.

"뭐해?"

손톱에 모래가 끼였지만 상관없었다. 계속 파내고는, 려율이를 쑥- 하고 뽑아서 꽉 안았다. 다행히도 늘 그랬듯, 따뜻했다. 모래의 축축함과 까슬거림이 얼굴로 느껴졌지만 상관없이 더 꽈악 안았다.

"윤, 뭐해. 나 추워. 나 다시 들어갈래. 놔 줘."
"사랑해."

어림도 없지, 키스 했다. 그리고는 다시 아무 말 없이 꼭 안으니 려율이도 나를 안았다.
"사랑해."
말하기 전에는 잘 몰랐는데, 확실히 말하면 갈할수록 감정이 선명해졌다. 사랑해. 사랑은 주거나 받거나 그런 것이 아니었다. 사랑을 하는 것, 동사. 동사는 추진력을 얻어 스스로 생기고, 깊어져서는 가슴 근처에 담기는 것. 그렇기에 이렇게 잠깐 그 순간이었을 뿐인데도 가슴이 아린 것 아니겠냐며 생각해본다. 파도 소리가 다시 저 멀리서 들려왔다. 쏴아아- 철썩. 곱게 부서져 내리는 소리. 수건으로 가볍게 몸을 털고, 가져온 옷을 입혀주었다. 이제 집에 가자. 그러자 려율이도 고개를 끄덕이며 좋아했다. 우리는 모래사장에 서로의 발자국을 남기고, 그 위에 서로의 발자국을 덧씌우며 걸어갔다.

05/09.

저번 머리털자리에 대한 어이없음인 건진 몰라도 별자리에 흥미가 생기기 시작했다. 그러다 보니 이것저것 정보를 제법 많이 얻기 시작했는데.
"대한민국에서 별이 제일 잘 보이.."
"안반데기."
"뭐야, 그런 건 어떻게 아는 거야?"
려율이가 나를 빤히 쳐다보다가 어이없어했다
"세상에 맙소사. 그건 상식이야. 오 이럴 수가."
최근 들어서 새로 생긴 려율이 습관이다. 나를 비난할 때 저렇게 번역체로 비난하는 거. 최근 햄릿을 보고 와서 그런지 굉장히 심취한 모습이 어이없었다.
"이 못난 어린양을 제가 어디까지 인도해야 합니까?"
세상에 맙소사 얼씨구.

05/26.

    5월은 어린이날, 우리들 세상? 아쉽게도 틀렸다. 달력을 보면 자동 반사처럼 절로 콧노래가 나오는 걸 보면 나의 세상이다. 진짜 파블로프의 콧노래, 5월 가득히, 빽빽 그 자체, 밀도 있게 쌓여있는 스냅 촬영 예약을 하나하나 처리를 한 후 사진 보정 작업을 하고 있었을 적이었다. 안 그래도 방음이 전혀 되지 않는 우리집에서 무척이나 커다란 소리가 예의 없이 들리는 것이었다. 그곳엔 려율이가 배를 부여잡고 웅크린 채 쓰러져있었다.
    "려율아 뭐 배꼽 빠지는 일이라도 있….'
    순간 눈앞이 하얘졌다. 아무런 생각이 들지 않다가 려율의 숨 삼키는 소리에 다시금 정신이 들었다. 119. 119를 불러야 해. 아니야 늦어*내가업고* 병원을 가야 해. 뛰어가. 신발 신어. 아니 려율이 챙겨, 업어 *일단시야가* 흐려졌다. 아무런 소리가 들리지 않는다. 이명 소리가 내 신경을 찌르기 시작한다. *정신차려내가 정신차려야해양말. 아냐 무슨양말이야그냥* 가. 신발에 발을 억지로 *맞춰끼워본다.* 빽빽하다. 구겨 *신어뭐해.* 살이 쓸린다. *아프다이정도는하나도* 안 아프다. 응급실. 다행히 10분만 뛰어가면 응급실이 있었다.

…

    "…윤!"
응급실까지 얼마 남지 않았다. 무리해서 뛰면 더 느려진다. 적당히 페이스를 분배해서, 무게균형을 맞추고, 손에 땀이 나서 자꾸 려율이를 지탱하는 손이 미끄러진다. 허리를 살짝 퉁겨 다시금 자세를 재정비해 본다. 실패했다. 다시 허리를 퉁기려고 하니까 눈치 없이 또 흘러내리려고 한다. 허벅지를 잡아서 지탱해야겠다.
    "…윤! 나 괜찮아졌어!"
    "어?"

그제서야 려율이가 아둥바둥거리며 내 등을 치고 있던 것이 느껴진다. 정신을 차리고 조심스럽게 발을 땅에 올려 놓아 주었다. 살짝 비틀, 거렸지만 이내 다시 균형을 잡고 일어선다. 다행히도.
"괜찮아?"
"어…. 괜찮아졌는데…?"
"그래도, 그래도 응급실 조금만 가면 되는데…. 한번 갔다 가자, 혹시 모르잖아."
"에이, 아냐. 돈 많이 들잖아."
아무 말도 할 수 없었다. 돈이 많이 들어? 물론 뭐, 많이 드는데.
"돈, 아껴야지."
그렇지. 맞아 그래, 우리 돈 아껴야지. 우리가 무슨 돈이 있다고.
"힘들었을 텐데, 그래도 고마워. 역시 윤이 부에 없네. 진짜."
그래도 혹시 모르잖아. 진료받는 게 어때. 한 번 받아보자.
"…어? 뭐…, 뭐 달라지는 거 없을 텐데. 응급실 엄청 비싸더라 저번에. 돈 아깝잖아."
려율이가 쓰게 웃었다. 그게 끝이었다.
"려율아."
"응."
무의식적으로 려율이를 불렀지만, 막상 어떤 말을 해야할 지 몰랐다. 병원을 안 간다는데. 몸이 아픈데 진료를 안 받겠다는 그 의미를 이해하기 싫었다.
"왜?"
나를 쳐다보며 물어보았다. 눈동자를 바라볼 수 없었다. 정적이 거센 파도가 되어 나를 덮쳤다. 파도가 스쳐 지나가며 튀긴 물은 땀이 되어 이마를 타고 내려왔다. 그리고 내 몸을 떠나서야, 그제서야 조그마한 용기가 났다.
"…왜?"
"…. 진짜 자살할 거야?"
"응."
"내가 려율이 자살 도와주는 게 정말 소원이야?"

"응. 나 혼자선 절대 못 해."
나는 려율이 손을 잡았다.
"가자… 집에."
 선선한 새벽바람이 심장을 지나쳤다. 알고 있었지만, 어느 정도 예상했기에 그렇게 끝냈으면 분명 안되는 걸 알고 있었으면서, 나는 비겁한 사람이라서. 폐에, 심장에, 내 마음에 낮은 구름이 스쳐 지나갔다. 그런 기분이었다. 사랑이 약한 탓은 아니었다. 사람이 약했다.

06/02. - 어디선가 밧줄을 구해왔다. 궁금하지 않았다.
06/04. - 집에 돌아오니 알 수 없는 약들이 생겼다. 신경 쓰지 않았다. 먹지도 않을 텐데 뭐.
06/05. - 스냅사진 스케줄이 펑크가 나서 집에 일찍 왔다. 려율이는 운동을 하러 갔나 보다. 나도 괜히 팔굽혀펴기를 해보았다. 힘들다. 려율이는 왜 운동을 하는 걸까?
06/08. - 공공임대주택 지원일을 놓쳤다.
06/10. - 집에 오니 "너의 췌장을 먹고 싶어" 소설책을 보다 잠들어 있는 려율이를 보았다.
06/12. - 려율이와 섹스할 때 시체랑 하는 것 같은 느낌이 들었다.
06/13. - 딱 하루만 울자, 내일부터는 다 잊자면서 혼자 눈물을 흘렸다. 정신을 차리자며 흘린 눈물들이 나를 따갑게 만들어서, 세수나 하자고 화장실에 갔는데. 거기엔 칫솔 두 개가 있었다. 그냥 당연히 칫솔 두 개가 있었을 뿐이다.
06/14. - 새벽 파도에 내 울음을 숨겨보았다. 모래사장에 괜히 내 발자국을 숨겨보았다. 해가 뜨니 둘 다 숨겨지지 않았다. 드러난 내 울음과 발자국엔 작은 새벽이 담겨있었다.

06/15.

　서로를 너무 의지한 탓이다. 남들이 전부 다 우릴 욕하고 차별하고 따돌려도 서로만 있었으면 되었고, 려율이도 그랬다. 그런데, 이제 없어진다.
　파도 소리를 들으며 이야기 나누기. 집으로 돌아오는 길에 아이스크림 먹으며 오늘 저녁은 뭘 먹을지 고민하기. 잠들 때와 일어났을 때 내 팔에 온기가 남아있기. 그 정도가 내가 바란 행복이었다. 가진 것 없었던 고아가 무슨 엄청난 꿈을 꾸겠다는 것도 아니고, 딱 그 정도였을 뿐인데 그것마저 허락하지 않았다.
　그럼에도 불구하고 계속 웃었다. 분명 내가 무기력해진 것을 알면서 계속 웃었다. 행복하다는 듯, 괜찮다는 듯. 제일 괜찮지 않을 텐데 웃었다.
　"왜 웃냐고? 윤, 내가 웃으니까 기분 나빠?"
아니 그런 건 아니었다.
　"그럼 된 거지 뭐."
　"행복해서 웃는 게 아니야. 웃으니까 행복한 거야."
그건 어디서 많이 들어본 말이었다.
　"사실 있잖아, 진짜 행복한 웃음은 말이야. 비명이랑 비슷하다고 생각해. 윤은 비명 질러본 적 있어?"
소리 지르는 것과 비명이 다른 거였나?
　"그런 거지. 사실 소리를 지르니 뭐, 비명을 지르니…. 흔한 일은 아니지, 진짜 쉽지 않잖아. 그런데도 말이야, 그럼에도 불구하고 견딜 수 없어서, 힘겨워서 비명 지르고 싶은 사람은 뭐 많겠지? 그러면 반대로 오히려, 그러지 못하니까, 비명 대신에 웃는 사람도 있지 않을까?"
　그렇게 말하더니, 려율이가 장난스럽게 웃는 표정으로 비명을 지르기 시작했다.
　꺄르륵 웃으면서.

07/01.

 "자 그래서 여기서 문제. 어 뭐야 저 옷 되게 이쁘다."
려율이가 갑자기 쫄래쫄래 진열된 옷을 향해 달려갔다.
 "뭐가?"
 "일단 목 메다는거는 너무 클래식하고 고통스럽다는 거? 그거 알지. 그렇게 죽으면 막 혀는 내 머리카락보다 길게 늘어지고 온 몸의 구멍에서는 똥오줌이 막 나오고…."
더러운 이야기에 찡그렸다.
 "그렇다고 뭐 어디서 떨어져서 죽는다? 이것도 탈락이야. 이유가 뭔지 아는 윤이 구함."
답하고 싶지 않았다. 그러자 려율이가 보던 민소매를 다시 내려놓고 걷기 시작했다. 자연스럽게 나에게 손을 내밀었다. 그러면 나는 자연스럽게 손을 붙잡고는, 깍지를 낀다.
 "그래서 내가 생각해 낸 방법이…뭐게?"
 "몰라, 별로 궁금하지도 않아. 그게 뭐든, 실패할 거야."
 "뭐, 그럼 그건 또 나름 성공의 어머니가 되겠지."

08/21.

 "잠잘 때 창문 닫고 선풍기 틀지 말랬지."
 "오, 세상에, 맙소사 그대 진심이야?"
 탈탈탈- 소리를 내며 선풍기가 있는 힘을 다해 돌아갔다. 나는 닫아놓은 창문을 슬쩍 열어놨다. 기름칠도 안 되어 있어서 뻑뻑한 창문은 보통의 창문보다 배로 힘을 줘야지 겨우 열렸다. 그제야 매미들의 울음소리가 귀를 찔러왔다.
 "그런 미신을 믿어? 진짜 철부지다 철부지야. 저번에는 뭔 부적을 가져오더니."

"혹시 모르잖아."

"얼씨구 기대하지 마, 그렇게 허무하게는 안 죽을 거니까."

"뭐, 그렇게 말하는 거 보니까. 생각해 둔 방법이라도 있는 거처럼 말한다?"

"당연하지 다 생각해 뒀어."

 선풍기가 불쾌한 삐걱거리는 소리와 함께 고개가 있는 힘껏 돌아갔다. 탈탈탈⋯. 무력한 소음, 선풍기 따위는 이 방을 뒤덮은 무더위를 몰아내지는 못하는 듯 땀이 계속 쏟아진다. 땀방울이 머리카락 끝에서 자연스럽게 목을 타고 빗장뼈를 지나 가슴을 간지럽혔고, 겨드랑이서부터 미끄러지던 땀과 합쳐져 스르륵 배꼽으로 향했다. 동시에 등에서 시작된 땀방울은 척추를 타며 허리춤에 걸쳐있던 바지 윗섬에 젖어 들어갔다.

 열어놓은 아주 미약한 창문 틈 사이로 바람이 힘겹게 들어와 겨우 한 줌, 내 몸을 스치고 지나가자 소름이 돋았다. 땀이 식어서 몸이 가지고 있던 당연한 온기를 갑자기 빼앗긴 건지, 정신적으로 소름이 돋은 건지 판단할 수 없었다. 또다시 턱으로 땀들이 모였다. 떨어지지 않으려 했지만 때 마침 선풍기의 바람이 내 얼굴을 때렸다. 불가항력이었으니, 떨어지고 말았다.

"어?"

"일단 나는 바다에서 죽긴 싫어. 평생 바다를 봤는데, 죽어서도 바다를 본다? 웩."

"잠깐, 잠깐만."

"난 산이 좋아. 하늘이랑 가깝잖아? 우리 조상들은 있잖아. 왜 하늘에다가 제물을 바쳤을까?"

 나는 쏟아지는 질문에 얼빠진 대답밖에 할 수 없었다. 대화의 주도권은 이미 넘어갔다는 걸 알면서도 어리석게 그 주도권을 조금이라도 뺏어오려는 추임새. 아니면 그 이상의 말을 듣고 싶지 않아서 대화를 중단시키고 싶어서 자꾸 맥을 끊는 답을 하는 것, 그것이었구나. 나는 그 이상의 대답을 듣고 싶지 않았다.

"분명히 누군가에게 뭐든 잘 좀 봐달라는 마음이었을 거야. 그치? 뭐든 좀 잘 되게 해달라고. 이게 대체 왜 이런지, 비가 왜 안 오는지. 아니면 홍수는 왜 나는 지 당최 모르니까, 그래도 뭐든 좀 잘 되게 해달라는 그런 마음."

--그러니까. 라고 말을 이어서 하려고 한다. 려율이도 긴장한 듯, 문장과 문장 사이의 호흡이 되게 적고 빠르게 뱉었다. 무언가 대본을 읽는 것처럼. 분명 즉석에서 지금 이런 말을 떠올린 것이 아닐 것이다. 이 말은 분명 여태까지 려율이가 수백 번 연습하고 준비했던 말이라는 거구나. 나는 더 듣기가 싫은 이유가 이제 어렴풋이 알 것 같았다.

"나는 별이 잘 보이는, 하늘이, 우주가 잘 보이는 그런 산꼭대기에서 죽고 싶어."

려율이가 방긋 웃었다. 선풍기는 시끄럽게 떨었고, 매미는 격하게 울부짖었다. 그리고 나는 뛰쳐나왔다.

...

나는 파도소리를 참 좋아했다. 특히나 이런 여름이면, 덥고 습하고 시끄러워서 뭐든 일단 때려보고픈 나의 맘을 파도 소리가 대변해주기 때문에 부서지는 파도들을 보면 속이 시원했다. 그런데 오늘은 유난히 파도소리마저 시끄러웠다. 부서지는 파도로도 속이 시원해지지 않아 시선을 하늘로 옮기고, 눈을 감았다. 완전한 어둠이 보였다. 다시 눈을 뜨자 짙은 남색을 바탕으로 흰 구름과 손톱 같은 달, 그리고 누군가 뚫어놓은 구멍 사이로 누런빛이 새어 나왔다. 별 세 개. 머리털자리구나 저게. 려율이의 웃음소리가 들리는 듯했다.

"너의 방금 그 질문, 정말 <깊다>, 깊어."

AI 녀석이 친근한 척 말을 걸어왔다. 아까 했던 질문인 '려율이는 왜 산에서 죽고 싶어 하는 걸까?'를 설명하기 위해서 밑밥을 까는 거였다.

"먼저, 고립과 은둔의 욕구라고 봐. '누구에게도 발견되지 않고 싶다'는 생각, 혹은 '누구도 방해하지 않길 바란다'는 마음이 반영된

게 아닐까? 두 번째는 자연으로의 회귀…"

 막상 이 녀석의 설명을 듣고 있으니 려율이가 장난스럽게 속상해 하면서 '이제 내가 죽으니까 인공지능이랑 바람날 준비하는 거야? 진짜 독하다 독해'라며 웃음 짓는 모습이 떠올랐다. 그 모습이 우주와 겹쳐 보였다. 저 별들을 다 이으면 려율이가 보이는 듯했다. 그리고 삐져나온 별 세 개. 저건 려율이의 머리털.

 "…기억해야 할 점은 그녀가 느끼는 그 감정은 [혼자]가 아니라는 거. 누군가와 이야기를 나누는 것만으로도 고통을 버티고 다른 길을 충분히 찾을 수 있어, 그러니까 자살 예방 상담 전화 1393에 지금 전화 걸어줄까?"

 "아니."
대답한 것은 내가 아니었다.

...

 "왜? 같이 죽고 싶어?"
 려율이가 내 옆에 같이 누우며 나에게 말했다. 말도 안 되는 소리를, 나는 누구보다 살고 싶은 사람이다. 그렇기에 너도 그러길 바랬던 거였는데 왜 그러지 않은 건지. 이해하고 싶지 않았다.
 "죽고 싶어 하는 사람이 어디 있어."
 "어머나 세상에, 그건 나 말하는 거야? 아서라 아서."
 "진짜, 죽고 싶어 하는 사람이 어디 있냐…."
 나랑 좀 더 같이, 오래 있자 려율아. 나 너 없이 어떻게 살라고 그래. 네가 없는 나는 반쪽짜리야. 돈 좀만 더 벌어서 저 지평선 너머로도 가보자고 했잖아. 애기들 이름은 우리보다는 멀쩡하게 짓자고, 성은 사이좋게 내 것, 네 것 섞자고 했잖아.
 하지만 파도 소리는 나의 울음을 훔쳐 갔고, 려율이는 그런 나를 보며 환하게 웃었다. 내가 또 우는 모습이 그렇게나 웃긴가 싶었다가도, 말 못한 서운함이 심장에서 부서져, 우는 걸로밖에 설명이 안되어서 나는, 그래서 울 뿐이었다. 나의 울음에 이유를 찾았기 때문인지 나는 더더욱 크게 울었다.
 윤, 그건 좀 이기적이야.
 그렇게 말한 것 같았던 려율이는 거친 파도가 치는 바다로 천천히 들어갔다. 한 걸음, 한 무릎, 한 허리쯤 들어가자 그제서야 파도가 려율이를 세차게 때렸다. 그러자 려율이는 저항하지 않고 파도에 쓰러졌다, 그리고 휩쓸렸다. 그리고 려율이는 일어나지 않았다. 나는 소리를 지르는 것도 깜빡한 채 바다로 뛰어들었다. 사람은 너무나도 놀라면 비명조차 나오지 않는다고 했던가, 그건 거짓말임을 알았다. 왜냐하면 숨도 쉬어지지 않았으니까.
 려율이는 바다에 떠 있었다. 분명 발이 닿았는데도 나는 걸어가는 것으로는 속도가 부족해 온몸을 사용하며 가느라 호흡은 망가졌다. 바닷물을 먹었지만 상관없었다. 간신히 닿았다고 생각했는데, 바다는 쉽게 려율이를 허락하지 않았다. 폐에 물이 들어가고, 머리는 심장이 뛰듯 고통스러웠다. 야밤에 무슨 지랄인지, 그러나 본능을 향해 몸을 맡겼다.
 10년. 려율이에게 닿은 그 시간의 체감이. 나의 손이 닿자, 려율이는.
 "왔어?"
라며 몸을 일으키며 태연히 말했다.
 "말했잖아, 나는 산에서 죽고 싶다니까?"

 뭐 하자는 거야! 뭐하기는? 어때 좀 괴로웠어? *지금 그걸 말이라고 하는 거야?* 당연하지, 난 진지해. *뭐가 진지한데? 하나도 안 진지하잖아, 지금 날 가지고 장난치고, 농락하고….* 윤, 내가 왜 이기적이라고 했는지 생각 좀 해봐.

거친 파도가 우릴 때리며 지나쳤다. 쏴아아---철퍼덕.

 내가 왜, 아니 뭐가 대체 이기적인 건데? 살고 싶은 게 인간의 본능 아니야? 려율이 너는 왜 본능적으로 안 사는 거야? 날 구하러 올

때 엄청 괴롭고 힘들고 분했지? 윤, 난 매일을 그렇게 살아가게 될 거야. 아니, 사실 내가 지금 겪고 있는 감정은 그거의 반의 반의 반도 안 될 걸? 내가 언제 죽을지 모르면서 점점 비실비실, 초췌해지면 그제서야 내가 갈 날이 얼마 안 남았구나…. 이러면서 죽었으면 좋겠다는 거야?

 엄청 높은 파도가 나를 휩쓸고 지나갔다. 려율이는 휩쓸리지 않고 그 자리에 그대로 있었다. 입으로 바닷물이 좀 들어갔는지 드디어 짠맛이 어느정도 느껴졌다.
 "이 이기적인 새끼야."
 그렇게 말한 려율이는 바닷속으로 머리를 집어넣고 소리를 지르기 시작했다. 공기 방울에 담긴 그 소리는 보글보글거리는 소리와 함께 없던 일이 되어 날아갔다.
 "난 행복했던 순간들만 가득 짊어지고 내가 제일 이쁘고 사랑스러울 때 죽을 거야. 그러니까 날 추억할 때, 별 세 개를 볼 때, 내가 제일 사랑스럽고 이쁜 모습으로 나와 함께했던 행복한 순간들을 추억하면 좋겠다고 이 바보 같은 새끼야."
 그러니까 윤, 네가 나 대신 죽을 거 아니면 그런 이기적인 말, 하지 마.
 달빛이 바다에 비쳐 려율이의 얼굴을 간신히 볼 수 있었다. 그녀의 얼굴은 표현할 수 없을 정도로 아름다웠다. 그렇기에 더 분했다. 나도 바닷속으로 얼굴을 집어넣고 소리를 토했다. 발도 동동 구르고, 팔도 열심히 휘저으며 온몸을 분노에 맡겼다. 몇 분을 그랬는지는 모르지만, 바다는 나를 침착하게 다 받아주었다.

…

 정신을 차리고 려율이를 빤히, 아무 말도 하지 않고 바라봤다. 얼굴에 바닷물이 잔뜩 묻어있어서, 눈이 따갑겠다… 싶어서 눈을 닦아주었다. 바닷물이 계속 흘렀다. 따갑겠다 싶어서 계속 눈을 닦아주었다. 그러자 려율이도 같은 마음이었는지 내 눈을 닦아주었다. 오히려 닦아 주는 게 더 따가웠다.
"따가워…."
 려율이가 웃으면서 내 손을 붙잡자, 저 멀리 능선 너머로 오징어잡이 배들이 하나둘씩 불을 켜기 시작했다. 배의 투박한 엔진소리가 적막을 깨고 들려왔다. 쏟아지는 전등들이 우리를 비추고, 바다를 비추자 우린 우주 속을 유영하고 있었다. 중력을 거슬러 어디로 흘러 갈지 모르는 몸들을 붙잡고, 의지할 것은 서로밖에 없었기에 더욱 꽉 안았다.
"알지? 영원히."
"응."
 소금에 절여진 두 입술이 맞닿고, 서로의 어두운 마음에 혀로 별을 새겼다.
여름이었다….

8/22.

 생각보다 려율이가 나와 하고 싶었던 것들은 너무나도 많았다. 나 역시 려율이와 하고픈 것들이 방대했기에, 다 기억을 못 할 것이 뻔해서 <해야 할 일>들을 따로 정리하기 시작했다. 업으로 삼았던 스냅촬영과 촬영 스케줄들을 전부 미뤄놓고, 나 역시 헬스장을 다니기 시작했다.

8/23. - 처음으로 려율이와 캐리비안베이를 다녀왔다. 선글라스를 못 챙겨온 걸 아쉬워했다. 려율이가.
8/24. - 롯데월드 아틀란티스는 원래 그렇게 예의 없이 갑자기 출발하나?
8/25. - 일본으로 가는 비행기 값이 왕복 10만 원? 미쳤다.

8/28. - 앞으로 두 번 아니 세 번 다시는 여름에 일본에 안 간다.

...

9/21. - 처음으로 호캉스를 했지만, 우리 집만 못했다. 려율이도 동의했다.
9/22. - 우리의 기록된 영상을 유튜브에 업로드 했다. 조회수가 오를까?

...

우리에게 남겨진 나날들이 줄어들수록, 기록도, 사진도, 글도 없이 온전히 우리에게만 집중했다. 덕분에 나와 려율이의 많은 경험들은 려율이와 처음으로 했던 것들로 채워졌으며, 어딜 가든, 무얼 하든, 려율이와 함께했던 기억들이 떠오를 것이 분명했다. 우린 그런 경험을 할 때마다 반드시 서로를 쳐다보고는, 웃었다.

...

11/11. - 특이하게 '빼빼로데이' 때 첫눈이 왔다. 덕분에 빼빼로를 똥꼬에 꽂은 눈오리가 탄생했다.
12/15. - 온천에 몸을 담갔다가 빠르게 눈에서 앞구르기를 하면 어떻게 되는지 아는가? 그냥 추워하는 사람이 될 뿐이었다.
12/24. - 산타복을 입은 려율이는 역시나…. 데리 크리스마스.
12/30. - 우리는 새해 일출을 보기 위해 려율이가 준비한 숙소로 이동했다.

12/31.

  어울리지 않게 비가 내리는 겨울이었다. 투투툭, 창가를 두들기는 방 안의 남녀는 땀에 젖은 채, 아무것도 걸치지 않은 서로의 몸을 껴안고 있었다. 우리는 보일러를 최대로 틀어놓는 사치를 부리며 이불을 방구석으로 던져 놓은 채 서로의 몸에 집중하고 있었다. 뜨거운 숨소리만 들려왔다. 피부와 피부가 만나 서로를 느꼈다. 우리는 울고 있었고, 웃고 있었고, 비명을 지르고 있었고, 정적 속에 있었다. 모든 순간을 함께 하고 있었다.
  "새삼스럽지만, 새해 복 많이 받아."
  "해피 뉴 이어."
건조한 공기 속, 알람이 울렸다.

01/01.

 밤 비가 지독하게 내렸다. 신년에 어울리지 않는 비처럼 우리도 이 산의 어울리지 않는 손님이었다. 황금 마티즈의 전조등이 산의 능선을 가르며 나타났다. 이 시간, 이 날씨, 그리고 이 위치에서는 웬만하면 목격자가 있을 리가 없을 터이다.
 "우린 안반데기로 가고 있는 거야!"
 운전대를 잡은 려율이가 나에게 강조했다. 엔진음 때문에 잘은 들리지 않았지만, 안반데기로 가고 있다는 사실은 알았다. 비가 세차게 내려서 내 시야엔 더더욱 아무것도 보이지 않았다. 1시간이나 능선을 타고 달려 겨우 도착한 소박한 정상. 내가 내리려고 하자 려율이가 나를 붙잡았다.
 "윤, 여긴 안반데기야. 알겠지? 혹시라도 이곳 지명이나 지역명을 알려주는 표지판이 나와도 읽으면 안 돼. 알겠지?"
 나는 끄덕였다. 그건 알겠다는 끄덕임이 아니었다. 려율이가 나에게 거짓말을 했다고 확신하는 끄덕임이었다. 여긴 안반데기가 아니면서도 안반데기였다.
 도착한 지 얼마 지나지 않아 비가 슬슬 그치기 시작했다. 밖을 나와 보니, 하늘을 가리는 것은 아무것도 없었다. 누우면 바로 우주가 펼쳐지는 말 그대로의 정상. 하늘과 가장 가까운 곳. 주변의 풍력발전기가 돌아가는 소리만 가득한 이곳에서 나는 트렁크를 열었다. 려율이도 차에 내려 잠시 어딜 다녀오더니, 곧이어 나를 불렀다. 따라오라는 손짓. 그 곳엔 이미 반쯤 허물어진 무덤이 있었다.
 퍼석-. 물 먹은 흙은 생각보다 훨씬 무거웠다. 삽을 풀 때 땅뿐만이 아닌 구름도 같이 갈랐다. 그러자 점차 숨어있던 별들이 보이기 시작했다. 삽에 땅의 무게와 하늘의 무게가 절반씩 걸렸다. 그건 당연히 내가 감당해야 할 무게였다. 나의 절반은 하늘로 올리고 려율이의 절반은 땅으로 보내어, 이 지구의 존재하는 우리는 정확히 한 사람분의 모습을 갖추게 되었다. 달빛은 그런 나를 겨우 비추고 있었다.

...

달이 저물고 새해 첫 일출이 떠오를 준비를 하고 있었다. 려율이는 내가 오길 기다리며 하늘을 구경하고 있었다고 한다. 이 하늘에는 머리털자리가 몇 개나 있나 세고 있었다고.
"잠깐만 거기 있어봐봐."
마티즈에서 내가 가져온 필름 카메라를 꺼냈다. 오늘만을 위해서 가져온 카메라였다. 별다른 이유는 없었다. 단지 디지털이 아닌 필름으로 려율이를 남기고 싶었다.
하늘과 바다가 구분되지 않는 경계선에서 려율이가 날 기다리고 있었다.
"자 찍을게!"

하나

둘

셋

셔터가 눌리지 않았다. 셔터막의 고장인지, 오래돼서 배터리가 누수가 되었는지 알 수 없었다. 딱히 상관없었다. 눈으로, 마음으로 기억하면 되기에. 풍경화가 다시 그려지고 있었다. 배경으로 하늘색이 그려지고 있을 때, 경계선의 끝자락에서 해가 떠오르기 시작했다.
"윤! 빨리 와! 너무 이쁘다 세상에!"
날 향해 얼른 오라고 흔드는 그 손짓이 떠오르는 일출에 물장구 치고 있다. 나는 참지 못하고 달려가서 려율이를 껴안는다. 쳐다본다. 그러자 려율이가 내 턱을 잡더니, 당연하다는 듯 입술을 맞춘다. 겨울에도 유난히 촉촉한 이 감촉이 따스한 숨결과 반쯤 뒤섞여 내 입술을 쓸어내린다. 반 박자 늦게 려율이의 향기가 내 코를 건든다. 이게 려율이 냄새.
"윤슬, 나 사랑해?"
"응."
"내가 살쪄도?"

"껴안기 더 좋겠네."
"내가 화장 안 해도?"
"언제부터 신경 썼어 그런 거?"
"나 나름 잘 보이려고 노력했거든, 그럼 내가 늙고 쭈글쭈글해져도?"
"변함없어."
"내가 만날 이런 질문하면 안 짜증 나?"
"조금 귀찮긴 한데."
"근데 왜 항상 대답해줘?"
"내 맘이다."
"나도 사랑해."

내 본명 윤 슬. 빛이 반짝이는 잔물결. 나는 아침을 밝히는 빛이 되고 그녀는 밤을 밝게 비추는 별이 되기 위해 떠난다. 세상이 점점 붉어진다. 이제는 봉화를 올려야 할 때. 나는 려율이를 쳐다본다. 려율이도 나를 쳐다본다. 제물이 된다고 표현했다. 하늘에, 우주에 제물을 바친 이유를 생각하라며.

그녀는 마티즈 안으로 들어가, 테이프를 군데군데 바르기 시작한다. 나는 려율의 모든 모습을 계속해서 그린다. 려율이가 모든 준비가 마쳤는지 다시금 나를 바라본다. 너무나 짧은 순간이다.

"좀 이따 봐."
"응."
"나 먼저 잘 게. 좀 피곤하네."
"피곤할 만하지. 잘 자. 좋은 꿈 꿔."

그녀는 어떻게든 구한 수면제를 털어놓고, 연탄에 불을 붙인다. 연기가 점점 차오르며 황금 마티즈를 채운다. 마치 무대를 뒤덮는 커튼처럼. 아쉽지만 커튼콜은 없다. 이제 무대에 막이 내렸으니, 관객은 공연장을 떠날 차례. 떠오르는 해를 바라본다. 오늘은 특히나 새벽부터 려율이와 함께 날을 시작하다니, 그건 분명 너무나 행복한 하루의 시작이었다.

<해야 할 일>

- 사랑한다고 충분히 말하기
- 삽과 테이프, 연탄, 수면제 (려율이 준비한다고 함)
- 밤새 이야기하기 뭐든, 대화가 끊기지 않게.
- 2시간 후 차 확인.
- 묻어주기.
- 잘 지내기.
- …

02

나의 욕망

2025년 07월 19일, 혜화 '작은도서관 뜰'

1. 광견일지

시원 이번 에세이는 '나의 욕망'이 주제였는데요. 먼저 제출한 순으로 한번 볼까요?

준호 짧게 제가 원하는 것들에 관해서 썼습니다. '가치 있는 사람이고 싶다', '의미가 있었으면 좋겠다', '쓸모없어지기 싫다'. 정확하게 닿지는 않지만 좀 스쳐 가는 그런 부분들이 아닌가 싶어서.

하민 읽으면서 많이 공감했어요. 다 한 번쯤 거쳐 가는 주제라고 생각해요. 스스로를 광견이라고 칭하는 그 용기와 배짱이 대단하다 생각이 되네요.

준호 '미친 개'라기보다는 '이상한 개' 정도…?

하민 제가 하고 있던 생각이랑 일치하는 부분이 있었거든요. 타인을 위해서 자신의 쓸모 있음을 인정받아야 하는 삶을 살고 계신 거잖아요.

준호 그렇죠.

하민 이 삶을 극한으로 발전시키는 것이 예술계 종사자라고 생각이 들어요. 개그맨이라든지.

준호 좋은 비유네요.

하민 예술은 인간의 니즈로부터 발생이 된다고 생각하거든요. 미디어 매체를 즐기고 싶은 관객들의 니즈와 영화를 만들고 싶은 감독의 니즈가 합치가 됐을 때 영화라는 게 탄생이 되는 거잖아요. 일차적으로 타인에게 쓸모 있는 걸 제공하는 게 예술가의 존재 이유라 생각해요.

그다음 본인의 니즈를 예술품에다가 섞어내는 것. 그게 이차적인 단계라고 생각해요. 거장들 봉준호 감독, 박찬욱 감독의 영화를 보면 일차적으로 재미있어요. 이차적으로 그 영화만의 무언가가 있는 거죠. 저는 광견 일지에서 쓰신 준호 님의 고통은 당연한 거라고 생각이 들어요. 그런 과정이 있어야지 진정한 예술이 만들어지는 거니까.

시원/준호 (똑같은 타이밍에 말한다) 그런데….

준호 아마 똑같은 말 할 것 같은데 먼저 말해 봐요.

시원 아닐 것 같은데요!

준호 그럼 나부터 말한다. 저는 '편지'랑 '일기'가 있다고 그랬잖아요. 저도 편지를 쓰는 사람으로서 하민 님의 말에 동의하지만. 일기도 가치가 있다는 생각이 들어서….

하민 그렇죠.

준호 저는 일기를 못 써서 편지 열심히 쓰는 거라…. 예술가가 아니라 그냥 멍멍이가 아닐까.

시원 아.. 진짜 같은 말이었네. 저는 창작자 고유한 특성이 먼저 있고, 그 다음에 그것을 독자가 이해할 수 있는 방식으로 풀어내는 작업이 이루어져야, 뭘 창작한다고 할 때 자유로울 수 있다고 느껴서요. 사람들이 보고 싶어할 영화를 어떻게 만들지 고민하는 게 먼저라기보다는, 내 것을 먼저 만들고 그것을 보고 싶게 만들려고 애써보는 것이 저는 순서라고 생각해요.

하민 그러한 관점 역시 이해합니다.

준호 AI 마스터께서는 의견 없으신가요?

정한 (잠시 생각하다) 준호 님은 되게 솔직하신 것 같아요. 사람들은 남들에게 보여지는 것을 중요하게 생각하지만…. '남에게 보여지는 것을 중요하게 생각한다'는 사실을 남에게 보이는 것은 또 싫어한단 말이에요.

준호 뭔지 알 것 같습니다.

정한 어떤 이들의 인터뷰를 보면 '이 사람 정말 멋있다'라고 느끼는데. 그 이유가 본인의 스타일대로 개성을 잘 찾아서 행하니까. 잘 보이고 싶은 의도는 아닌데 잘 어울리는 그런 느낌?

준호 (부끄러워 농담하며) 라일 하하 유니버스?

시원 그게 무슨 뜻이야?

준호 나는 멋진데 내가 멋진 걸 몰라. 근데 다른 사람은 다 알아.

정한 본인의 무엇인가가 갖춰져 있으면 멋있다고 표현을 하는데. 그런 느낌이 들었던 거 같아요.

준호 감사합니다. 부끄럽네요.

2. 완전 연소된 눈동자

동엽 저는 욕망의 순간을 주목해보면 스스로도 설명할 수 없는 기분을 막 느끼거든요. 그걸 비이성이라고 표현했는데. 쓴 날에 제가 12시간 동안 보드게임을 했어요. 근데 아쉬움이 있더라고요. 많이 못 한 것 같은데…. 몸은 피곤해서 굉장히 자고 싶다는 마음이 들었지만 느껴지는 자기모순, 미묘한 기분을 독특하게 표현해 보려고 발버둥을 쳐봤습니다.

준호 진짜 괴물 같은 체력이다. 어떻게 그럴 수가 있지.

시원 저도 너무 공감됐어요. 매일 밤 내가 하는 짓이라서.

동엽 그렇죠! 자기 전에 다들 안 그러시나요?

준호 (질린다는 듯) 전혀,,,

시원 자기 싫은데 자고 싶고. 항상 재밌는 걸 자기 직전에 발견해서 아쉬워요- 가 아니라 사실은 아쉽지 않으려고 그냥 안 자고 해요.

동엽 그러니까요! 자기 아쉽다는 느낌을 초등학생 때부터 지금까지 계속 느끼는 것 같아요.

준호 그래서 영생을 원하는 건가. 시간이 너무 아까우니까 죽을 수 없어.

하민 왜 영생을 갈망하는지 알 것도 같네요.

준호 그러니까 어제도 행복하고 오늘도 행복하니 내일도 행복할 거니까 내일이 계속되면 좋겠다?

동엽 그렇죠! 그렇죠!

준호 아찔하다 진짜.

하민 읽으면서 질문거리가 하나 생겼는데. 이제 욕망과 욕망이 서로 줄다리기를 할 때. 무엇인가 선택하면 만족스럽다가도 후폭풍 같은 것들을 온몸으로 갖이하게 되면, 내가 왜 그랬지? 하는 후회 같은 건 해본 적이 없으신가요?

동엽 후회에 대해서도 생각을 많이 해봤었는데. 어렸을 때는 후회를 많이 했거든요. 결정을 내렸는데 지나고 보니까 최악의 판단 같을 때가 있잖아요. 그러다 고등학교 때 학원에서…. 그 윤도영 선생님 아세요?

정한 생명과학 선생님?

동엽 네 생명과학 하시는 분. 그분이 살면서 후회를 단 한 번도 해 본 적이 없다는 거예요. 왜냐하면, 후회를 한다는 게 '내가 다시 돌아가면 그렇게 하지 않을 텐데'라는 거잖아요.

하민 그렇죠

동엽 그런데 다시 돌아간다고 가정을 해도 내 의식이 현재 그대로 가지가 않는다는 거죠. 의식마저 거꾸로 역재생되어서 그때 당시의 의식이 된다는 거예요. 관측했으니까 상태가 고정되어 버린 거죠.

준호 (입을 다물지 못하며) 그런 식으로 사고가 가능하다고…?

동엽 그때 내가 내린 선택은 최선의 판단이었다는 결론에 항상 도달한다고 하더라고요.

시원 논리가.. 과학 그 자체.

동엽 선택을 내리고 나서 후회를 하면은 미래의 일이잖아요. 이 사이에 내 인식의 변화가 있었던 건데. 이 시점에선 통제할 수가 없는 거니까 후회할 필요가 없다. 그 이후로 깔끔한 생각을 할 수 있게 됐어요.

준호 동엽 씨는 영생 살러 갈 것 같아. 자격 있어. 정말로 자격 있어.

동엽 (해맑게 웃으며) 응원해 주셔서 감사합니다.

준호 혹시 영생에 대해서 어떻게 생각하시나요?

소연 저는 항상 영원하고 싶은 그런 마음을 함구하고 있는데…. 영원하다고 느껴지면 공포감도 동반되잖아요. 시간이 누적됨에 따라 난 익숙해지니까 괜찮다. 계속 이렇게 생각하시는 건가요?

동엽 영생하는 대가로 특정 수준의 고통을 끊임없이 느껴야 한다고 하면 그래도 영생을 할 거냐는 물음이 있었어요. 고통이라는 것은 역치가 점점 높아질 테니까. 결국, 계속 감내하면 무한한 행복을 얻을 수 있을 테니까. 무한대로 시간을 확장하면은 무한한 행복을 얻을 수 있을 것이 자명하므로 괜찮을 것 같아요.

준호 진짜 사랑하는 사람한테 영생을 동의 없이 줘버린 거야. 자는 사이에 본인이 갑자기 영생을 얻었다면? 자기 남자친구가 '나 널 위해서 널 영생으로 만들었어.' 이러는 거예요.

시원 이거 끔찍하다.

준호 조심하셔야 합니다.

동엽 (티 없이 웃으며) 전 안 그래요.

소연 무한히 함께라는 말 굉장히 낭만이에요.

준호 너무 무서운데 진짜.

소연 저는 뭐든지 깊게 매몰되는 편이라서 그런 감정을 깊게 느끼는 사람이 그런 말을 하면 저도 좋을 것 같아요.

준호 사랑이 무한할 수 있다면야.

동엽 거창한 것보다 순간순간 느껴지는 욕망에 집중해 보자고 해서 쓴 건데…. 쓰다 보니까. 큰 주제를 암시하게 되고 그러네요.

준호 상상력 자체가 되게 큰 것 같아

정한 저는 저 343이랑 2401이 나오는 게 재밌었어요. 왜 이 숫자를 쓰신 거예요?

동엽 그냥 그때의 경험을 쓴 거예요. 천등이 막 치더라고요. 초등학교 때 처음으로 빛의 속도랑 소리의 속도를 배우고 나서, 천둥과 번개가 칠 때 소리를 듣고 위치를 알아낼 수 있다를 과학 시간에 내용을 알게 되었어요. 그 이후로 천둥이 칠 때마다 이런 생각을 하거든요.

준호 와 진짜 영생 살아도 돼. 하루하루가 재밌겠네.

동엽 7초니까 343 곱하기 7하면 어디쯤 번개가 있겠구나

정한 이런 생각을 평소에도 하시나요?

동엽 네.

준호 항상 삶이 충만할 거야.

동엽 감사합니다. 다 이렇게 생각을 안 하셨구나. 항상 웃음이 넘치는 시간이 되네요. 재미를 준다는 건 좋은 거겠죠.

하민 다음 주가 벌써 기대가 되네요

동엽 제가 다음 주에 못 와요. (울상을 짓는다)

준호 봉사 중요한 일이지.

동엽 가능하면 밤에 숙소에서 막 글도 쓰고 하고 싶은데 쓸 수 있을지 모르겠어요.

준호 저희는 그냥 그냥 개구리니까 너무 신경 쓰지 마시길.

물고기가 산을 넘는다면

신준호

삶이 믿어지지 않을 때가 있다. 편지를 받은 남자는 오랜만에 그런 느낌을 받았다. 눈을 감는 순간 모든 것이 사라져버릴 것만 같은 느낌. 남자는 잠시 눈을 감았다가 떴지만 별일은 일어나지 않았다. 그럴 리가 없지. 남자는 투박한 재생지 봉투 안에 들어있는 편지를 꺼내 보았다. 편지엔 생각지도 못했던 이름이 쓰여있었다. 수. 남자는 쉬이 본문으로 내려가지 못한 채 그 이름을 한동안 바라보았다. 삐뚤빼뚤하지만 단단한 글씨체로 쓰인 한 단어. 수. 남자는 자신의 인생을 송두리째 바꿔버린 거짓말쟁이를 떠올렸다. 그녀가 1년 만에 말을 걸어온 것이다. 믿을 수 없을 말을 남자는 다시 한번 읽어 내리기 시작했다.

 어떤 말을 먼저 해야 할까. 공적인 문서였다면 써선 안 될 말이지만, 가장 묻고 싶었던 말을 물어볼게. 괜찮아?
 …

 남자는 메마른 사람이었다. 촉촉하고 풍부한 것들은 다양한 미사여구를 통해 개성 있게 표현할 수 있지만 메마른 사람들을 표현하는 말은 이 정도면 부족함이 없었다. 그에게 어떤 계기가 있었던 것은 아니었다. 별다른 계기가 없어 그대로 자랐을 뿐. 큰 일탈 없이 부모님이 원하는 방향으로 살아왔다. 기대에 크게 만족하지도 크게 불만족하지도 않았다. 그것도 일종의 재능이라 할 수 있을까? 그는 자연스레 행정직 공무원이란 직업을 택하게 되었다. 어머니는 서울에 대학교를 다녔던 그가 7급에 도전하지 않게 아쉬웠다. 하지만 그에게 그 정도의 열망이 스며들 틈은 없었다. 부모님도 요즘 시대에 공무원이

된 게 어디냐며 더 이상의 시험을 종용하지 않았다. 옛날 사람이었던 그들은 집과 직장이 있으면 가정은 따라온다 믿었다. 그것이 사람의 충분조건이자 최대조건이라 생각했다. 아들이 살 집 정도는 해줄 수 있는 본인들의 삶을 성공적이라 평가했기에 아들의 직업에는 욕심을 부리지 않았다. 그리곤 아들을 성인으로 여기기로 했고 남자는 그걸 받아들였다. 28쯤이면 어른이 되어야 하는 게 아닐까 하는 정도의 생각이었다.

그러나 남자에겐 어떤 답답함이 도사리고 있었다. 물론 그에게 도대체 뭐가 답답한 거야? 라고 물어봤자 전혀 답하지 못했을 것이다. 단 한 번도 답답함이 해소되어 본적이 없는 그는 아직 문제라고 인식조차 하지 못했기 때문이다. 집에서 나와 해방감을 느끼는 것도 잠시 남자는 금방 삶에 흥미를 잃었다. 애초에 그에게 삶이라는 게 있었을까부터 소명했어야 했나. 오랜 시간을 투자했던 것들도 그걸 막는 부모님이 있었기에 의미가 있었을 뿐. 모든 게 자유로워진 그에게 익명이라는 가면을 쓰고 뛰어들던 커뮤니티도 시간 가는 줄 모르고 했던 게임도 과거만큼 흥미롭진 못했다. 큰 자유가 주어졌지만, 그는 그걸 사용할 줄도 몰랐다.

그렇게 몇 년이 흐르고 젊음의 수분감 마저 말라버린 그에겐 이상한 강박이 생겼다. 정신을 차려보면 어딘가를 계속 긁고 있었다. 검지 손톱이 들려 나가고 손끝이 문드러져 피가 날 때까지 긁었다. 소파 아래의 바닥, 침대 옆의 벽면, 식탁과 테이블 사이사이 하루 종일 긁어 생긴 스크래치가 가득했다. 테이블 위의 흔적은 손 한마디가 들어갈 정도로 파여 부드럽게 번들거리고 있었다. 하지만 문제는 사소한 것이었고 가족도 동료도 그걸 알아채지 못했다. 그는 참을성이 강했다. 고된 학창 시절을 보냈고 대학교에 다니며 언제 붙을지 모를 시험을 버텨냈었다. 삶의 대부분을 참아온 사람이 하루를 참지 못한다는 게 더 이상했다. 누군가 관심을 줬다면 알아차렸겠지만, 그의 문제에 관심이 있는 사람은 없었다. 그들이 무관심했다기보단 그들도 자신의 삶을 지키기에 바빴다.

뭐랄까요 너무…. 메말랐어.

 떠나갈 때에서야 겨우 꺼낸 말을 들으면 남자는 집에 가서 밴드에 둘둘 쌓인 검지를 꼭 깨물어 봤다. 문드러진 상처에서 피가 배어 나오며 비릿한 맛이 느껴지면 그제야 안정이 돌아왔다. 남자에게도 가끔 관심을 표명하는 사람들이 있었다. 하지만 남자의 하루처럼 끝은 대체로 비슷했다. 사람들이 떠나가는 건 그렇게 슬픈 일은 아니었다. 원래도 없던 것이다. 하지만 그들이 떠나갈 때마다 돌탑처럼 쌓이는 말들이 그에게 불쾌감을 느끼게 했다. 돌탑이 형체를 갖출수록 그의 문제가 점점 확실해지는 기분이 들었으니까. 남자는 그걸 어떻게 해결해야 하는지 몰랐다. 이미 쌓인 돌탑을 뻥 차버리기라도 했다면 나았을까. 그에게 그 정도의 힘은 없었던 모양이다. 돌탑이 점점 커질 때 누군가는 그에게 성당에 다녀보라 권하기도 했다. 하지만 평소 말이 없던 그가 이 지점에서만큼은 퉁명스럽게 대답했다.

 그런 건 허무맹랑해요.

 그는 무엇인가를 잘 믿을 수 있는 사람이 아니었다. 그렇게 본인 어딘가에 구멍을 내지 못하고 회사 마우스까지 긁어 왼쪽 커서에 작은 구멍을 만들었다. 그때 그녀가 처음 나타났다. 그가 일하는 주민센터 창구에서였다. 479번을 호출하자 마스크와 모자를 푹 눌러쓴 채 그의 창구로 다가왔다. 약간은 어눌한 목소리로 주민등록증을 다시 받고 싶다고 했다. 남자는 익숙하게 분실신고 양식을 프린트하며 신분을 증명할 수 있는 자료를 요청했다. 하지만 그녀는 고개를 저을 뿐이었다. 면허증은커녕 여권도 없다고 말했다. 남자는 그때부터 이상한 느낌이 들기 시작했다. 고개를 들어 이상한 향기를 풍기는 민원인을 쳐다보았다. 모자챙 아래로 살짝 드러난 붉은 눈이 남자에게 비쳤다. 평소 민원인들과 눈을 마주치지 않는 그였지만 인상 깊은 색깔에 절로 눈이 갔다. 혼혈인가? 그런 생각을 하면서도 차갑게 매뉴얼을 읊어주었다. 본인인증 없이는 분실신고를 해드릴 수가 없습니다. 가족관계증명서라도 받아오라 했지만, 그녀는 고개를 저을 뿐이었다. 남자는 의심스럽게 구는 그녀의 인상착의를 살펴보았다. 눈 빼곤 다 가린 얼굴에 철이 한참 지나 보이는 닳은 야상이 확실히 평범하진 않았다. 남자가 의심스러운 기색을 내비치자 그녀는 더 주의를 끌고 싶지 않은 듯 모자챙을 눌러쓰고 자리를 황급히 떴다. 남자는 그녀가 어떤 이름과 주민등록번호를 말하는지 들었어야 했나 생각하다가 다른 정의롭고 오지랖 넓은 공무원이 잡겠지라는 생각으로 넘어갔다. 남자와는 별로 상관없는 일이었다. 남자는 480번을 호출했다. 한 할머니가 걸어왔다. 다시 평소의 업무로 돌아갔다. 이상한 민원인은 한둘이 아니었다. 하지만 이번엔 한 번 더 그녀가 생각이 났다. 신기하네라며 작게 중얼거렸지만 지원금 문제로 답답해하는 할머니에겐 들리지도 않은 만큼의 작은 소리였다.

 임계가 넘은 남자의 강박은 금방 심해졌고 동료들의 눈에도 들어가기 시작했다. 똥은 피하자는 주의가 만연한 곳이기에 직접적인 충돌은 없었으나 그는 잔 실수가 늘었다. 구청으로 행정보고를 하러 가는 동장에게 줄 서류를 잘못 전달했다. 청장에게 한 소리를 들은 동장은 돌아와서 요즘 정신머리를 어디에다 두고 다니냐며 본인이 들은 말보다 더 심한 말을 했다. 그가 바뀔 것이라 생각해서 한 말은 아니었다. 화풀이 대상이 필요했을 뿐. 별것도 아닌 일도 제대로 못 해? 그 말이 남자의 왼쪽 귓바퀴를 한 바퀴 돌아 나갔다. 남자는 요즘 별것도 아닌 하루를 끝내는 게 쉽지 않았다. 겨우 퇴근 시간에 도달했지만 기분이 나아지진 않았다. 집이라고 딱히 기다리는 것은 없었다. 하지만 그날 밤은 뭔가 달랐다. 지하철은 남자가 역사에 들어서자마자 도착했고 마침 딱 앞에 사람이 일어나서 앉아서 갈 수 있게 되었다. 늦게 와서 끄트머리에 선 마을버스 줄도 남자에서 딱 끊겼다. 또다시 어렵지 않게 앉아 갈 수 있었고 매일 시끄럽게 붐비던 집 아래 번화가도 조용했다. 한참 올라가야 하는 오르막도 평소엔 차량이 다녀 위험했지만 그날따라 한 대도 보이지 않았다. 남자는 난생처음으로 운명이라는 단어를 혼자서 떠올렸다. 처음으로 자신이 삶의 주인공 같다는 느낌을 받았다. 하지만 그는 오래 감상적일 수 있는 사람이 아니었다. 내일 어떻게든 회사에 나갈 체력을 붙잡기 위해 집으로의 걸음 속도를 높였다. 등이 약간 축축해지는 느낌이 들었다. 작은 집이 그립진 않지만 작은 집 말고는 갈 데가 없었다.

그러다 이상한 소리가 들렸다. 누군가의 신음. 길을 걷다 건너편에서 교통사고가 나도 갈 길을 가는 그였지만. 뭐라도 기대를 했던 걸까? 잠깐 멈췄다가 소리가 나는 방향으로 발걸음을 옮겼다. 소리가 나는 곳은 가로등도 몇 개 꺼진 어두운 골목길. 남자가 가본 적이 없는 곳. 집 근처였지만 남자는 이곳의 지리를 잘 알지 못했다. 아는 거라곤 마을버스를 타는 곳으로 가는 길과 제일 가까운 지하철로 가는 길 그리고 편의점이 있는 곳. 낮에는 이곳이 어떻게 생겼는지도 몰랐다. 사람이 사는지 아닌지도 모르는 불 꺼진 집들을 지나 삭은 그래비티와 뭔지 모를 벽살이 생물을 지나쳐 그 끝. 뭐가 들어있는지도 모를 의류 수거함 옆에 기대고 있는 한 형체. 그곳에 그녀가 있었다.

저번과 똑같은 옷을 입은 채 발목을 부여잡고 있었다. 남자는 놀랐지만 상황을 파악하기 위해 그녀에게 다가갔다. 그녀의 외투는 긁힌 건지 찢긴 것인지 오른쪽 어깨 부분이 너덜너덜했고 피가 배어 나오고 있었다. 남자가 다가오자 붉은 눈으로 남자를 노려보았다. 소리는 내지 않았지만 주머니에서 뭔가를 꺼내려는 것처럼 보였다. 문제를 일으키고 싶지 않은 남자는 손바닥을 조심스레 보이며 해를 가하려는 게 아니라는 제스처를 취했다. 살짝 드러난 그녀의 왼쪽 발목은 팽팽하게 부어올라 확실히 문제가 있어 보였다. 일단 남자는 119에 전화하려 했다. 하지만 휴대폰을 들어 번호를 입력하려는 순간 여자의 입에서 조용하지만 날카로운 소리가 들렸다. 무슨 말인지 알아들을 순 없었지만 확실한 건 지금의 행동을 멈추려는 의도인 건 확실해 보였다. 남자는 우선 의도를 거스를 맘이 없다는 듯 휴대폰에서 손을 떼며 제자리에서 멈춰 섰다. 그녀는 멈춰 선 남자를 위아래로 빠르게 훑었다. 주민센터에서 일하던 남자인 걸 알아챈 듯했으나 경계의 눈빛은 더 심해졌다. 나랏일을 하는 사람에게 호의적이진 않아 보였다. 남자는 속으로 괜한 일을 했다고 생각했다. 사람은 바뀌면 죽는다는데 그게 혹시 오늘은 아닐까 싶었다. 그녀에게 다가가는 것도 이대로 떠나는 것도 좋아 보이지 않았다. 애매한 대치가 상황을 악화시키는 게 느껴졌지만, 뾰족한 수는 없었다. 남자는 배운 건 잘 따라 할 수 있었지만 이런 건 누구도 가르쳐 주지 않았다. 이도 저도 할 수 없는 순간에 남자는 항상 가만히 서 있었다. 우물쭈물하는 남자를 보며 그녀는 입을 열었다.

도와줘.

작고 낮았지만 또렷한 음성. 잔뜩 긴장하고 있던 남자에게 명료하게 전달되었다. 혼자서는 상황을 타개할 방법이 없을 거라 생각한 그녀의 결단. 짧은 시간 동안 어찌할 줄 모르는 남자를 보며 위험하거나 일에 관련된 사람은 아니라는 판단을 내린 모양이다. 아니면 이 정도 남성은 쉽게 제압할 수 있다는 자신감이었을지도 모른다.

병원…. 병원으로 데려달라는….
병원은 안돼.

그녀의 말을 들은 남자는 그제야 방법을 생각하기 시작했다. 다친 사람을 밤거리에 두고 가는 건 옳지 않다 생각했다. 그는 절대 먼저 나서는 사람은 아니었다. 하지만 누가 시켰을 때는 바로 119에는 전화 할 수 있는 사람이었다. 남자는 우선 그녀를 집에 데려가기로 했다. 깜깜한 골목에서 뭘 하긴 어려워 보였다. 그녀도 이내 남자의 의견에 동의했다. 일단 빨리 이곳을 벗어나는 게 그녀에겐 중요했다. 남자는 천천히 최대한 의심스럽지 않게 다가갔다. 그리고 누군가를 부축해 본적이 술자리 말고는 없었던 남자는 조심스레 그녀의 팔을 들어 겨드랑이를 목에 걸쳤다. 여자는 일어나더 발목에 큰 고통을 느껐지만, 최대한 신음소리를 삼켰다. 남자는 생각보다 무겁다고 생각하며 그녀를 부축하며 쩔뚝쩔뚝 집으로 걸어가기 시작했다. 너무나 오랜만에 느껴지는 타인에 체온에 목뒤가 저릿했다,

 겨울이 되기 직전의 가을 날씨였지만 집에 돌아온 남자는 땀 범벅이 되었다. 그는 운동은 쓸데없는데도 몸을 움직일 여유가 있는 사람들이나 하는 것이라 생각해왔었다. 무거운 그녀를 작은 소파 위에 던지고 싶은 욕망을 누르고 조심스레 내려놓았다. 남자는 오면서 아무도 만나지 않은 걸 다행이라 여겼다. 그리고 그건 그녀 역시 마찬가지였다. 누군가 올지 전혀 몰랐는지 널브러져 있고 쌓여 있는 빨래들이 눈에 들어왔다. 그녀는 오늘도 자신의 감이 틀리지 않았다 생각했다. 그리고 그제야 본인의 등도 축축하다는 걸 느꼈다. 남자의 서투른 부축 때문에 잔뜩 긴장해서 걸은 탓이었다. 그녀는 남자의 작은 거실을 훑어 보았다. 별다른 인테리어도 없이 tv와 테이블 그리고 소파만 있는 거실이 눈에 들어왔다. 욕심과 열정 그리고 희망 같은 삶을 뜨겁게 하는 징표는 전혀 찾아볼 수 없었다. 삶의 최소 요건만이 충분했다. 들어오자마자 확 풍기는 쿰쿰한 냄새에 익숙해지는 걸 느끼며 엉거주춤하게 땀 흘리고 있는 남자에게 말을 걸었다.

 약이 있어?

 남자는 고개를 저었다. 아프면 그냥 아프고 마는 사람이었고 상처나 골절상을 입을 일 따위는 전혀 없었기 때문이다. 어머니가 이사 날에 두고 간 유통기한이 2년은 지났을 밴드가 다일 것이다. 약이 있으리라 기대하지 않았지만, 역시나를 확인하니 그녀의 붉은 눈동자에 실망스러운 기색이 새어 나왔다.

 사 올게요.

 그녀는 놀랐다. 이 남자에게 그 정도는 기대하지 않았기 때문이다.

남자도 자신의 말에 놀라며 밖으로 향했다. 나가면서도 왜 그런 말을 했는지 몰랐고 편지를 받은 지금도 그런 행동을 왜 했는지 이해하지 못했다. 언제나 이해가 필요한 남자였지만 그 순간을 아직도 공란으로 남겨놨다. 그녀의 붉은 눈동자 때문이었을까? 정신없는 남자에겐 어떤 명령 같은 게 필요했을지도 모른다. 남자는 약국을 찾아보며 유튜브를 켰고 '소독하는 법', '골절 치료' 같은 걸 쳐봤다.

멀지 않은 약국에서 가정용 의료 키트와 압박 붕대 그리고 혹시 몰라 얼음팩을 사서 집으로 돌아왔다. 혼자 있는 여자가 신경 쓰여서는 아니었다. 단지 주어진 목표를 위해 열심히 움직였다. 남자는 꽉 찬 검은 봉지를 여자에게 넘겨주었다. 그녀는 물품을 훑어보더니 능숙하게 포장을 뜯고 의료킷을 열어 치료를 시작했다. 두꺼운 야상을 벗으며 드러난 어깨의 상처는 약간 찢긴 찰과상처럼 보였다. 하지만 오만상을 지으며 반쯤 벗은 양말 위로 보이는 발목은 종을 넘어 코끼리 발목이라도 되려는 듯 크게 부어올라 있었다. 남자의 짧은 의학지식으로도 확실히 문제가 있어 보였다. 여자는 왼쪽 어깨를 알콜 적신 솜으로 소독하고 거즈를 입으로 찢어 능숙하지 묶었다. 하지만 발목에 가서는 고통이 보통 아닌지 쉽게 붕대를 두지 못하고 있었다. 발을 가슴 위로 들고 얼음팩으로 아무리 붓기를 줄이려 해도 심하게 삐었는지 별다른 소용이 없었다. 남자는 그걸 놓고 바라만 보고 있었다. 아직도 자신에게 어떤 일이 일어나고 있는지 제대로 이해하지 못하고 있는 듯했다. 그는 난생처음으로 자신의 삶이 믿어지지 않는다고 느꼈다. 방에서 나는 이질적인 냄새 때문에 현실감을 찾지 못하고 있었다. 뭔지 모를 시큰한 냄새. 그녀의 벗은 발에서 나는 건지 민소매만 입고 있는 겨드랑에서 나는 건지 그는 알 수 없었다. 그러다 문득 쩔쩔매고 있는 여자가 눈에 들어왔다.

남자는 그녀에게 다가가 그녀의 발꿈치를 잡아보았다. 약국에서 돌아오는 길에 반복해서 봤던 쇼츠가 눈앞에 생생했다. 그녀는 남자가 만질 때마다 크게 시큰함을 느끼고 있었다. 자신을 질질 끌고 온 남자가 못 미더웠지만 빵빵하게 불어터질 것 같은 발목을 해결할 자신이 없었다. 그녀는 남자에게 압박 붕대를 건네주었다. 남자는 아까 봤던 대로 그녀의 발을 들어 올렸다. 그때 그녀는 끔찍한 고통을 느끼며 비명을 지를 뻔했지만 남자의 머리카락을 움켜쥐며 겨우 버텼다. 눈물이 맺힌 눈으로 노려봤고 남자는 당황했다. 하지만 별수가 없었던 그녀는 눈을 감았고 남자는 계속 진행하라는 의미로 받아들였다. 남자가 붕대를 한 바퀴씩 돌릴 때마다 여자는 입을 틀어막고 고통에 몸부림쳤고 남자는 최대한 빨리 끝내려 분주하게 움직였다. 남자가 대머리가 되기 전에 붕대 작업은 끝이 났고 둘은 그제야 멀어졌다. 남자는 머리가 다 뽑힌 게 아닌지 확인했고 그녀는 벌벌 떨리는 손으로 발목이 망가진 건 아닌지 확인했다. 죽는 게 나을 것 같다는 생각이 들 정도였지만 다행히 붕대는 튼튼하게 묶였고 고정핀도 잘 고정되어 있었다. 그녀는 다리를 허공에 휘휘 움직여보며 발목의 고통을 확인해 봤다. 고통은 줄어든 게 확실했다. 발목 고정이 잘 된 건지 너무 아파서 신경이 마비된 것인지는 잘 모르겠지만 일단은 희소식이었다. 그녀는 머리를 정리하고 있는 남자를 쳐다봤다. 키는 작지 않았으나 근육이 없는 왜소한 체형의 남자는 흐릿한 인상에 야망이라곤 전혀 없어 보였다. 눈물이 글썽거리는 눈을 깜빡여서 정리하고 그녀는 남자에게 감사 인사 대신 다른 말을 전했다.

 내 이름은 수.

 수? 남자는 얼떨떨하였으나 이내 본인의 이름도 밝혔다. 그게 예의라 생각했다. 하지만 수의 세계에선 그게 얼마나 큰 의미가 있는지 몰랐다. 둘은 그렇게 서로의 이름을 나눴다.

 수의 경계심이 풀리는 걸 느낀 남자는 이것저것 물어보기 시작했다. 도대체 왜 밤거리에서 그렇게 다쳤던 건지 그리고 왜 병원에 가기를 꺼리는 건지. 그녀가 불법적인 일에 관련되어 있진 않을까 걱정했다. 하지만 그것도 나쁘지 않을 것 같다는 생각이 그도 모르게 피어올랐다. 평생 처음 어딘가 연루된 느낌. 남자는 그 순간만큼은 어딘가를 긁지 않고 수를 보고 있었다. 수는 남자의 표정을 보며 고민에 빠졌다. 그녀는 자신의 부은 발목을 더듬어 보았다. 누를 때마다 칼로 뼈를 쑤시는 것 같은 고통이 밀려왔다. 최소한 며칠 신세를 져야 할 사람에 대한 예의라 생각하기도 했을 수도 평범한 사람에겐 말해봤자 별 상관없을 거라 생각했을 수도 있다. 믿지 못할 테니까. 수는 이곳이 어떤 곳인지 잘 알았다.

 나는 다른 세계에서 왔어. 여기 말로는 다른 차원.

 남자는 그 말을 듣고 어떤 표정을 지어야 할지 몰랐다. 그냥 미친 여자였나. 뭘 바랐던 걸까. 평소와 다른 일이 굴꼬가 트이듯 일어나기에 뭔가라도 되었다 생각났나. 뭔지 모를 들뜸에 붕 떠 있던 자신이 우스워졌다. 요즘 같은 시대에 모르는 여자를 집에 들인 것에 대한 리스크가 현실적으로 다가왔다. 갑자기 문신으로 가득 찬 거구의 아저씨가 노크할지도 모른다는 걱정. 그가 잠깐 믿지 못했던 삶이 다시 또렷하게 보이는 느낌이 들었다. 아무 일면식 없는 사람에게 칼을 휘두를 수 있는 지금이니까. 그러면 그렇지. 남자는 본인이 초라하게 느껴졌다. 하지만 수는 정적 속에서 그의 마음을 쉽게 읽어 냈다.

 믿지 않아도 돼. 발목이 나을 때까지만 여기 있게 해줘.

 그녀는 대차게 뻔뻔했다. 다른 데서도 이랬을까? 도대체 무슨 컨셉의 미친년일까…. 남자는 처음으로 부탁을 받는 사람 관점에서 그녀를 훑어 보기 시작했다. 나이 차이가 많이 나는 것 같진 않았다. 끽해 봐야 30대 초. 그을린 듯한 피부, 크지 않은 키에 걸맞은 작은 얼굴과 작은 손이 눈에 들어왔다. 어디서 주워 입었는지 모를 너저분한 야상과 흙이 잔뜩 묻은 바지를 보면 어제라도 당장 정신병원을 탈출한 것 같은 사람이지만…. 단정하게 묶어 넘긴 단발머리와 오래 방치된 것 같지 않은 손톱이 눈에 들어왔다. 그리고 본인을 꿰뚫을 듯 보는 붉은 눈. 남자는 눈을 내릴 수밖에 없었다. 무엇인가를 확실하게 원하고 있고 어딘가를 확실하게 보는 눈, 오히려 저런 눈이 미친 사람의 눈 아닌가까지 생각이 닿자 오싹해지기도 했다. 그러다 오늘 동장이 했던 말이 떠올랐다. 너 미친놈이야? 누군가에겐 나도 미친놈이겠지. 남자는 좀 실망한 느낌이 없지 않아 있었지만⋯. 어떤 범죄 집단과 연관되어 있는 것보다는 그냥 미친 여자가 더 안전한 게 아닌가 싶었다. 아직 수에 대한 궁금증이나 의심이 줄어들진 않았다. 어차피 일하러 가는 오전엔 집이 비고 저녁에 잠깐 마주치는 정도야 상관없어 보였다. 긴장감이 줄자 묘한 기대감이 다시 일어났다. 그래서 남자는 수가 얼마나 미친 사람인지 제대로 확인해보고 싶어졌다.

 좋아요. 그 대신 뭘 하려던 건지 설명해 줘요. 아무것도 모르는 사람을 받아줄 수는 없어.

 수는 고민하더니 고개를 끄덕이며 이야기를 시작했다. 그녀의 말은 차분하고 진중했지만, 꽤 길었고 서서 이야기를 듣던 남자는 맞은편에 의자를 들고 와 앉아야만 했다. 요약해 보자면⋯. 수는 '그들'에게서 이 나라를 크게는 이 세계를 구하러 왔다고 말했다. 남자는 역시 허무맹랑한 소리라고 생각했다. 발음이 너무 어려워 따라 할 수 없는 그것들은 사람들의 결속을 모두 끊어 자신들의 이득을 유지하려는 집단이라 했다. 상처도 그들 때문이냐 묻자 수는 고개를 끄덕였다. 수는 '그들'에 대해 이야기하며 크게 분개했다. 그녀의 폭력적인 모습을 보며 그녀가 진짜 정신병원을 탈출한 조현병 환자가 아닐까 하는 의심이 들었다. 다 불태워 죽여야 한다⋯. 과거의 어느 광적인 집단들이 떠올랐다. 허무맹랑하여 경청해서 듣진 않았으나 그녀의 담담한 태도와 너무나 막힘없는 세계관의 설명을 들으며 소름이 올랐다. 수는 확실한 실체를 이야기하는 듯 말에 머뭇거림이 없었다. 요약해보자면 수는 다른 세계에서 온 장교였고 특수 임무를 위해 이곳에 왔다는 주장이었다. 일단 보통 미친 사람이 아니라는 결론으로 좀 더 기울었다. 남자 하나 제압하면 되는 일에 이렇게 공을 들일 이유는 없지. 폐기름을 모아서 황산과 비눗거품으로 사제 폭탄을 만든다는 이야기를 할 땐 목뒤가 약간 서늘해지는 기분이 들었다. 이 여자 진짜 진심으로 그런 테러를 할 생각이 있는 걸까? 단지 나무위키에서 들은 말일까? 그런 것들 말할 때도 수는 눈빛을 잃지 않았다.

이런 이야기까지 해도 되는 거예요?
당신을 믿어보기로 했어. 지금 혼자서는 임무를 수행하기 어려워.
내가 어쩔 줄 알고?
그건 모르지. 난 언제나 할 수 있는 걸 해.
너무 뻔뻔한 거 아니에요?

수는 잠깐 생각하더니 다시 입을 열었다.

너야말로 뭔가 필요해.

수는 옆에 움푹 파여있는 자국을 만지작거리며 남자의 검지를 바라봤다. 남자는 못 볼 걸 보여줬다는 듯 엄지와 중지로 밀어 넣어 검지를 손바닥 뒤로 숨겼다. 수는 그 모습을 보고 좀 더 자신감에 찬 목소리로 말했다.

날 도와. 나는 깨부수는 사람이야.

남자는 목을 타고 흐르는 동맥이 뛰는 게 또렷하게 느껴졌다. 왜일까 계속 생각해 봤지만 뾰족한 이유는 떠오르지 않았다. 남자는 수를 받아들인 이유를 명쾌하게 대답할 수 없었다. 이성적이지 않은 이해하지 못할 행동. 남자는 이해되지 않는 것들을 혐오해왔기에 자기가 그런 상황에 놓이자 어쩔 줄을 몰랐다. 머리는 분명 앞에 있는 여자가 미친 여자라고 말한다. 그녀의 말은 사리에 맞지 않는 말. 거짓말인 게 분명했다. 하지만 몸 어디선가 재밌어 보이잖아라는 속삭임이 들렸다. 남자는 심장이 뛰고 피가 뜨거워지는 걸 느끼며 그녀의 말에 빠져들었다. 남자는 이렇게 사이비에 빠지나라는 생각을 하며 마지막으로 수에게 물었다.

 내가 그 모든 걸 어떻게 믿어요. 당신이 단지 미친 사람이 아니라는 걸 증명할 수 있어?

 수는 자신의 외투에서 무엇인가 조심스레 꺼내 들었다. 수의 작은 손에도 다 가려지는 은백색의 동그란 뱃지였다. 그려진 문양은 어디서 본적 없는 것이었는데 호랑이처럼 생긴 고양이과 맹수가 그려져 있었다. 털의 작은 음영까지 세밀하게 표현되어 있는 그것은 한눈에 봐도 범상치 않은 물건이었다. 수는 그것을 아련하게 한번 바라 본 뒤 남자에게 천천히 건네주었다. 금방이라도 튀어나올 듯한 수염과 털이 묘사되어 있지만 확실하게 동물원에서 보던 호랑이와는 달랐다. 귀도 좀 더 길고 호피 무늬가 보이지 않았다. 호랑이와 재규어 사이의 기묘한 것. 수는 그걸 하티라고 불렀다. 정확한 발음인지 모르겠으나 그의 귀엔 그렇게 들렸다. 수는 그것이 본인이 살던 세계에서 가장 용맹한 동물이라 했다. 자기보다 2배는 큰 야수 앞에서도 물러서지 않는 맹수. 장교가 되면 주어지는 징표이고 자기가 가진 것 중에 가장 소중한 것이라 말했다. 뱃지에선 처음 맡아본 시큼한 금속 냄새가 흘러나왔다. 이 세계에 다른 물건을 가지고 건너가는 건 규정 위반이었지만 두려웠던 그녀는 이걸 챙겨왔다 말했다. 수가 말한 게 두렵다는 말이 남자에겐 신기하게 느껴졌다. 자신이 어떤 마음을 가지고 군인이 되었는지 떠올리기 위함이라 했다. 남자는 처음으로 수의 붉은 눈이 살짝 흔들리는 걸 느꼈다. 수는 지문이 하나도 남지 않은 손바닥을 보여주며 말했다.

 나를 증명할 수 있는 건 여기 없어. 태어나지도 않은 사람이고 아는 사람도 없어. 믿지 못하는 게 당연해. 나를 증명하는 건 여기선 가치 없는 증표뿐.

남자는 수를 믿을 순 없었다. 실질적인 증거는 아무것도 없고 관념적인 호소만 있었다. 남자처럼 정상적인 교육과정을 밟은 사람이라면 이런 환상을 유희로 소비할 순 있어도 실제로 믿지는 않을 것이다. 하지만 남자는 수를 쫓아낼 수가 없었다. 남자 앞에 있는 수는 아주 실제적이었고…. 확고해 보였다. 일단 눈앞에 있는 사람에 집중해보기로 했다. 수는 도움이 필요했다. 아직은 그녀를 쫓아내야만 하는 이유를 찾지 못했다. 남자는 일단 수를 쳐다보는 것을 멈추고 거실에 수를 위한 자리를 마련하기 위해 소파를 옮기기 시작했다. 찬장에서 여분의 이불과 베개를 가져왔다. 부모님이 오실 때마다 쓰던 것이었다. 그러고는 남자는 간단하게 화장실이 어디 있는지 그녀가 쓸 수 있는 물품은 무엇인지 설명했다. 그리고 본인 방은 들어가지 않았으면 하는 의도를 조심스레 전달했다. 수는 연신 고개를 끄덕였다. 그러다 남자의 말이 끝나자 정적이 흘렀다. 이제 뭘 해야 하나 싶었다. 원래 별생각 없이 TV를 보다 잠들었는데 이젠 수가 있으니 그러기가 불편했다. 수는 잠시 눈치를 보다 말을 했다.

 음식이 필요해.

 남자는 수가 참 뻔뻔하다는 생각이 들면서도 외려 맘이 더 놓였다. 집에 무슨 음식이 있었는지 머릿속으로 되뇌기 시작했다.

 그 후부터 수는 남자의 집에서 지내게 되었다. 처음엔 둘 다 어색했다. 하지만 남자는 집을 제공한 사람치고는 전혀 텃세가 없었고 수는 그걸 고맙게 여겼다. 자연스레 안방은 남자의 영역 거실은 수의 공간이 되었고 거실에는 수의 물건이 조금씩 쌓이기 시작했다. 어차피 집에서 누워있는 것 말고 별걸 하지 않던 남자에게 소파를 못 쓰는 것 외에 큰 불편함은 없었다. 며칠 후엔 저녁 정도는 같이 먹기 시작했고 어느 순간부터 남자는 집에 가는 발걸음이 약간 빨라졌다. 단지 집에 돌아가야 할 이유가 생겼을 뿐이지만 분명 변화가 생겼다. 남자의 집도 사뭇 달라졌다. 필요한 물품들 외엔 어떤 것도 없는 공간은 조금이나마 번잡해졌다. 남자가 집안 곳곳에 남긴 흔적들이 수의 잡동사니로 가려져 갔다. 수는 가끔 남자의 방 문 앞에 건조가 끝난 옷들을 놓아두곤 했는데. 남자는 수가 원통 모양으로 말아 접어둔 티셔츠와 팬티를 보며 군인이었다는 게 진짜일까 생각하기도 했다. 둘이 마주치는 순간은 길진 않았다. 저녁을 먹을 때 정도가 몇 안 되는 순간이었다. 남자는 자신의 이야기를 잘 하지 않는 편이었고 수의 이야기는 허무맹랑하다고 생각했기에 긴 대화가 이뤄지진 않았다. 그래도 둘은 계속 식사를 같이했고 대부분 요리는 집에 있는 수가 담당했다. 있는 재료를 볶고 끓이는 정도의 간단한 요리들이었지만 수는 그런 것에 익숙한 듯 잘 해냈다. 그래서 수는 가끔 필요한 재료를 남자에게 부탁했다. 그 사이에 스포이드 같은 누가 봐도 식재료는 아닌 것 같은 것들이 섞여 있었지만 남자는 그걸 별말 없이 구해다 줬다.

 수는 눈에 띄게 부기가 가라앉은 발목을 쩔뚝거리며 물건을 받아가도 고맙다는 말은 하지 않았다. 남자는 그걸 별로 신경 쓰진 않았다. 수는 이상한 사람이었고 남자는 그걸 이해했다 생각했다.

 오랜만에 남자의 부모님에게 전화가 왔다. 괄괄한 경상도 사투리로 말하는 목소리를 들으며 수는 신기한 듯 남자를 쳐다보았다. 전화의 내용은 평소처럼 별게 없었다. 밥은 잘 먹니, 집에는 언제 오니, 결혼은 언제 할 거니. 귀에 인이 박힌 그 말에 남자는 똑같이 대답했다. 네, 설에요(추석에요 라고 대답했을 수도 있다), 있으면요. 그러면 어머니의 한숨 섞인 말들과 함께 전화는 종료되었다, 수는 빠짐없이 들었지만 이렇다 저렇다 말을 하진 않았다. 하지만 이번엔 오랜만에 남자 쪽에서 목소리가 들렸다.

 부모님은 걱정 안 하셨어?
 ... 별로

수의 대답이 묘하게 느렸지만 부모님 생각으로 기분이 안 좋아진 남자는 그걸 느끼지 못했다.

 그래? 쿨하신 부모님이네.
 맞아 시체는 차가워.

 냉랭한 말에 남자는 아찔함을 느꼈다. 수는 아무 말 없이 하던 일을 계속했다. 이런 적이 처음인 남자는 뭐라 말해야 할지를 몰랐다. 이상하게만 느껴지던 그녀가 본인과 같은 사람이라는 게 확 와닿았다.

 괜찮아.

 남자는 미안하다 말하지 못했다. 수는 더 말하지 않았고 남자는 더 묻지 못했다. 남자는 처음으로 그녀에게 측은지심 같은 게 들었다. 어떤 삶을 살았기에 지금의 그녀가 있는지 전혀 알 수가 없었다. 항상 그녀의 말은 거짓말이라 생각하며 깊게 생각하지 않았으니까. 하지만 모든 말이 진짜라면…. 지고 있을 무게 같은 건 가늠이 되질 않았다. 남자는 자신이 북한에 떨어지는 걸 상상해 보았다. 그래도 전혀 감이 잡히질 않았다. 일단 부모님은 드러누워서라도 그를 말렸을 것이다.

 수가 집에 온 지 1주일이 지나자 혼자서 붕대를 풀고 감을 수 있게 되었고 2주쯤 지났을 때부터 쩔뚝이는 게 눈에 띄게 줄더니 한 달이 다 되어갈 때쯤에 수는 붕대를 쓰지 않았다. 남자는 그걸 알고 있었지만 별다른 말은 하지 않았다. 수 역시 일부러 발목에 대해선 별말을 하지 않았다. 그 대신 좀 더 열심히 테이블을 닦고 어디서 났는지 모를 돈으로 장을 봐두기도 했다. 남자는 언젠가 그녀가 떠날 걸 알았지만 지금은 아니라 생각했다. 붙잡을 마음은 없었다. 정확히는 붙잡을 수조차 없었겠지. 하지만 떠나라고 말할 자신도 없었다. 수는 그때부터 밖으로 돌아다니기 시작했다. 남자가 집에 돌아왔을 땐 항상 집에 있었지만 새벽마다 문이 열리고 닫히는 소리를 들었다. 남자는 처음엔 걱정스러웠으나 매일 아침에 일어나면 소파에 누워있고 퇴근하고 돌아오면 식탁에 앉아 있는 수를 보며 괜찮다고 생각했다. 남자는 이제 구멍을 파거나 벽을 긁지 않았고 직장에서 좋은 평가를 받았다. 눈에 띄지 않으면서 문제를 일으키지 않는 사람. 성과보단 유지가 중요한 집단에선 아주 좋은 인간상이었다. 자기가 직접 밖으로 나갈 수 있게 된 수는 남자에게 물품을 부탁하는 일이 줄었다.

 하지만 가끔 뜻 모를 일을 부탁하기도 했다. 어디서 난지도 모를 지폐를 폐쇄된 아파트 단지 우편함에 넣어달라 하기도 했고, 아무것도 적혀 있지 않은 종이를 환승을 2번은 해야 하는 지하철 역사에 있는 쓰레기통에 버려달라 하기도 했다. 그 종이에선 은은하게 시트러스 향이 났다. 무슨 쓸데없는 짓인가 싶으면서도 성실하게 임무에 임했다. 집에 돌아온 남자는 종이의 정체에 대해 물어봤다. 거실에 있던 수는 별 대답은 하지 않고 미소를 씩 짓더니 종이 위에 무엇인가를 끄적였다. 그리고 그걸 들고 후후 불더니 남자에게 건네주었다, 역시 아무것도 적혀 있지 않은 종이였지만 아까보단 조금 더 강한 시트러스 향이 풍겨왔다. 남자는 이리저리 돌려 보았지만, 아무것도 찾을 수가 없었다. 그걸 보고 웃고 있는 수가 짜증 날 때쯤 그녀는 어디론가 손가락을 가리켰다. 그곳엔 형광등이 밝게 빛나고 있었다. 남자는 무슨 소리인지 이해 못 하고 눈을 찌푸리고 형광등을 바라보다 퍼뜩 코난의 한 장면이 머리를 타고 지나갔다. 편지들 들어 형광등에 비춰 보았고 그러자 종이 정중앙에 바보라는 글자가 희미하게 보이기 시작했다. 남자의 표정이 착잡하게 바뀌자 수는 다시 하던 일을 계속했다. 남자는 어이 없어 하는 표정으로 수와 종이를 번갈아 볼 뿐이었다. 그러면서 약간 아쉬운 마음이 들었다. 아까의 종이 한번 비춰 볼 걸. 하지만 종이의 비밀을 알려준 뒤로 수는 아무것도 적히지 않은 종이를 주는 경우는 없었다.

 어느 날은 테이프로 둘둘 말린 상자를 들고 공원에서 앉아 있었다. 10분 20분 영문도 모르고 있던 입김이나 보고 있던 남자는 슬슬 추워지기 시작했다. 그런데 그때 언제 있었는지도 모를 노숙인이 손을 뻗어왔다. 가져간다. 남자는 벙쪄서 그를 바라보았지만, 노숙인은 별다른 설명도 하지 않은 채 상자를 가지고 천천히 걸어갔다. 너무나 당당한 태도에 별다른 저항 없이 내어줄 수밖에 없었다. 수는 노숙인의 인상착의를 듣더니 희미하게 웃으며 잘했다고만 말했다.

 남자는 수에게 맞춰준다고 생각하며 그것들을 행했지만…. 사실은 남자는 그 자체에 흥미를 느꼈던 것 같다. 일종의 소꿉놀이처럼. 그녀와 스파이 놀이를 한다고 생각했다. 남자가 보기엔 무의미한 것들이었기에 오히려 더 쉬웠다. 남자는 인생 처음으로 자기의 삶에 의미가 생긴 것 같은 기분이 들었다. 물론 수의 말을 믿고 같이 미쳐버릴 생각은 전혀 없었다. 다만 그녀의 부탁을 들어주고 그녀와 밥을 먹고 그녀에게 돌아갈 수 있다는 게 좋았다. 비록 수가 미친 여자 일지라도 아니면 진짜로 이 세계에서 온 비밀 요원일지라도 별 상관없었다. 처음으로 갈증이 해소된 남자는 단지 이 순간이 끝나지 않기만을 바랐고 끝난 뒤 같은 건 생각할 여력이 없었다. 무엇을 더 바라지도 않았다. 더 좋아질 필요도 없다고 생각했으니까.

 남자는 소파에 앉은 채로 식탁에서 무엇인가를 골똘히 생각하는 수에게 물었다. 왜 이렇게 힘들고 고된 일을 선택한 거야? 원하는 것을 꽉 움켜쥐는 게 생명체라면 모두 가진 욕망인 듯. 수는 하던 일도 멈춘 채 처음으로 그런 질문을 하는 남자를 쳐다보았다. 수는 남자가 그런 말도 할 수 있는 사람인지 방금 알았다. 남자는 궁금했다. 그녀가 무슨 생각을 하는지. 뭐가 진실이든 자기에겐 아무런 이득도 없는 일을 왜 이렇게까지 하는 건지. 수는 잠시 고민하다 입을 열었다.

 넌 왜 살아?

 남자는 머리를 한 방 맞은 기분이 들었다. 그런 건 딱히 고민해 본 적이 없었다. 항상 주어져 있었지만 그랬기에 단 한 번도 생각하지 않앉을지도 모른다.

 왜 힘든 삶을 살아내지? 자식을 남기기 위해서? 그렇게 생각한 날. 난 죽었을 거야. 모든 것이 옳은지 아닌지 알 수 없어, 그러니 그게 진짜든 아니든 믿어야 해. 그걸 위해 난 살아.

 오늘따라 어눌하지 않게 말하는 수의 눈을 남자는 마주치지 못했다. 하루 치 말을 다 한 듯한 수는 더 이상 말을 하진 않았고 남자도 입에서 더 나은 말을 뱉을 순 없었다.

 겨울바람이 불어오려 하는 어느 날 저녁을 먹는 도중 수는 머뭇거리며 입을 열었다. 평소 대담하고 뻔뻔하게 말하던 그녀와는 사뭇 달랐다. 남자는 고개를 끄덕였다. 집에 돌아오며 남자는 손에든 걸 한번 다시 봤다. 60대 중반의 남성의 정보가 담긴 종이. 걸리게 되면 나는 잘리려나. 기록은 무조건 남지만, 지금이라도 세절하면 별문제 없을 수도 있다. 실수했다고 잡아떼면 봐줄지도 몰라. 나랑은 전혀 관련 없는 사람이니까. 이 직업에 큰 미련은 없었다, 돈이야 다른 일이 있을 수도 있지 않을까. 수의 부탁을 들어주고 싶었다. 한낱 소꿉놀이일지라도 깨고 싶지가 않았다. 어차피 그녀가 아니었다면 이미 나갔을 직장이라는 어렴풋한 감각이 있었으니까. 남자는 평소처럼 앉아서 남자를 기다리는 수에게 가져온 자료를 넘겨줬다. 수는 놀란 눈으로 그걸 봤고 이내 남자를 바라보았다. 처음으로 붉은 수의 눈동자가 비바람이라도 맞은 것처럼 크게 흔들거리는 걸 남자는 느꼈다. 수는 잠시 생각에 잠겼다. 그리곤 아무 말 없이 남자에게 다가와서 그의 목을 두 팔로 둘러싸며 힘껏 안아줬다. 남자는 몸이 으스러지는 것 같은 느낌을 받았다. 확실히 싸우면 이길 수 있을 것 같진 않았다. 수의 머리카락 사이로 남자의 샴푸 향이 풍겼다. 한 번도 겪어 본 적이 없는 일이지만 남자는 이번엔 다행히 어떻게 해야 할지 알았다. 남자는 꽉 조여 겨우겨우 움직이는 팔로 수의 등을 안아주었다.

날 믿어. 그래야만 해.

수는 남자를 더 세게 끌어안았다,

 남자는 다음날 평소와 달리 늦잠을 잤다. 오랜만에 늦게 잤기 때문이다. 허둥지둥 일어나서 옷을 갈아입는데. 수가 소파에 누워있지 않았다. 남자는 이상하게 생각하면서도 일단 출근을 해야만 했다. 하지만 출근을 해서도 수가 계속 신경 쓰였다. 뭔가 의미심장한 말들 그리고 아침부터 사라진 그녀. 돌아오지 않을 것만 같았다. 아무것도 손에 잡히지 않았다. 난생처음으로 택시를 타고 퇴근을 했다. 하지만 예상대로 수는 집에 없었고 아침에는 미처 보지 못한 것들이 보였다. 수의 짐이 하나도 빠짐없이 정리되어 있었다. 그녀가 사라진 자리엔 황량한 구멍들이 다시 자리 잡았다. 선녀에게 선녀복을 줘선 안 되었나. 날아갈 줄 알면서도 줄 수밖에 없었던 나무꾼의 마음이 조금 이해가 되었다. 그 선녀도 분명 눈이 붉고 아름다웠을 것이야. 남자는 소파에 쓰러지듯 앉았다. 너무 깔끔한 거실에선 수의 향기가 한 톨도 남아 있지 않았다. 슬프거나 화나거나 하는 감정은 들지 않았다. 오히려 아무것도 안 느껴져서 더 두려웠다. 마치 과거의 자신처럼.

한참을 무엇을 할지 몰라 누워있다 남자는 유튜브라도 틀어보기로 했다. 어떤 무가치한 소리라도 있으면 좋겠다는 심산이었다. 그런데 피드 제일 상단의 긴급 속보 생중계가 눈에 들어왔다. 건물이 불타고 있는 모습이 생중계되고 있다. 그리고 용의자로 지목된 여성의 인상착의. 남자에겐 너무 익숙한 것이었다.

 사람 하나 추적하는 건 너무 쉬웠다. 남자의 개인 정보는 나라의 것이었으니까. 어찌할 줄 몰라 출근도 못 하고 있던 남자의 방에 경찰들이 들이닥치는 데엔 일주일도 걸리지 않았다. 남자는 아무 말도 하지 못했다, 그런 일과 연관되어 있을지 몰랐다고 항변조차 하지 않았다. 하지만 본인의 구매 목록, 수와 같이 있던 기간, 그리고 본인의 행적들이 밝혀지는데도 마찬가지로 오래 걸리지 않았다. 카메라는 남자의 행동을 하나도 놓치지 않았다. 남자는 일사천리로 진행되는 사건들을 보며 세상은 참 빠르다는 생각이 들었다. 남자는 테러 방임 및 동조죄, 개인 정보 관리법 위반으로 기소되었고 15년을 선고받았다. 청중석에 있던 부모님은 오열했다. 하지만 남자가 거부했기에 재심 청구도 하지 않기로 했다. 삶이 다시 피곤해졌기 때문이다. 재판을 받는 내내 남자는 왼손 약지를 긁고 있었다.

 옥 생활은 힘들긴 했지만 남자의 감정적인 동요는 크지 않았다. 밖이나 안이나 큰 차이가 없단 생각이 들었기 때문이다. 완전한 타인과 한 공간을 같이 쓰는 건 쉽진 않았으나 남자는 무엇인가 원하는 게 없었다. 단지 수가 어떻게 되었는지 궁금해할 뿐이었다. 직장은 당연히 잘렸고 부모님은 큰 충격을 받으셨다. 남자가 옥살이를 하게 되어 충격인지 사람 구실 못하는 아들을 두게 된 것에 대한 충격인지 정도는 그도 궁금했을 것이다. 가끔 와서 그에게 전후 사정을 묻거나 원망 회한 걱정 등의 감정을 표출하였으나 남자는 별 대답이 없었다. 그에겐 그다지 중요하게 느껴지진 않았다.

  그녀는 정말 이 세계 사람이 아니었나요?

 남자는 마지막 조사를 받으며 피곤한 듯 조서를 쓰는 조사관에게 물었었다. 조사관은 남자를 보지도 않은 채로 그런 게 어딨어라며 중얼거렸다. 남자는 별 반응도 없이 조사관 셔츠의 위에서 2번째 단추를 초점도 없이 바라봤다. 아무 말이 없자 조사관은 불쌍하다는 듯 남자를 잠시 바라보다 들고 있던 서류를 뒤적거렸다. 그러고는 한 파일을 꺼내 들더니 그녀의 인적사항을 줄줄이 읊기 시작했다. 성북동에서 태어나 성북여고를 중퇴했고…. 부모님과 큰 다툼 후 자해를 하다 병원에 입원했고 몇 년 전 정신병원에서 실종되었다는 말. 그리고 그녀의 부모님까지 조사를 받고 있다고 했다. 남자는 자신이 좀 한심스러워졌다. 별다른 반응이 없자 조사관은 종이 한 장을 꺼내서 남자에게 내밀었다. 그곳엔 딱딱한 얼굴을 한 여자의 모습이 보였다. 누군가의 신분증이었다. 성지수. 그게 그녀의 이름이었을까. 남자는 그제야 시선을 돌려 그걸 뚫어지게 보고 있었다. 그걸 본 조사관은 불쌍한 듯 몇 마디 조언을 남기기 시작했다. 미친년에게 걸린 것도 운명이라 생각하라, 납작 엎드려서 감형 받는 게 제일이다. 현 상태에 유효한 조언이었을지도 모르지만, 엄마 아빠 말도 안 듣는 그에게 들릴 말은 아니었다. 남자는 대답도 하지 않고 그녀의 신분증만 바라봤다. 뭔가 이상한 느낌이 들었기 때문이다. 아무리 봐도 익숙해지지 않는 어색한 사진 때문일까 아는 사람 같지 않았다. 8년 전 사진 속의 그녀는 박제된 듯 텅 빈 검은 눈을 가지고 있었다.

 일이 있고 1년이 지나도 수는 끝내 잡히지 않았다. 남자는 그때부터 뭔가를 내려놓은 것 같았다. 수감 초반에는 너무 강박적으로 긁어 뼈마디가 드러날 것만 같은 검지가 흉터가 뭉뚝해졌지만 이젠 상처는 보이지 않는다. 의미 없이 손가락을 움직일 만큼의 삶의 의욕도 남아 있지 않았다. 장난치고 때려도 반응이 없는 남자를 보며 같은 방의 수감자들은 그를 늙은 개라 불렀다. 이젠 몇 살인지도 알아보기 힘든 남자는 밥 먹을 때 일할 때 빼고는 별다른 움직임도 의사 표현도 없었기 때문이다. 남자에게는 관습적이고 상투적인 삶만이 남아 있었다. 그런 남자에게 오늘 편지가 날아왔다. 이제야. 언제나처럼 자유시간에 중앙 공터 가탱이 그루터기에 웅크려있던 그 앞에 종이봉투가 하나 떨어졌다. 잠시 뒤에 그것을 눈치챈 남자가 주위를 둘러봤지만 저 멀리 족구를 하는 사람들만 보일 뿐 누구도 보이지 않았다. 남자는 그걸 들어 보았다. 평소였다면 그냥 제자리에 버려두고 갔을지도 모르겠지만 봉투에는 남자의 이름이 작지만 선명하게 쓰여있었다. 남자는 잠깐 생각에 빠졌다가 이내 그걸 열어보았다.

 편지에는 남자에 대한 헌사, 고마움, 언젠간 받을 보상들…. 부질없는 말 뭉텅이가 들어있었다. 남자는 오히려 그게 재밌게 느껴졌다. 아직도 미쳐있는 것 같은 그녀를 보며 분노보다는 반가움이 더 앞섰다. 편지를 몰래 보낼 방법까지 고민한 아주 미친 그녀가 반가웠다. 날 믿어. 수가 마지막으로 했던 말로 편지는 끝이 났다. 남자는 역시라고 작게 말하며 편지를 접었다. 이번엔 기대를 하지 않았다. 그게 자신의 삶에 얼마나 해로웠는지 하루하루 증명하고 있었다. 그다지 빠르지 않은 속도로 편지를 구겼다. 어떻게 버려야 다른 이들이 보지 않을까 정도의 생각만이 남자에게 남았다. 그러다 문득 아직 편지에 그녀의 향이 남아 있을까 궁금했다. 진짜 마지막이라면 냄새 정도는 남아 있으면 좋겠다 싶었다. 한번 구긴 휴지같이 생긴 편지를 들어 코에 가져다 대자 익숙한 향이 올라오고 있다는 걸 느꼈다. 시트러스 향. 그는 자신의 심장박동이 약간 빨라진 걸 눈치채진 못했을 것이다. 구겨진 편지를 조심스럽게 펴 중정을 환하게 비추는 태양빛에 편지를 비추어 보았다. 태양이 너무 밝아 눈이 찌푸려졌지만 희미하게 보이는 글자는 금방 남자에 눈에 들어왔다.

곧 갈게.

그녀의 징표가 피어올랐다. 희미하게 보이는 말 옆에는 귀가 긴 호랑이가 그려져 있었다. 남자 눈시울이 붉어진다. 1년 동안 뛰지도 않았던 것 같았던 심장에 1년 치 고통이 밀려 들어오는 듯한 통증을 느꼈다. 남자에게 필요했던 건 구원이 아니라 확인이었을지도 모르겠다. 그게 진짜든 아니든. 편지 위로 눈물이 떨어졌다.

주변 수감자들은 곧 웅성거리기 시작했다. 어떠한 폭력에도 꿈쩍도 안 하던 그가 처음으로 감정이 동한 걸 보았기 때문이다. 잠시 당황하다 근처에서 공을 차던 덩치가 큰 방장이 남자에게 다가왔다, 이거 뭔데? 남자의 손에 있는 편지를 잡으려 하자 남자는 그걸 거칠게 밀어냈다. 흥미롭기도 하고 주변의 눈치가 보인 방장은 강압적으로 편지를 뺏으려 했고 남자는 반항하다 힘이 모자라자 순간적으로 편지를 씹어 삼켰다. 모욕감을 느낀 방장은 남자를 던져 눕혔다. 다른 수감자들은 좋은 구경거리가 생겨 주변으로 모여들었다. 잠깐의 시간이 흐르고 사람들 사이에서 찢어 질듯한 비명이 들렸다. 놀란 간수들은 뛰어왔고 오른쪽 귀를 부여잡고 피를 철철 흘리는 방장을 발견했다. 그리고 놀란 수감자들과 감옥 한쪽에 입에 피가 철철 나는 채로 침을 뱉고 있는 남자가 서 있었다.

 남자는 기이한 힘이 끌어 오르는 걸 느꼈다. 아직 꿈인지 생시인지도 파악되진 않았지만 쓴 피 맛이 입에 감도는 건 확실하게 느껴졌다. 남자는 여전히 자기 삶이 믿어지지 않았지만 짧은 순간 어떤 변화를 맞이한 건 확실했다. 이미 그 안에 있었다 할지라도.

03

욕망의 더미들

2025년 08월 02일, 정릉동, '동네생활연구소 한평'

하민 오늘 38도까지 올라갔네요.

준호 다들 어찌 오셨는지...

시원 진짜 죽을 뻔했어

준호 역 주변에 있으면 참 좋을 텐데..

정한 동네가 예뻐서 괜찮았어요

준호 나중에 끝나고 여유 되시면 보고 가시죠.

하민 안 그래도 그러려고 했습니다

1. 강교수님과의 심포지엄

(자신이 가져온 리서치를 서로 공유하는 시간을 가진다)

하민 저는 내 새끼들 데리고 와서 얼마나 재밌게요 느낌으로 한 번 준비해 봤거든요. <퍼펙트 데이즈>, <아노라>, <실종>의 스포가 강하게 포함되어 있으니 양해 부탁드립니다..

준호 괜찮습니다!

하민 그러면 우선 <퍼펙트 데이즈>라는 영화인데요. 인간은 불완전하니까 완벽한 하루를 보내기 위해서 루틴대로 하루하루를 계속 보내고 싶다는 욕망을 가지고 있는 주인공이에요. 그런데 예상치 못한 일들이 벌어지는데 그러한 일들도 나를 행복하게 만들어주는 것들 중 하나고 결국 살아간다는 감정을 느끼게 한다는 걸 깨달으면서 영화가 끝이 나거든요. 결국 주인공의 모습을 보면은 완벽한 날을 보내기 위해서는 오히려 역설적이게 사소한 일들을 통제하려 하지 말고 살아가는 게 더 중요한 자세라는거죠. 욕망을 바라볼 때도 한곳에 매몰되지 말고 욕망을 향해서 다가가는 게 더 멋있는게 아닌가하는 그런 측면에서 이 영화를 골라봤습니다.

다음 영화 <아노라>는 상당히 자극적긴 서사들을 가지고 있어요. 주인공 아노라의 순수한 욕망의 불꽃을 조명하는 영화거든요. 예를 들면 섹스와 마약, 고성과 폭력, 좌절과 수모를 통해서 아노라의 절대로 이루어질 수 없던 욕망들을 따라가다 보면은 어느새 그녀의 욕망을 응원하다가도 동정심까지 느끼게 되는 그런 영화라고 볼 수 있습니다. 맞지도 않는 유리 구두인데도 억지로 발을 쑤셔 넣는 걸 보면서 저 인물은 대체 어떤 생각을 가지고 있을까. 절대로 이루어지지 않는 욕망을 다른 방법이 없다는 듯이 행동하는 저 인물을 보면서 우리는 또 어떤 자세를 가져야 될까. 욕망을 대하는 방법에 대해 생각을 하게 만드는 영화라 한번 와 봤습니다.

그리고 개인적으로 <실종>을 정말로 좋아하는데요. 우연히 수배 중인 연쇄 살인마를 아빠가 직접 봤다고 말한 후에 다음 날 아빠가 실종이 돼요. 그래서 딸이 아버지가 일하고 있는 공사장에 가니까 아버지의 이름을 대신해서 연쇄 살인범이 그 자리에 있는 거죠. 그러면서 벌어지는 일들에 대한 영화거든요. 딸, 아빠, 그리고 연쇄 살인범의 욕망이 너무 적나라하게 드러나면서 서로의 맥락이 맞부딪히면서 일어나는 이야기거든요. 개인의 욕망에 대해서 어디까지 할 수 있는지에 대한 어떻게 보면 주제와 적합한 이야기이지 않을까 싶어서 이 영화를 가지고 왔습니다. 그런데 이 영화는 바라는 욕망을 찾으면 찾을수록 무언가 잃어버리는 순간들을 계속해서 보여주고 있어요.

딸의 이야기만 해도 아버지를 찾는 과정에서 원숭이 손이라는 우화가 생각날 정도로 예상치 못한 것을 계속 잃어버리는 모습을 보여주고 있습니다.

시원 어, 원숭이 손이 뭐죠?

하민 소원을 바라면은 소원이 이루어지는데 완전 다른 방향으로 소원이 이루어지는 거예요.

시원 호오

하민 예를 들면 시험을 치는 데 전교 1등이 되고 싶다고 소원을 빌어요. 그러면은 전교 1등이 되긴 되거든요. 대신에 학교에 있는 자신보다 성적이 높은 나머지를 전부 다 죽여버리는 식으로 소원이 이루어지는 거예요.

시원 헉. 그게 왜 원숭이 손인가요?

하민 원작이 있어요. 어떤 사람이 동양의 유물인 원숭이 손을 받아가지고 소원을 비는데 돈을 많이 달라 했어. 그러니까 아들이 죽어서 보험금이 나오고. 마지막 소원으로 아들을 살려달라 했는데. 아들이 좀비가 돼서 돌아오는 거죠. 그런 식으로 소원 이루어주는 마법의 원숭이 손이라서 원숭이 손인 거야.

준호 인물들의 욕망이 하나도 제대로 안 이뤄진 영화거든요. 우화랑 아주 잘어울리네요.

시원 유익했다.. 대학강의 하나 들은 듯한 느낌..

하민 (부끄러워하며) 진짜 아닙니다.

준호 강교수 님

하민 단지 영업한 것일 뿐 입니다. 재밌으니까 한번 보세요.

시원 영업 성공하신 것 같아요.

하민 감사합니다.

준호   <아노라>와 <퍼펙트 데이즈>가 말씀하신 '욕망'과 '바라다'의 차이를 잘 말하지 않았나 싶네요.

하민   맞아요. <아노라>는 '욕망' 그 자체 영화고 <퍼펙트 데이즈>는 '바라다' 그 자체.

시원   언제인가 비인간 연극에 대해서 얘기하는 자리가 있어서 놀러간 적이 있어요. 거기서 '생명'의 특성이 뭘까 했을 때 '예측 불가능성'이라는 거예요. 하나라도 튀는 게 있어야지 생명이라는 거죠. 예를 들어 고양이를 하더라도- 저희가 생각하는 관념적인 고양이가 있을 텐데. 고양이를 배우가 표현할 때 관념적인 고양이만 연기를 한다면 재미가 없는데. 갑자기 이해할 수 없는 고양이 같지도 않은 걸 하면은 정말 고양이 같다는 거예요. 변칙으로 인해서 생명을 얻는거죠. 그것처럼 예상치 못한 일로 인해 더 완벽한 하루가 된다고 하는 것은, 그런 생명의 특성과 비슷한 맥락일 수 있겠다는 생각을 했어요.

하민   그런 말 있잖아요. 약속은 깨지라고 있는 거고 계획은 항상 지켜지지 않고… 다 확장판이라고 생각이 들어요. 인생도 그런 거지 않을까 라고 생각이 듭니다.

고라니와 함께
욕망의 더미들 파헤치기

[시원]은
솔직함에 집중해보고 싶었던 듯
해. 벌거 벗은 것에 집중하는 것이 아니라 그
상태에서 어떠한 상호작용이 가능 한지에 대한 의문
이 있는 듯. 징그럽게 떨어지는 솔직
함 속에서 어떤 욕망을 발견 했을까?

시원's 리서치 ─────────────

1. 도그빌 / 라스 폰 트리에
작은 마을 도그빌에 천사 같은 이방인의 등장이라⋯.

2. 리듬0 / 마리나 아브라모비치
<테이블 위의 72가지 물건을 원하는 대로 제게 쓰십시오. 나는 객체입니다. 프로젝트 중에 일어나는 모든 일에 대한 책임은 저에게 있습니다.>

3. 요로고스 란티모스의 세계
영화 <송곳니>, <더 랍스터>, <킬링 디어>, <카인즈 오브 카인드니스>, <가여운 것들>⋯ 세계의 이질감 때문에 인물의 욕망이 민낯을 드러냄.

4. 원숭이 애착 실험 / 해리 할로우
사랑의 관계 : 경계선을 욕망하는 동시에, 경계선을 넘고자 하는 욕망.

5. 피부자아 / 디디에 앙지외 (2013, 인간희극출판사) -> 발췌+메모

(15p)
피부자아가 아직 충분히 형성되지 않는 신생아는 자기를 감싸쥐 양육하는 싸개의 결핍으로 인해 언제 떨어져서 조각나지 모른다는 불안을 경험한다고 지적한다.
→ "촘촘의 2차적 피부" 형성과 관련있음

(24p)
심리적 작용도 그것이 의식적이든 무의식적이든 모두 자신의 고유한 법칙을 가지고 있다. 그 법칙들 중 하나는 <u>심리작용의 한 부분이 독립을 목표로 한다는 점이다.</u> 비록 심리작용은 그것을 지지해주는 <u>생명체의 작용에</u> 의존적일 뿐 아니라, 그것의 한 부분으로 시작했을 충동체계 (가족에 의해 시작되 된다. 환경이 의해 계속되는)에서 생겨나는 자국, 인상, 규범, 투여, 재현등으로 이차적으로 의존적일지도 분리되고 맞선다.

(경계선 장애)   (자기애적 생각장애)

... 경계의 결여로 인한 고통
경계선 장애 환자는 심리적 자아나 신체적자아, 현실의 자아와 이상적자아, 자기에게 소속된것과 타인에게 소속된것 사이의 경계들을 확신하지 못하고, 이러한 경계들이 심한 우울증과 함께 급격스럽게 변동되는것처럼 느끼고 논다. 또한 성감에도 다른 신체부위와 구분하지 못하거나, 기쁨 좋은 경험들과 고통스러운 경험들을 혼동하고, 자신이 느끼는 욕동들을 잘 식별하지 못한다. 따라서 욕동의 반면을 욕망이 아닌 독격으로 느낀다. — cf. 「에로스의 불확실성」^{강도의}
... (중략) -- 자기애적인 상처를 받기쉽고, 불쾌감이 저져나가는 느낌, 자신이 삶을 살고있지 않다는 느낌, (이인증)느낌을 동반하기도 한다.

{ 자신의 신체나
사라와 강정하는것을
외부에서 보는듯한 느낌,
자신의 문제이기도 하고
동시에 자신의 것과
식별하지 못한다

6. 문명 속의 불만 / 지그문트 프로이트 (욕동개념)

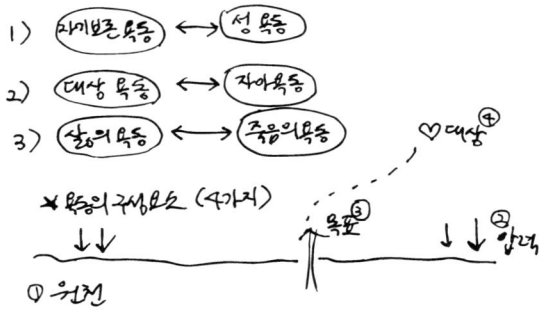

> 세상엔 다양한 욕망이 존재하고 서로를 이해하기도 하지만 부딪히기도 해. 그속에서 우리는 어떠한 끝에 마주할까? [소연]은 그런 것들을 궁금해 하는 것 같아.

소연's 리서치

1. 헤어질 결심 / 박찬욱
" 나는 당신의 미결사건이 되고 싶어요"

2. <미사코의 질문> / 꽃을 먹는 아이들 / 손연자
인간의 존엄에 대한 아이들의 욕망

그리워 하는 마음없이 사랑은 없고 사랑 없이 욕망도 없겠지. 무엇인가를 계속 쌓으며 우리는 그것을 욕망하지만 어찌보면 우리들은 그 순간을 더 사랑하고 있는 걸지도 모르겠어. 다 쌓고나면 무너뜨리는 일만 남아 있으니. [정우]는 어떤 아련한 마음을 알아보고 싶어 하나봐.

정우's 리서치

1. 캘리포니아 드리밍 / 마마스 앤 파파스
겨울에 있으면 여름을 바라잖아 뭐든지 꿀 수 있다는 마음 아니겠어.

2. 티켓 투 마이 다운 폴 / 머신 건 켈리
젊음의 가장 원초적인 욕망은 무엇일까. 팝 펑크를 들으면서 춤추기...?

3. 급류 / 정대건
망한 세상에서 사랑이 가능한가. 그들은 세상을 선물 받았다. 어쩌면 저주처럼.

4. 공간의 미래 / 유현준
공간은 권력을 야기하고 나는 공간을 사랑하고.

5. 향수 / 정지용
결코, 잊지 못하는 고향에서는 욕망이 가득하여 쉽게 가보지 못하고.

6. 보도지침 / 오세혁
이 시간에 이 극은 세상에서 유일무이합니다. 극이 시간과 공간에 갇혀 있으니, 다들 하라는 공부는 하지 않고 연극에 갇혀 있는 거 아니겠어요.

[준호]의 리서치를 보면.. 기형적인 삶은 언제나 기괴한 힘을 가지고 있는 것 같아. 그것을 보며 인상을 찌푸릴지 신기한 듯 쳐다볼지 완전 뛰어들어 볼 지는 자신의 선택이지. 끔찍한 욕망들은 과연 어떤 의미를 가질 수 있을까?

준호's 리서치

1. 팬텀 스레드 / 폴 토마스 엔더슨
내가 가장 싫어하는 모습 그걸 숨기기 위한 삶, 그리고 그걸 무너뜨리는 너.

2. 에곤 실레
기형의 유혹.

3. <보고 싶은 오빠> / 보고 싶은 오빠 / 김언희
끔찍한 욕망과 혐오스러운 나 너무 뜨거워서 토해낼 수밖에 없는 것들.

3.<여장남자 시코쿠> / 커밍아웃 / 황병승
부끄러운 욕망, 썩는 나, 파괴적 분출.

4. 지금은 맞고 그때는 틀리다 / 홍상수
부끄럽고 뜨거운 욕망, 오히려 꽃피는 건 솔직함에서. 다 벗으면 부끄러울 것도 없다.

5. 검정치마 3집
괴물의 사랑은 용인되는가.

6. 에로티즘 / 조르주 바타유
금기와 욕망의 상관관계. 용인되지 않을수록 더 많이 원할 수밖에.

7. 인간 실격 / 다자이 오사무
어떤 것도 바라지 못하는 삶. 선행적 자기 파괴.

8. 체인소 맨 / 후지모토 타츠키
혐오스러운 욕망. 터져 나오는 에너지. 악마가 왜 강할 수밖에 없을까.

9. 에쿠우스 / 피터 쉐퍼
억누르면 억누를수록 더 강렬해지는 것. 더 기괴해지는 것. 그리고 성스러워지는 것.

너무
강하게 원하는 건 언제나 좋지
못한 결말을 맞이 하는 것 같아. 미친 듯이
바라면 이뤄지지만 그게 원래 원했던게 맞는지
확신하긴 어려워. 때론 그 ㅁ음을 줄이고 할 수 있
는 만큼 바라는게 좋을지도 몰라. [하민]은
언제나 그 간극을 고민하고 있는 듯 해.

하민's 리서치

1. 서브스턴스 / 코랄리 파르쟈
그녀가 바라던 젊음은 그녀를 핏덩이로 만들어, 버리다.
대중의 욕망을 자극하는 희생양은 오히려 대중의 욕망이길 희망한다.

2. 퍼펙트 데이즈 / 빔 벤더스
인간은 불안전한 존재이기에 자신의 하루만큼은 완벽하기를 바란다
완전한 하루를 위해 지켜져야만 하는 루틴들이 사소한 일로 틀어질 때마다 오히려 그는 더 완벽한 존재가 되어간다.
"다음은 다음, 지금은 지금" 가장 간단하지만 제일 어려운 방법.

3. 아노라 / 션 베이커
- 모두가 자신의 욕망을 향해서 거침없이 달리며 벌어지는 일
- 하지만 그 욕망이 절대로 이뤄지지 않으리라는 것을 알면서도 해야만 할 때의 감정

4. 실종 / 가타야마 신조
- 일본어 원제는 <찾다>. 무언가를 찾기 위해 잃어버리는 것들에 관한 이야기.
- 유일한 가족인 아버지를 찾는다는 그 단순한 욕망, 원숭이 손.
 아버지를 찾는다는 그녀의 욕망은 아버지를 찾았음에도 끝나지 않는다.

여기
작은 여백을 준비했어.
너만의 욕망 더미들을
쌓아봐!

04

나체로 악수하기

2025년 08월 02일, 정릉동, '동네생활연구소 한평'

준호   (들어오는 정우를 보며) 안녕하십니까? 개화기 지식인 복장하고 오셨네요.

시원   와 엄청 더워 보이는데-

정한   진짜 너무 덥다. 오늘 프로필 촬영 있어가지고.

시원   연극 프로필 촬영하신거에요?

준호   그러면 이게 맞지 대학교 연극부 국룰, 와, 나 이 사람 이렇게 힘 없어 보이는 거 처음 봐.

하민   많이 덥나 보네.

정한   제 오늘 일정 알려드릴까요? 아침에 동대문 종합시장에 가서 원단을 뗀 다음에 다시 대학교에 가서 무대 만들고 프로필 촬영하고 왔어요.

준호   연극하려면 각오해야지

시원   꼰대다 꼰대.

준호   수염 난 거 안 보여요? 지금 꼰대력 맥스야.

동엽   근데 수염 잘 어울리시는 거 같아.

준호   그렇습니까? 한번 길러볼려구요.

1. 미친듯이 춤추기

시원 욕망을 실제로 수행해보는 기획서 쓰기가 과제였는데요. 막막하고 어려우셨을 것 같아요. 그래도 내주신 건 잘 봤습니다.

준호 저는 스케치만 해봤는데. 밖에 나가서 막춤을 춰보는 거예요. 사람 많은 곳에서. 욕망을 타인에게 전이한다든지 존재 자체에 증명을 받고 싶은 느낌이 아닌가 하는 생각이 들어서. 자의식이 작다고 해야 하나. 그래서 자의식이 약해서 어디 나가서 튀는 행동을 잘 안 하는데. 이번엔 다른 방향성을 추구해 봐도 되지 않을까 했습니다.

정한 너무 재밌겠는데요.

동엽 같이 할 의향이 매우 있어요.

준호 너무 아티스트 같은 건 원치 않아서. 정릉이 좋을 것 같아요. 이태원 홍대는 뭔가 행위 예술 같아 보일까 봐. 앉아 계시는 할머니께 '드디어 정릉이 망했구나' 그런 에너지를 주는 거지.

시원 정신적인 타격을 주겠다..?

준호 아니 춤춘다고 타격까지 가겠어. 이젠 할머니들도 새 시대를 맞이할 때가 되었어.

동엽 비슷한 맥락으로 플래시 몹을 하고 싶다는 생각이 있었어요

준호 그건 너무 있어 보이잖아요. 우리는 다 몇 명 있든 다 각자 다른 춤을 출 거야 이상한 사람들처럼

시원 에.. 추진하시죠.

2. 사랑의 전투

시원 저는 솔직함을 원하거든요. 근데 사람들은 대체로 솔직함을 가리는 면이 있는 것 같아요. 저 역시도 공적인 자리에서 100%의 진심을 말하지 못하고 한 80%만 말하게 된다든지. 아예 말을 안한다든지 하니까요. 근데 인간적인 관계에서는 제가 거짓말을 못 하다 보니까, 남들도 나한테 거짓말 안 했으면 좋겠어요. 왜냐면 솔직함은 사랑의 전제조건이라는 생각이 들거든요. 사랑이라는 게 연심에서 비롯된 사랑도 있지만 사람 간의 사랑이 분명히 있잖아요. 저는 그것의 전제가 결국 솔직함이라고 생각이 들어서. 사랑의 전투. 솔직함의 결과가 결국 전투가 되더라도. 한번 해보고 싶어요. 솔직함에 대해서 논해 보는 자리 만들기, 그리고 솔직해지는 게 정말 가능할지 실험해보기. 그게 제 욕망입니다.

준호 솔직함의 괴인.

시원 당신은 쿠션어 괴인이잖아요. (웃음) 여튼 사람들을 모아보면 좋겠다는 생각이 들었고, 이런 생각에 관심이 생긴 사람이 있다면은 '함께 완전 솔직해지기'를 한번 해보려고요.

준호 솔직함은 죄가 아니죠, 하지만 솔직했을 때 사람이 문제라고 생각하는데. 솔직함이 극약 처방 같아. 완전 해소가 되거나 완전 파멸을 이끌거나 둘 중 하나라고 생각하는데…. 솔직하다는 것도 너무 순간적이지 않나? 그 순간에 솔직하면 괜찮은 건가요?

시원 유보의 상태가 싫은 것 같아요. 갈등이 생겼더라도 저는 완전히 수면 위에 드러내서 풀고 싶지 수면 밑에 갈등을 계속 놔둔 채로 그 사람과 위태하게 배를 타고 싶지 않거든.

준호 시간에 따라서 그 감정이 달라질 수도 있잖아요. 더 좋은 타이밍이 있을 수도 있는데?

시원 제가 성격이 급해서 그런가.. 단 한순간도 위선적인 걸 견딜 수가 없어요.

정한 마음들을 직접 말하는 게 솔직한 거라고 생각하시는 거예요?

시원 우선은 그런 것 같아요. 어떤 사람의 안 좋은 점을 찌르게 되는 말을 할지라도 '이 사람이 나라는 사람 자체를 미워해서 이런 얘기를 하는 게 아니구나. 나의 여러 면을 보고 있지만, 이 면에 관해서 얘기할 때만큼은 부정적인 생각으로 말을 하고 있구나'라고 받아들일 수 있으면 좋겠다는 이상적인 생각이죠.

준호 극약 처방이긴 하네. 빠르게 결론이 나는 거지.

시원 최근에 근대인에 대해 수업을 하시는 교수님이랑 밥을 먹으면서 얘기를 했어요. 근대인의 가장 큰 특징이 좋은 의미는 아니지만 솔직함이라는 거예요. 예를 들어서 그때는 '민주화'처럼 시대가 하나의 키워드로 사람들이 모였잖아요. 어떤 하나의 공통된 목표를 위해서 달려나가다가 개인적인 약함을 보이면은 그걸 바로 지적헛다는 거예요. 보고서를 쓴다고 하더라도 요즘에는 엄청난 독설을 하는 분위기는 아니잖아요. '너와 나는 서로 반대되는 말을 하고있지만, 그럼에도 너도 맞고 나도 맞아'라고 하지. 상대적으로 옛날에는 하나의 이상이 있었으니까. 그거 하나의 근거처럼 되어서 막 보고서를 찢고 그런 일들이 있었다고 하던데. 그것도 물론 좋은거 아니겠지만서도, 그에 비해서 요즘에는 할 말을 너무 안 한다. 물론 짓밟고 찢는 게 좋다고 생각하진 않지만! 다른 사람의 생각을 존중한다는 명목하에 얘기를 너무 안 한다. 개인적으로 그렇게 느꼈어요.

정한 그때가 솔직함을 넘어 오만함에 치우쳐 있었다면 지금은 예의를 넘어서 가식 쪽으로 치우치고 있는 것 같다는 말씀이신 거죠?

시원 비슷해요. 가식이라기보단 음-

정우   그때는 맞고 지금은 틀릴 수 있죠.

준호   본인의 솔직함은 위선과 대척점이 있는 말인가요 아니면 거짓말과 대척점이 있는 말인가요?

시원   아직 모르겠어요. 아마 둘 다? 근데 단적인 예시를 들자면, 논쟁적인 주제들에 대해서도 말하기를 꺼리는 경우가 있는 것 같아요. 분명 서로 대화해볼 필요가 있는 것인데도.

동엽   그렇죠

시원   일종의 무균실에서 살고 싶어 하는 마음이 있는 것 같아요. 어떤 교육학 수업에서도요, 학생들한테 '예쁘다'는 말을 하지 말래요. 왜냐하면, 성적인 희롱으로 들릴 수도 있고 어떤 상대의 외모를 평가하는 말이기 때문에 하면 안 된다는 거예요. 일차원적으론 '예쁘다는 말이 왜 나쁘지' 생각이 들어요, 사실. 하지만 또 이해가 되는 게 '너 참 예쁘다' 이렇게 얘기했는데 옆에서 '나한테는 왜 예쁘다고 안 하지' 이렇게 생각할 수도 있고…. 뭐랄까 하나같이 조심스러운 거예요. 저는 그런 조심스러움을 잠깐은 걷어내보고 싶다. 예쁘다고 말하고 싶은 사람한테 '정말 예뻐요'라고 말할 수 있는 그 정도의 균이 있는걸 원하는 것 같아. 그 정도의 면역이 있으면 좋겠어.

준호   내가 생각하에. 페르소나를 쓰는 이유도 논쟁적인 말을 굳이 안 하는 이유도, 꼬투리 잡고 계속 말하는 사람들이 피곤하고 대화의 진전도 없어서 그랬던 것 같아.

시원   (잠깐 고민한다) 그러면….

준호   바로 강퇴?

시원   강퇴가 아니라 '지금 너무 같은 말이 너무 길어지는 것 같아서 저 조금 지루해요' 이렇게 말할 수 있는 거죠.

준호 길길이 날뛰어 막.

시원 하긴 솔직함만 있으면 안 될 것 같아요. 그렇지만 치우쳐 있다는 느낌을 받고 있으니까 양팔저울에서 여기를 한번 확 눌러보고싶다, 이런 생각인 거죠.

하민 흥미롭지만 쉽진 않겠군요. 기획은 의미 있어 보입니다. 근데 타인에 대한 인내와 사랑이 없다면 좀 힘들지도 모르겠네요.

정한 문득 궁금한 건데 다들 사랑이란 무엇이라고 생각하시나요?

준호 (약간 신난듯) 또 핵폭탄 던진다.

시원 좋은 질문인데요. 재밌다.

정우 저는 대신 죽어줄 수 있는 거라고 생각해요

하민 그렇게까지 해야 하나요?

시원 (웃으며) 전 그 사랑 못할 거 같아요

준호 나보다 소중하다고 착각할 수 있는 거. 착각이라고 생각하긴 해요. 착각이더라도 순간은 그럴 수 있는 거니까. 부정적인 의미가 아니라 착각이니까 그만큼 에너지를 가질 수 있는 거고. 나보다 소중한 게 세상에 어딨어. 하지만 순간만큼은 거짓말 세계에서 빠질 수 있는 거니까. 그 순간의 착각이 너무 좋아서 계속 허우적거리고 찾아다니는 게 아닌가.

하민 저는 간단하게 함께 있는 동안 계속 행복한 거가 사랑이라고 생각하거든요.

정한 항상 행복한가요? 연애하고 그 애인이랑 있으면.

하민   항상 행복하려고 노력하죠.

준호   그럼 친구와도 사랑할 수 있는 거 아닌가요?

하민   친구와 사랑이라…. 친구와 함께 있으면 저는 사실 행복하지는 않아요. 내가 이 사람이랑 이 사람이랑 평생 함께하면서 평생 행복할 것 같아 이런 생각은 안 들잖아요.

준호   영원한 건 절대 없잖아요. 연인도.

하민   그쵸. 근데 사랑은 예외죠.

준호   사랑은 왜 예외예요?

하민   예외로 만들고 싶어 하는 거니까.

시원   헉. 로맨티스트.

준호   (동엽을 보며) 여기가 제일 궁금하네. 영생에서 사랑이 의미가 있나요?

동엽   대상이 내 행복의 이유가 된다고 하면 그건 사랑이라고 생각해요. 그래서 친구를 사랑할 수도 있고, 가족을 사랑할 수도 있고. 사랑의 대상이 연인으로 국한되지 않을 수도 있다 생각해요.

정우   리틀 보드 게임 카페도?(동엽이 가장 자주 가는 보드게임 카페)

동엽   사랑하죠

준호   관념에 대한 아주 간결하고 직관적인 대답이군요.

3. 핑거사인

준호 그리고 앉은 김에 사진 한번 찍을까요? 저희가 핑거 사인 있거든요.

시원 사실 한 번도 해본 적 없는데, 오늘 개시!

준호 웃길 것 같아서
(핑거사인을 보여준다)

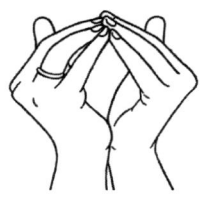

*개구리다 핑거사인

시원 개구리 이게 눈 엄지로 눈을 만들고요. 잠시만요. 됐다. 됐어.

정한 눈만 만들면 돼요. 잠시만...

시원 이렇게 먼저 하신 다음에 그다음에 눈을 이렇게 뿅 나오게 엄지로 눈을 뿅 그래서 이렇게 보이게 만드는 거예요.

동엽 어떻게 해, 어떻게

시원 이렇게 손을 먼저 동그랗게 만들고 눈을 뿅

동엽 뿅 이렇게 해요.

준호 잘하는데 다 각자 개구리가 다르게 생겼어.

시원 카메라를 설치하고 올게요.

준호 저희를 이걸로 기억해 주세요!

낙뢰

채시원

◐
 예정에 따라 아버지가 돌아가셨다. 나도 역시 예정에 따라 아버지를 묻어드린 후, 아버지의 고향인 이곳- 사하공화국에 와서 잠시간 머물고 있다. 나는 시베리아의 깔끔한 여행자용 숙소들을 제치고, 안전한 여행 패키지도 제치고, 그저 차 한 대와 맨몸으로 아버지가 젊은 시절 머물렀던 바로 이 발가*를 찾아 들어왔다. 찾는 데는 거진 닷새가 걸렸고, 차는 나흘째 오전에 고장나서 나는 그 차를 버리고 걸어오느라 거의 죽을 뻔했다. 아버지의 발가에는 아무도 없었다. 다만 페치**안에 아직 타지 않은 땔감과 불쏘시개가 아주 오랫동안 나를 기다리고 있었다. 나는 그 위에 캠핑용 알코올 젤을 뿌리고 성냥을 던져넣었다. 그리고는 집이 채 따뜻해지기도 전에 곰 가죽이 덮인 야전침대에 누웠다. 나는 내가 이

---

* 발가(Балаҕан): 사하공화국 반유목민족의 전통적인 나무 집
** 페치(печь): 벽돌이나 흙, 돌을 쌓아 만든 전통 난방·취사 겸용 화덕.

◐
 가이드가 나를 깨웠다. 그는 잠깐 내려서 설원을 감상하라고, 그리고 곧 약속되어있는 발가에 들어가 볼 수 있는 기회가 있을 거라고 했다. 같이 온 사람들은 벌써 중무장을 하고는 밖에서 기념촬영을 하고 있다. 나는 가이드에게 그냥 여기 있겠으니 나를 빼고 다녀오라고 말했고, 가이드는 내가 혹시 나중에 나오더라도 차가 얼지 않도록 히터를 계속 틀어두라고 대답했다. 나는 차에 홀로 남아 숨을 들이켰다. 오프로드 차량 특유의 엔진음과 기름 냄새가 갑갑했고, 히터의 온기가 가득 찬 차 안에서 이것저것 껴입고 있으니 땀이 났다. 지금이라도 따라나설까 하는 생각이 잠깐 스쳤으나 밖은 정말이지 살벌하게 추워보였다. 무엇보다 '약속되어있는 발가'라는 것이 내가 기대하던 바가 아니었다. 이미 섭외되어 있다니, 하나도 설레지 않아. 진짜 사람 사는 집이라기보다는 고작 작은 박물관의 느낌이 나겠지. 창밖을 보니 사람들은 비둔한 옷차림으로 뒤뚱거리며 발가들이 모여있는 마을로 걸어가고 있었다. 갑자기 메시지

깊은 설원 안에 차도 없이 혼자라는 것, 벌써 하루는 꼬박 굶었다는 것과 같은 생존 문제를 생각하기보다도- 그저 아버지의 유언에 따라 '하얗고 평평한 것 위의 검은 점들'을 찾아야 한다는 사실을 다시금 떠올렸다. 빨리 찾아내지 못한다면 나는 어떤 미래도 예정할 수 없고 결국 다가오는 운명에 순응하게 되므로 그래서 여러모로 괴로울 것이다. 사실은 이곳에서 얼어 죽는 편이 가장 수월하겠지만, 나는 그런 식으로 죽을 운명이 못 되므로 조금 더 살아야 하고, 숨을 쉬어야 하고, 또 먹어야 하므로, 우선은 자야겠다.

지붕 위에 두껍게 쌓인 눈이 햇빛에 조금씩 녹으며 찌뿌둥한 소리를 냈다. 커텐을 걷으니 벌써 날이 밝아있었다. 야크가죽으로 된 옷을 하나 더 걸칠까 하다가 그냥 어제 입었던 옷차림 그대로 집을 나섰다. 어차피 내가 여기서 얼어 죽을 일은 없으니까. 이곳에도 여름이 오려는지 온도계는 영하 19도를 가리켰다. 나를 반겨주는 듯 며칠 만에 따뜻한 날씨.

알림음 대여섯 개가 한 번에 울렸다. 찰나에 전파가 터진 모양이었다.

잘 다니고 있어? 나는 의뢰인 만나서 둘이 식사 중.
패키지로 갔다고 했지? 사하공화국? 전파 안 터지는 거 알지만 혹 문자 보면 답 줘!
나는 야쿠츠크 숙소에 체크인했어. 그래도 나름 신혼여행인데 혼자 둬서 미안해.
내 의뢰인이 여기 다이아 채굴장을 3개나 갖고 있대. 완전 부자. 현이 목걸이 하나 할래?
현아, 혹시 기분 상해있는 거 아니지? 시내로 나오면 바로 전화 줘.

답장을 보내려는데 또 금방 전파가 터지지 않는지 전송되지 않는다. 남편은 신혼여행을 와서까지 의뢰인을 만나러 나갔다. 그 의뢰인은 남편에게 아주 중요한 기회였고 아주 급작스럽게 찾아왔기 때문이다. 남편은 지난 3일 동안 함께 여행을 즐겼으니, 남은 4일 정도는 각자 시간을 보내면 안 되겠냐 물었다. 나는 괜찮다고 했다. 그래, 나도 나의 여행을 할게. 너도 너의 일을 해. 내가 이렇게밖에 말할 수 없었던 것은 내 성질을- 그

바깥은 눈부신 설원이었다. 나는 말의 젖이라도 동냥해 볼 심산으로 지나쳐 온 다른 발가들을 다시 찾아보기로 했다. 다행히 저 멀리에는 드문드문 발가가 보였다. 그리고 비교적 가까운 눈밭에는 어제는 없었던 뻘건 덩어리와 함께 검은 점들이 테두리처럼 찍혀있는 것이 보였다. 나는 당장 배가 고팠지만 발가들이 늘어선 마을 쪽이 아니라 검은 점들이 있는 쪽으로 다가갔다. 정렬된 점들과 그 안의 뻘건 것은 어떤 징조처럼 보였기 때문이다. 아버지의 유언에 있는 '하얗고 평평한 것 위의 검은 점들'. 그러니까 저 눈밭 위의 저것들은 내가 여기에 온 바로 그 이유일지도 몰랐다.

눈밭 위의 검은 점들은 마치 마름모의 테두리를 그리듯 균일하게 찍혀있었고, 그 중앙에는 뻘건 덩어리가 있었다. 가까이 다가가 보니 검은 점은 까마귀 사체를 둥글게 말아놓은 것이었고, 그 가운데의 덩어리는 하얀 털의 야쿠트마* 사체 토막들이었다. 야쿠트마의 토막들 주위로는

러니까 내 입장을 내 진짜 생각을 구태여 말하지 않는 것, 누군가가 내게 어떤 의견을 말하면 그 의견에 대해서 아주 깊이 이해하게 되고야 마는 것, 그래서 나를 양보하게 되는 것, 그리고 그렇게 양보했다는 사실을 숨기는 것- 그것을 남편이 좋아했기 때문이다. 그 성질은 내가 남편을 처음 만났을 때부터 암묵적으로 약속된 것처럼 느껴졌다. 남편은 마치 나의 그 침묵으로 인해 나와 결혼한 것 같기도 했다. 더군다나 나는 경제활동을 하고 있지 않았으므로, 남편이 돈을 벌러 나간다는데 거기에 투덜거릴 수는 없었다. 하지만 나는 이렇게 신혼여행을 와서 혼자 남겨졌다는 사실을 누군가에게 고발하고 싶은 심정이었다. 가끔 만나는 그 평론 모임의 사람들에게 털어놓는다면 백 중 백이 내 편을 들어줄 텐데. 나는 남편과 둘이서 어딘가에 갇히는 것을 꿈꾼다. 곧 죽게 될지라도, 이 사람의 모든 시간을 원하는 만큼 아주 충분하게 독점하는 것을 꿈꾼다. 그러면 비로소 내가 이 고상한 사람을 똑바로 쳐다볼 수 있을 텐데.

피가 빨갛게 굳어있었고, 살아있을 때의 모양대로 조립되어 실로 꿰매어져 있었다. 까마귀 사이사이에는 빌베리를 쌓아 올린 장식이 있었고, 야쿠트마의 사체를 둘러싸고는 사초 마른 것이 놓여있었다. 그런데 야쿠트마는 정중앙에 있지 않고 약간 왼쪽으로 치우쳐져 있었다. 마치 나보고 그 여백에 누우라는 듯- 그것은 회화였다. 아무리 봐도 그 여백이 어울리지 않은 회화. 역시 아버지의 집 뒷마당다워. 나는 그 여백에 몸을 뉘었다. 고개를 돌려 옆을 보는데- 야쿠트마의 윤기 나는 털이 포근하다. 죽은 지 오래되어 보였으나 이곳의 기후는 냉동창고 같아서 그 사체는 박제된 것처럼 말끔했다. 눈얼음의 찬 기운이 등에 전해질수록, 내 정신은 희미해졌다. 나는 하늘을 바라보며 까마귀들이 지나왔을 마지막 동선들을 상상한다. 날아가고 있는 새에게 화살을 쏘면 뚝 떨어지기보다는 약간의 곡선을 그리며 떨어진다. 새가 날아가던 방향으로의 관성과, 땅

---

* 야쿠트마(Якутская лошадь): 사하공화국에 사는 말. 포니처럼 작고 다리가 짧음.

큰 숨을 내쉬고 창밖 저 멀리를 훑는다. 온 세상이 하얗고 차갑다. 저 멀리 하얀 눈 위에 검은색 구체가 여럿 배열되어있는 것이 보였다. 그 가운데는 뭔가 덩어리진 것도 보였다. 얼핏 외계인이 남기고 간 표식 같기도 했고, 어느 현대미술가의 대지미술 같기도 했다. 어쩌면 사슴돌같은 유적일지도 몰랐다. 그 모든 가능성들은 전부 희한한 것들이었지만 이곳에서는 전부 말이 되었다. 그러므로 저 풍경이란 예측 불가능한 무엇이었고, 예측 불가능하다는 것은 생명이 있다는 것을 의미했다. 박물관이나 미술관 따위에 갇혀있는 것이 아니라 살아있는 사물. 고유하게 호흡하며 누군가에게 발견되기를 기다리고 있는. 그래- 내가 저런 것들을 만나려고 여길 왔지. 나는 따뜻하고 지리한 것들을 모두 벗어두고 밖으로 나갔다.

밖은 생각보다 추웠다. 살짝 났던 땀이 바람을 만나 시렸다. 나는 여느 여행객들처럼 옷을 껴입은 채 뒤뚱거리며 발가가 늘어선 마을을 등지고

바닥으로의 중력이 만들어 낸 반원의 곡선. 새가 낮게 날수록 곡선의 동선으로 죽게 되고, 새가 높이 날수록 직선의 동선으로 죽게 된다. 그러니까 높이서 나는 새들은 최단거리로 죽는 것이고 낮게 나는 새들은 그나마 약간의 비행을 마저 즐기는 것처럼 보이는 셈이다…

  옆에 누워있던 아버지가 일어나 춤을 추기 시작한다. 맨발로 눈밭에서 굴신굴신. 속이 다 비치는 오간자 천으로 된 도포 하나를 걸치고, 그 안에는 속옷도 입지 않은 덩어리가 덩실덩실 보인다. 아버지- 뭐가 그리 급하셔서 이런 차림으로 굿을 하셔요. 추우시지요, 아버지. 얼른 들어가서 우리 감자나 쪄먹어요. 그러자 점으로 누워있던 까마귀들이 날개를 펼치고 높이 위로 솟듯 날아간다. 그 움직임 때문에 아버지와 나를 둘러싸고 눈보라가 인다. 눈보라가 잦아들자, 아버지는 처음 보는 얼굴의 남자와 나란히 서 있다. 말끔하고 부드러운 얼굴을 한 남자. 아무것도 모르는 속세의 표정을 하고 고귀한 얼굴로 서 있다. *눈을 밟는 소리*

검은 것들이 나열된 쪽을 향해 걸어갔다. 가까이 갈수록 검은 구의 표면에는 뾰족한 것들이 솟아있는 것이 보였다. 깃털, 혹은 조류의 부리같은 모양새로 울퉁불퉁. 가만보니 까마귀의 사체였다. 까마귀가 생각보다 크구나. 누가, 어떻게 저런 완벽한 구의 모양으로 까마귀 사체를 말아놓았을까. 더 가까이 다가가니 가운데 놓인 덩어리들도 동물의 사체라는 것을 알 수 있었다. 하나는 하얀 말이 피를 흘리며 깨끗이 죽어있는 것이었고, 다른 하나는 어쩐지 인간의 모습같았다. 이런 눈밭에 동물들의 사체에 둘러쌓인 인간이라니. 나는 그쪽으로 달리기 시작했다. 검은 구체들은 그 안의 것들을 보호하기 위해 테두리를 쳐 놓은 것처럼 단단한 사각형을 이루고 있었다. 그것들과 나는 점점 가까워지고 있었다. 다행히 그 안의 사람은 아직 숨을 쉬고 있는 듯 수증기를 내뿜는다. 나는 차마 까마귀로 된 테두리를 넘어 그 안으로 들어가지 못한 채 밖에서 그 사람에게 소리를 질렀다.

가 났다. 아무도 움직이는 사람이 없었는데 발소리가 들렸다. 그리고 곧 모든 것이 네거티브로 보이기 시작했다. 하얗게 얼어버린 하늘과 눈밭이 온통 까맣게 변했고 까마귀들만이 하얗게 날아오르고 있었다. 새까만 이빨을 가진 아버지가 누워있는 나에게 소리친다.

"인마야 퍼특 일어나라. 거기는 니 자리가 아녀. 내가 자리 주인을 데려오지 않았냐. 여기는 이놈 자리여. 일어나시라고요, 네? 이보세요. 정신차리세요, 눈 좀 떠보세요…"

"Эй- 저기요-"

남자는 의식이 없거나 자고있는 것 같다. 남자 옆에는 말 한 마리가 피를 쏟은 채 눈을 뜨고 엎어져 있다. 자세히 보니 각각의 토막이 실로 묶여 재조립된 것이었다. 섬뜩한 기분에 심장이 빠르게 뛰었고, 어쩐지 기분이 좋은 것도 같았다. 대단히 매혹적인 풍경이었기 때문이다. 잠시 넋을 잃었던 나는 정신을 차리고 다시 남자를 불렀다. 그러나 아무리 소리를 질러도 남자는 듣지 못하는 것 같았다. 저 사람, 옷을 얇게 입었는데. 얼어죽지 않을까 싶어 나는 가까이 가기로 했다- 까마귀로 된 금줄을 넘기로 했다. 왠지 이걸 넘으면 그 어떤 영적인 불길함과 얽힐 것 같았지만 도리 없었다. *눈을 밟는 소리가 이상하리만치 크게 들렸다.*

"Эй- 저기요- Встаньте 일어나세요- 일어나시라고요, 네? 이보세요. 정신차리세요, 눈 좀 떠보세요."

◐
 눈을 뜨니 웬 여자가 있었다. 여자는 한국말로 나에게 괜찮냐고 물었다. 꿈인가 싶어 장갑을 벗고 바닥의 눈을 퍼서 얼굴에 부볐다. 차갑다. 꿈이 아니다. 차분해져야 한다, 나는 이 사람을 잠시 잡아두고 이것저것을 확인해야 하니까. 여자는 내가 한국말을 못 알아듣는 줄 알았는지 잠시 뒤로 물러서서 어쩔 줄 모르는 표정이다.
 "안녕하세요,"
 "한국분이세요?"
 "네. 여기는 어쩐 일로 오셨어요? 관광?"
 "야쿠츠크로 신혼여행을 왔는데, 남편이 의뢰인을 만나러 갔어요. 그래서 저도 따로 여행 중이에요."
여자는 별 대수롭지 않은 일이라는 듯이 말했다. 그리고는 금방 나에게 관심을 거두고 주위의 바닥을 둘러보며 빌베리를 쌓아둔 것, 야쿠트마의 사체, 까마귀들을 하나하나 훑었다. 촉촉한 눈을 하고는 아버지의 뒷

◐
 남자는 나를 빤히 보더니 장갑을 벗었다. 그리고는 맨손으로 말의 사체 사이로 흘러나온 뻘건 것을- 눈과 섞인 죽은 말의 피를- 한웅큼 퍼올리더니 얼굴에 대고 비볐다. 그때 나는 얼굴이 벌겋게 된 남자의 주변에 기묘한 오라같은 것이 잠시 머무르다가 사라진 듯한 느낌을 받았다. 바닥에 놓인 산딸기 같은 것하며, 건초 같은 것 하며, 까마귀, 까만 점, 말의 사체, 그런 것들이 잠시 테두리를 잃었다가 또렷해졌기 때문이다. 그 뒤로 남자는 어떤 말을 했고, 나도 그에 어울리는 어떤 대답을 했는데 그 부분은 딱히 기억이 나지 않는다. 그저 처음 본 두 사람이 나눌 법한 대화였다는 인상만이 남아있다. 오히려 그것이 바로 인상적인 지점이었다: 전혀 이상하지 않은, 전형적이고 하품나는 대화를 나누었다는 점. 이런 곳에 누워있다가 일어나 얼굴에 피를 바르는 사람이라면 무당이나 예술가, 혹은 미친놈 정도 되어야 할 것 같았지만, 그는 그저 보통의 여행객의 인상을 갖고 있었다는 점. 그저 조금 추워보이고, 또 조금 굶

마당을 바라보는 저 여자를 나는 바라보았다. 정말 아버지의 말씀대로 나는- 나는 '하얗고 평평한 것 위의 검은 점들' 사이에서 이 여자를 만났다. 아버지가 돌아가시기 전에 예견하신 그 명(命)이 확실했다. 이제 이름만 확인하면 확실해진다. 그 여자와 나의 이름은 두 자가 겹친다고 그랬으니까, 만약 정말 그렇다면 이 여자는 내 운명과 같은 운명을 갖고 몇 년쯤을 먼저 살고 있는 자, 그러니까 나의 미래인 것이다.

"이름이 뭐예요?"
"김현이요. 김현. 외자에요. 그쪽은?"
"저는.. 김태현이요."

김현. 저 이름은 나의 일부, 내가 품고 있는 두 음절, 그러므로 나의 미래. 나는 당장이라도 눈물이 터질 것 같다. 아버지가 예견한 사람, 내가 그토록 찾던 사람, 김현. 나는 고작 김태연, 김태은, 김소현, 김시현 정도를 상상했는데 무려 김현이라니. 이렇게 아름답고 생기있는 두 음절을 이름으로 하는 자가 나의 미래를 산다니. 정말이지- 나는 김현을 아버지에게 보

은 것처럼 보였을 뿐이다.

"여기 누워있다가는 얼어죽어요. 어딜 들어가서 몸을 좀 녹이고…"
"여기서는 죽을 일 없어요."
"네?"

남자는 그 뒤로 대답이 없었다. 남자의 관자놀이에 핏줄이 섰다. 나는 남자의 호흡에서 옅은 흥분이 지나가는 것을 느꼈다. 이 사람은 잠시간 기뻐하고 있었다. 점점 호흡이 가빠지는 것이 차가운 허공의 수증기로 보였다. 나는 허리를 구부려 남자와 눈을 맞추고 차를 세워둔 곳을 가리켰다.

"저기.. 차에서 몸 좀 녹이세요. 저쪽에 있거든요. …저기요, 괜찮으세요?"

남자의 눈동자는 나를 향했지만 나를 봤다기보다는 내 뒤통수 너머의 그

여드리고 싶었다, 아버지의 집으로 데려가고 싶었다.
"저희 아버지 집으로 가실래요?"
김현은 기쁜 표정으로 그러겠다고 했다. 나는 돌아가신 아버지가 젊은 나절에 살던 집으로 김현을 안내했다. 집에 들어서니 여전히 페치 안에는 불이 남아있었고 따뜻했다. 그 따뜻함에 몸이 녹았다. 내 몸에서 고기 누린내가 나는 것 같았다. 나는 급히 밖에서 퍼온 눈을 녹여 얼굴과 몸을 닦았다. 녹은 눈은 여전히 차갑고 페치에서 나오는 열은 뜨거웠다. 그 덕에 나는 천천히 오랫동안 소스라쳤다. 그때 갑자기 내 등허리 부근에 부드러운 손의 질감이 닿았다. 마치 오래된 연인이 하듯 자연스러운 접촉으로 김현은 내 흉터를 어루만지고 있었다. 내가 쳐다보자 김현은 뒤를 돌아 윗옷을 들어올려서 자신의 등을 보여주었다. 내 것과 아주 닮은, 암석모양의 흉터가 내 것과 대칭되는 자리에 있었다. 그래, 이 여자는 나의 미래임이 확실했다. 김현은 똑 닮은 흉터에 대해 물었다. 나는 대답했다.

무엇을 보고 있었다. 죽은 말의 눈동자처럼. 저 멀리를 보는 동시에 아무것도 보지 못하는 채로 박제되어 있었다. 남자는 내 말을 듣지 못한다. 방금까지 나와 멀쩡하게 대화했던 사람이 다른 어느 세계로- 어쩌면 꿈세계로 가버린 것만 같다. 그리고는 혼자 중얼거리기 시작한다.

"생기있는 두 음절. 생기있는 이름의 나의 것, 나의 미래, 김-현."
말미에 김현, 하고 내 이름을 읊은 것도 같았는데, 착각일테지. 나도 이제는 너무 추워서 이 사람처럼 정신이 바스러지고 있나 보다. 이제는 나도 어딘가 실내로 들어가 몸을 녹여야 할 것 같다.
"저희 아버지 집에 가실래요?"
갑자기 어딘가에서 깨어난 남자가 엉뚱한 제안을 했다. 나는 너무 추웠고, 신혼여행 중에 혼자 남겨진 채였으며, 그러므로 남편에 대한 어떤 반항심도 들었고, 무엇보다도 평생토록 나를 특별하게 해 줄 어떤 사건이 생기기를 은근히 바라고 있었으므로- 나는 고개를 끄덕였다. 집은

"5살 때 생긴거에요. 아빠가 돌 깎는 사람인데요. 아빠 작업실에 놀러갔다가 찢어졌어요."
"여기가 그 작업실?"
"아, 여기는 아버지의 집이고요. 아버지는 아버지라는 호칭을 쓰는 박수무당이셨어요. 제가 진짜 아버지처럼 따르긴 했죠. 지금은 돌아가셨고요. 아빠는 따로 있어요. 한국에. 아직 살아계세요. 근데 저랑 똑같은 그 흉터는…"
"아, 저도 어릴 때 생긴거에요. 구체적으로는 잘 모르지만."
5살 때 돌에 긁혀서 생긴 흉터일거에요, 여름 즈음, 물가에서. 하는 문장이 입 밖으로 나올 뻔했다. 다만 나는 먼저 직설적으로 꽂아넣기보다는 천천히 부합을 맞춰보기로 했다. 그래서 그 뒤로 내 인생의 사건들을 말하고 또 김현의 경우를 물어보는 식으로 김현데게 천천히 알려주었다, 우리가 서로를 품고 있다는 사실을. 둘의 생일이 11월 13일이라는 것, 둘 다 스무 살에 엄마가 돌아가신 것, 바로 그다음 해에 대학에 입학한

가까웠다. 조금 걸어가니 발가가 나왔다. 아주 작은 집이었고, 아버지의 집이라는 소개가 무색하게 생활감 없는 집이었다.

"아버지는요?"
"돌아가셨어요. 얼마 전에."

궁금한 것이 많았지만 남자는 대답 하나 던져놓고 분주했으므로 나도 잠시 숨을 내려놓고 온기를 모으기로 했다. 집 안은 따뜻했고 문명의 세계에서 나는 부드러운 향내가 났다. 송로버섯 향과 적당한 탄내. 집 안에는 종교화나 이콘처럼 보이는 것들이 벽과 선반에 늘어서 있었고 가톨릭 계열보다는 고대 샤먼의 느낌을 풍겼다. 그 색감은 밖에서 보았던 그 불가사의한 풍경과 퍽 어울렸다. 남자는 밖에서 눈을 퍼와 대충 녹인 것으로 입을 헹구고 얼굴을 씻었다. 얼굴부터 씻기 시작하더니 옷을 훌렁훌렁 벗어 맨몸을 내놓고는 젖은 수건으로 몸의 구석들을 문질렀다. 남자

것, 첫 출근을 한 날짜가 2월 2일인 것… 김현은 놀라워했고, 나는 놀라워하는 반응을 연기했다. 그리고 나는 호흡 한 켠에 아버지가 예언으로서 만들어주신 그 질문을 떠올렸다. 어느 날 갑자기 낙뢰처럼 내리칠 공동의 운명을 이 사람에게 어떻게 이야기할 수 있을까? 운명공동체라는 개념을, 당신이 나의 미래이고, 우리가 서로 마주친 지금 이 시점부터 아주 강력한 운명의 얽힘이 시작된다는 것을. 터무니없는 이 사실을 당신이 어떻게 믿도록 할 수 있을까? 정작 상황이 닥치니 나는 아무 말도 할 수 없었고, 그래서 설명 대신 질문 하나를 내려놓았다.

"살인을 할 운명과, 살해 당할 운명 중 하나를 택해야 한다면 뭘 고를래요?"

는 내가 같은 지붕 아래 있다는 사실을 잊은 듯했다. 남자의 몸은 단단해보였다. 난로에서 나오는 빛이 전부였으므로 신체의 명암은 극명하게 보였다. 강렬한 곡선과 덩어리감이 남자의 견갑골을 지나 등을 따라 흘렀고, 나는 그것을 멍하니 바라보았다. 그 신체의 아름다움에, 예상했던 양감이 예상했던 바로 그 위치에 있는 것을 확인했을 때의 감격에 눈물이 났다. 번개가 내리쳤다. 남자의 오른쪽 등허리 쪽에는 흉터가 있었다. 그 흉터는 움푹 파인 아폴로 보조개, 바로 그 위에 솟은 산의 모양이었다. 나도 왼쪽 등허리에 똑같은 모양의 흉터를 가졌는데. 나의 흉터가 저렇게 관능적인 느낌을 불러일으키는지 나는 처음 알았다. 나는 남자에게로 다가가 그 산 모양의 흉터를 만졌다. 저 멀리서 천둥소리가 들렸다. 그 소리에 산 하나가 통째로 무너지고 말았다.

◐

나는 내 안의 생각에 골똘할 때면 눈을 뜨고 꿈을 꾸곤 한다. 꿈을 꾸는 동안 간단한 대화도 하고, 버스도 타고, 음식도 먹지만 그것을 전부 기억하지 못한다. 그저 꿈의 이미지와 현실에서의 이미지 파편이 시간선 위에 나열되고, 나는 그 사이에서 깨어나면 돌연 현실에 뚝 떨어져 있을 뿐이다. '오토 파일럿 모드', '고도의 몽유병' 정도로 비유하면 적당할 것이다. 그때 나타나는 이미지들은 종종 어떤 징후처럼 해석되기도 하는데, 일부 맞아떨어지는 것도 있었으니 내가 나의 미래를 예정하는 데에도 썩 도움이 되는 면이라 하겠다.

이번 꿈에 들기 전 마지막 기억은 김현이 타고 온 차를 얻어 타고 야쿠츠쿠로 가는 것이었는데, 나는 야쿠츠쿠 광부들이 자는 24인실의 호스텔 침대에서 깨어났다. 멀리 온 것을 보니 꿈을 조금 오래 꾼 모양이었다. 24인실 숙소의 풍경은 거의 영안실 같아서 나도 거의 관에 누워있는

◐

너무 비현실적인 경험을 한 번에 겪다 보니 그 모든 것이 머릿속을 떠나지 않았다. 혹은 불면의 고통에 너무 오래 시달린 탓일까? 나는 침대에 누워서 설원과 까마귀, 흰 털의 말, 피, 견갑골, 산 모양의 흉터, 내리치던 번개, 그리고 김태현에 대한 공상에 갇혔다. 특히 나를 구속한 것은 어떤 문장이었다. '죽은 말은 어디를 돌아다니다가 무얼 목격하고 당신 옆에 조각나있었던 걸까요?' 나는 이 문장의 의미를 이해하지도 못한 채로 한동안 계속 중얼거려야 했다. 하나의 문장을 쉼 없이 되뇌다 보니 거의 돌아버릴 것 같았다. 어쩌면 잠이 부족한 탓이었을까. 하긴, 한국으로 돌아오는 비행기에서 잔 것이 마지막 숙면이었으니 당장 미쳐버려도 이상하지 않았다. 그래서 나는 정신과에 수면제라도 잔뜩 받으러 가는 것이다. 지긋지긋한 에스컬레이터, 구체의 형태로 굴러떨어지는 까마귀, 거기에는 지긋지긋한 김태현의 뒷모습이 또 나타난다. 제발 이 공상들을 멈추고 싶다. 정신이 부서질 것 같아서 나는 거의 소리치듯 말했다.

기분이었으나 어쩐지 배도 불렀고 몸도 깨끗했고, 무엇보다 따뜻했으므로 아늑했다. 안주머니를 확인해보니 지갑과 여권도 그대로 있었다. 나는 안심하고 그대로 잠에 들었고, 다음날 공항으로 가서는 한국으로 가는 가장 빠른 비행기에 올랐다.

아버지는 당신이 곧 돌아가실 것을 예감하시고는, 나의 미래를 직접 봐주시는 대신 나와 비슷한 운명을 가진 명(命)을 만나게 해주겠다고 유언하셨다. 그리고 나의 기구한 운명을 피할 수 있는 묘안으로 김현을 나와 얽히게 해주신 것이다. 그러니까 영적 얽힘이 시작된 지금부터, 김현은 4년 후의 나. 만약 김현이 살인을 저지른다면 나도 4년 뒤에 똑같이 살인을 저지르고, 만약 김현이 지금 죽는다면 나는 4년 뒤에 똑같이 죽는다. 그것이 영적 얽힘의 가장 기본적인 개념. 그러므로 김현은 나의 미래. 그리고 내가 보는 미래는 아름답다. 터무니없게도 그 여자의 이목구비, 그리고 이마를 따라 흐르는 얼굴의 선, 그 얼굴의 아우라가 아름

"저기. 김태현씨. 그 죽은 말은 대체 어딜 돌아다니다가 무얼 목격하고 당신 옆에 조각나있었던 걸까요? 아, 제발!"

그 한마디를 뱉자마자 나는 현실로 떨어졌고 정신이 맑아졌다. 어떤 속박에서 풀려난 것처럼 나는 그 즉시 건강해졌다. 내 눈앞의 김태현은 상상이 아닌 진짜 김태현이었다.

"어디 가던 길이에요?"
"갈 데가 있었는데, 방금 사라졌어요."
"그럼 저랑 동행하시죠."

나는 얼떨결에 김태현을 따라 작은 갤러리에 갔다. 모든 것이 물 흐르듯 자연스러웠다. 이것도 내 공상의 일부가 아닐까 생각했지만 그렇다기에는 너무 말끔한 정신으로 생생했다. 1층에는 인체조각들이 전시되

답다. 그것이 내가 나의 미래를 생각하는 방식이다. 단순하게도 아주 예쁜 것. 손에 쥐고싶고, 닿고 싶은 것. 그런데 그 여자가 곧 죽을 거라니, 정말이지 안타깝고 유감이다.
"저기. 김태현씨."
삼성역에서 에스컬레이터를 오르는데 뒤에서 누군가가 나를 불렀다. 김현이었다.
"그 죽은 말은 대체 어딜 돌아다니다가 무얼 목격하고 당신 옆에 조각나있었던 걸까요? 내내 그 의문이 문제였어요."
김현은 서로 안부를 묻기도 전에 의문을 내려놓았다. 전에도 느꼈지만, 김현의 말이나 행동은 어딘가 튀는 느낌이 있었다. 모르는 나라의 영화를 보는 것처럼, 하나같이 예상을 빗나가는 불쾌감. 나는 기시감에 소스라쳤다.
"글쎄요. 어디 가던 길이에요?"
"갈 데가 있었는데, 방금 사라졌어요."

고 있었다. 어떤 것은 몸 전체를 묘사한 인체조각이었고, 몇 개는 토르소였다. 신체의 일부만이 조각된 것들도 있었는데, 엄지손가락을 제외한 모든 손가락이 절단된 팔 조각들이 대부분이었다. 손가락 하나만이 남은 손을 타고 흐르는 팔들은 각각 다양한 방식으로 펼쳐지고 있었다. 손목이 바깥쪽으로 꺾여 전완근이 강조된 조각이 있는가 하면 엄지가 안쪽으로 구부려져 손목 안쪽 뼈가 두드러지는 곡선적인 것도 있었다. 손가락이 하나 뿐인 기형의 신체. 그것은 손가락이 다섯 개인 나의 것보다 조형적으로 아름답게 느껴졌다, 팔다리가 없는 토르소만의 아름다움처럼.
"우리 엄마 팔이에요."
김태현이 말했다.
"엄마가 저 낳으실 때 혈전이 생겨서 되게 위험하셨거든요. 그때 손가락쪽은 아예 괴사해서 절단하셨어요."
"네? 그럼 이 전시 작가는…"
"저희 아빠요."

무슨 이런 대답이 있지? 김현은 몰래 내 뒤를 밟다가 들킨 사람이 할 법한 대답을 했다. 뭐가 됐든 상관없었다. 김현에게 물을 것이 많으니까.

"그럼 저랑 동행하시죠."

걷는 동안 나는 먼저 김현의 주변 사람들에 관해 물었다. 남편과 아마추어 평론모임의 사람들이 전부라고 했다. 평론모임의 사람들은 서로 가깝지 않다고 했으니, 실상 김현의 인간관계는 남편이 전부였다.

"남편, 정말 능력 있고 멋진 사람이에요. 자기 일에 확실한 열정을 갖고 있어서 그게 정말 존경스럽죠."

김현은 그런 말을 하면서 알 수 없는 표정을 지었다. 흐르는 시간 속에서는 도저히 해독해 낼 수 없는 표정. 그래서 나는 주머니에 손을 넣어

그 말을 들은 순간, 나는 토르소의 등허리에 특이한 형태의 심볼이 새겨진 것을 발견했다. 자세히 보니 그것은 나와 김태현이 똑같이 가지고 있는 산 모양의 흉터였다. 나는 그 순간 그 추운 설원을 지나서 도착한 나무 집, 그 난로 앞, 극명한 명암을 보여주던 근육과 지방들, 그리고 흉터의 관능적인 질감을 떠올렸다. 주마등이 스치는 식으로 아주 짧은 공연이 내 몸을 가르고 지나갔다. 잠시의 요의가 느껴져 나는 몸을 움츠렸다. 나는 미술관 안에서 생명을 갖고 살아있는 것을 난생 처음 보았다.

"저 흉터가 새겨진 것은 전부 김태현씨를 모티브로 만드신건가요?"
"아뇨. 그냥 작가 시그니처에요, 제가 무슨 의미를 갖는다기보다는."

김태현은 그 말을 하면서 무거운 짐 하나를 나눠 들어달라는 듯한 표정으로 나를 쳐다봤는데, 그 눈빛은 마치 자신의 친부에 대해 질문해달라고 말하는 듯했다. 그러나 갑자기 잠이 미친듯이 밀려왔기 때문에 나

아버지의 토템을 문지르며 김현과 눈을 맞췄다. 김현은 곧 눈물을 흘리며 *말을 시작했다.*

"근데 자꾸만 나를 혼자 두는 거예요. 나는 그 사람을 매순간 그리워하는데, 정작 바로 그 사람이 누구였는지에 대해서는 자주 잊게 돼요. 상호독점적 관계라는 말만 남아있고 남편이라는 호칭만 남아있고 그 사람의 이름이 없어지는거예요. 그래서 우리 둘이 나란할 때, 우리 둘이서 둘만의 사랑을 해야 할 순간이 오면 뭔가 완전히 호흡이 어그러져 버려요. 몸은 더운데 피부가 시렵고, 갑자기 침대 머리맡에 싱크홀이 생기거나 갑자기 푸른 방이 되거나 하는 식으로요. 나는 그 사람을 아주 꽉 안고있고싶은데, 그 사람은 나를 너무나 부드럽게 대해서 도저히 제대로 싸울 수 조차 없어요. 그건 생명이 없는 거잖아요."

나는 아버지의 토템에서 손을 뗐고, 김현은 *자신이 방금 한 말을 잊었*

는 대충 대화를 마무리 짓고 집으로 돌아왔다. 극심한 피로감 때문이었는지 내가 어떻게 집으로 돌아왔는지에 대한 기억은 나지 않았다. 나는 그저 말끔한 잠옷차림으로 안방 침대에서 눈을 떴다. 내가 겪고 있는 현상들은 분명 이상한 것이었다. 한참이나 이어졌던 불면과 공상, 어딘가 구멍난 기억들. 나는 무언가에 씐 것 같았다.

남편은 예정보다도 더 늦게 귀국했다. 남편은 혼자 남겨둬서 미안했다며 사하공화국으로의 여행이 어땠는지에 대해 물었다. 나는 그 설원의 풍경이 어땠는가를 이야기했고, 보고싶었다는 투정을 부렸고, 이제 막 김태현을 만난 이야기로 가는 브릿지를 넘고 있었다. 그때 남편은 바로 자신의 말들을 늘어놓기 시작했다. 이번 재판의 핵심은 무엇이며 의뢰인이 바라는 바는 무엇이며 새로 들어간 로펌의 동료 변호사의 성격은 어떠하며 그런 것들. 그 뒤로는 의뢰인이 얼마나 돈을 잘 버는지에 대한 이야기, 다이아몬드 세공에 대한 이야기, 학부 때 러시아어를 전공해서 다

다. 그 뒤로는 서로 어떻게 한국에 돌아왔는지를 물었고, 아마 둘 다 거짓말을 지어내는 것 같았다. 다만 서로가 그 어설픈 거짓말을 믿어주었기 때문에 그 대화는 안전했다. 그리고 무엇보다 김현의 얼굴이 주는 인상, 당장이라도 끊어질 것 같은 실금이 반짝이는 아련함, 나는 전시가 한창인 어느 갤러리에 도착할 때까지 그것을 오롯이 즐겼다.

행이라는 이야기를 지나 나의 검소한 성질과 그에 대한 감사함이 이어졌고 갑자기 전화를 받더니 회사에 갔다. 그리고 오래 바빴고, 집에 들어오지 않거나 잠만 자고 나가는 식의 신혼생활이 이어졌다. 나는 종종 혼자 무료했고, 그때마다 나는 내 손과 꽉 맞잡아볼 수 있는 타인의 손바닥이 필요했다.

◐

 '아버지'는 박수무당이 갖기에는 어울리지 않는 호칭이다. '하나님 아버지'는 어울릴지 몰라도, 박수무당의 일반적인 호칭은 김 박수, 최 박수, 이런 식이니 말이다. 아버지가 생뚱맞게 아버지란 호칭을 쓰게 된 것은 나 때문이었다. 어린 시절, 친아빠가 나를 돌보는 일이 없었기 때문에 나는 아버지를 부를 일이 없었는데, 그 박수무당은 '너는 아버지를 부르며 커야한다-' 하면서 내가 아버지라 부를 수 있도록 당신의 호칭을 기꺼이 아버지로 두셨다. 무당집 간판도 '아버지의 집'으로 걸어서, 가끔 교회 신자들이 의심 가득한 눈초리로 들여다보기도 했지만 아버지는 신경 쓰지 않으셨다. 그저 '내 팔자에 없던 아들이 생겨 좋구나' 하셨다. 친부는 나에게 정서적인 돌봄을 주지 않았고, 아버지는 아들을 은근히 바랐으므로 수요와 공급이 맞았던 셈이다. 그런데 가끔은 그 부성애 같은 것이 너무 과해서 벌어지는 일들도 있었다. 이를테면 아버지 마음에 들지 않는 사람이 나를 돌봐주고 있으면 교묘하게 그를 내쫓는다거나, 내

◑

 정신이 맑아진 뒤로 김태현에 대해 생각했을 때, 그 사람은 내 과거처럼 느껴졌다. 실제로 나보다 4살이 적기도 했고, 대화를 통해 밝혀진바 공통적으로 겪은 인생의 사건들이 전부 4년 주기로 겹쳐졌으니 말이다. 그것은 정말 놀라운 우연이었는데, 나는 혼란한 정신 때문에 그것이 아주 놀라운 일이라는 것을 오래 잊고 있었던 것 같다. 나는 혹시라도 김태현을 다시 마주칠 일이 있다면 구멍 뚫린 기억, 자꾸 반복되던 공상들, 그리고 산 모양의 흉터가 그 많은 인체조각들에 새겨져 있던 것에 관해 물어보아야겠다.
 아침 공기가 차가워서 달력을 보니 벌써 11월이 왔다. 오늘은 인사를 하러 가야겠다. 기일에 가면 그 유족들과 마주치게 될지도 모르니 일찍이 가는 것이 좋다. 유족을 마주치면 선생님, 아직까지 우리 아이 생각해주셔서 감사합니다, 하는 소리를 듣겠지만 실상 나는 학생을 죽음으로 몰고 간 장본인이기 때문이다. 하나가 어느 정신 나간 선생이 학생이 자

가 친부에 대해 이야기할 때 질투심을 내비치기도 했다. 나를 자신의 아들로 독점하고싶다는 듯이. 나는 그게 싫지 않았다. 무당아버지가 그러는 것을 나는 은근히 모르는 척하면서도 거기에서 나의 쓸모, 나의 존재이유를 찾았다.

아버지의 납골당에는 이미 많은 사람들이 왔다가 간 흔적이 있었다. 생전에 많은 이들의 아버지셨으니 그럴 만도 했다. 나는 가방에서 설원에서 찍은 사진들을 꺼냈다. 까마귀 사체, 야쿠트마의 사체, 그리고 김현. 나는 아버지의 유골함을 열고 뼛가루 속에 사진을 묻었다. 살짝 날리는 뼛가루가 오후의 햇빛에 반짝였다.

"뭐하시는거예요?"

김현이 다가와 말을 걸었다.

"아, 무당 아버지 유골이에요. 좋은 사진들 좀 보시라고 넣었어요."

말도 안되는 설명이었지만 김현은 이 터무니 없는 설명을 그저 그렇게 납득했다. 그리고 우리는 일주일에 한 번 꼴로 우연히 마주치고 있었는

살하겠다는 말을 듣고 너무 깊이 공감을 한 턱에 죽게 되었다, 말도 안되는 사건이었지만 아무도 그 내막을 알지 못했기 때문에 나는 사회적으로 안전했다. 그럼에도 나는 다니던 학교를 그만두었다. 지금의 남편이 일을 그만두길 바란 것도 있었지만, 도저히 학생들 특유의 그 천진한 목소리를 버틸 수 없었기 때문이다.

 납골당은 고요했다. 복도 끝 유리창 근처자리에 사람이 하나 있었다. 저 자리는 특히 비싸다고 했는데. 나는 학생의 유골함 앞에 꽃을 놓았다. 납골당 칸칸의 간격은 너무 좁아서 나는 그 열의 모두에게 헌화한 셈이 되었다. 조용히 무릎을 꿇고 용서를 빌었다. 그냥 꽉 안아줄걸, 그 강한 포옹의 압력으로 너의 몸은 살아있는 몸이다, 생명을 가진 몸이다, 하는 것을 알려줄걸. 정말 미안해. 네가 그렇게 용기있는 학생인지 몰랐어. 그리고 무릎을 털고 일어났다. 매년 속죄의 시간이 짧고 간결해지는 것을 보니 나도 간사한 인간이라는 생각이 든다. 복도 끝의 유리창에서

데, 그것에 대해서도 별 의문을 갖지 않고 납득했다. 어떤 운명적인 힘이 서로를 계속 만나게 한다는 등의 상상은 하지 않는 것 같았다.
"현씨는 여기 왜 왔어요?"
"제자한테 인사 하러 왔어요."
"제자?"
"교사 일 관두기 전에요, 학생 하나가 제 말을 듣고 자살한 적 있거든요. 그 학생한테 인사하러 왔어요."

김현은 머뭇거리지 않았다. 재빠르게 솔직했다. 나는 당황스러워서 잠시 굳었다. 나는 일찍이 김현이 사람을 직·간접적으로 죽인 일이 있음을 알았음에도 그 거침없는 고백에 잠시 굳었다. 나는 세부사항을 알아야 했다. 그것은 곧 내 미래에 대한 예견이므로. 내가 피해야 할 날짜와 상황을 받아내야 했다. 그래서 나는 김현에게 그 일에 대해 더 물었다.

쏟아지는 햇빛을 보는데— 창가 자리에 서 있던 사람이 어떤 유골함을 열어 그 안에 손을 집어넣었다. 하얀 가루가 햇빛에 아주 얕게 날렸다. 잘 보니 그 얼굴은 김태현이었다.
"뭐하시는거예요?"
김태현은 뭐라고 얼버무렸다. 말도 안되는 설명이었지만 그 일관성이 김태현과는 퍽 어울렸다. 나는 내가 온 이유, 나의 끔찍한 면, 학생이 죽은 일에 대해 말했다. 내심 평생토록 누군가에게 털어놓고 싶었던 이야기였으므로 그 고해에는 막힘이 없었다. 나도 김태현에게 무언가를 털어놓을 기회를 주기로 했다. 지난번 갤러리에서 보였던 눈빛, 털어놓고싶다는 눈빛에 대해 나는 물었다. 김태현은 오랜 이야기를 시작했다.
 "엄마 아빠 둘이서 태몽을 나눠 꿨대요. 전에 사하공화국에서 내 옆에 누워있던 그 하얀 말 기억하죠? 내 태몽은 그때 그 말이랑 꼭 닮은, 하얗고 자그마한 말이 나오는 꿈이었든요. 우리 엄마는 하얀 설원에서 하얀 말 하나가 뛰어다니는 꿈을 꿨대요. 하늘도 하얗고 땅도 하얗고 내

"그 학생은 할아버지랑 둘이 살았는데, 할아버지가 그 학생을 너무 사랑하신 나머지 과보호를 하셨어요. 그래서 가끔은 학교도 못 나올 정도 였거든요. 그게 학생은 그게 너무 힘들다고 하더라고요. 자기가 유서를 써놓고 자살하면 할아버지가 반성을 하겠지, 하는 식의 아주 극단적인 생각을 하고 있는 거예요. 저는 그걸 당연히 선생으로서 바로 잡아줘야 했는데, 자꾸 그 이야기를 듣다 보니까 저도 그 할아버지가 너무 미워지고, 또 그 학생의 마음이 너무 이해가 되는거죠. 나도 우리 집에 살면서 했던 생각이거든요. 그래서 제가 그냥 놓아버렸어요."
"뭘요?"
"교사로서의 나를요. 그냥 불안한 인간 하나로서의 대화를 시작한거죠, 그 학생이랑. 제가요- 너무 어리석게도 너무 솔직해져버린 거예요. 그날 이후로 그 학생이 사라졌거든요? 근데 이틀 후 새벽에 그 학생이 죽은 채로 발견됐어요."
"혹시 그거 언제쯤이에요?"

리는 눈도 하얗고 그 말도 하얘서 그 무엇에도 테두리가 없는 것처럼 느껴졌대요. 정말 예쁜 꿈이죠. 근데 바로 다음 날에 우리 아빠도 똑같이, 그 하얀 말이 나오는 꿈을 꾼 거예요. 우리 엄마가 하얀 말을 잉태한 꿈이었대요. 그 말은 몸집이 너무 커서 엄마 목구멍을 찢으면서 태어났는데, 그래서 엄마는 고통 속에 돌아가셨대요. 그리고 하얀 조랑말은 어디선가 칼 한 자루를 물고 와서는 어떤 사람 앞에 서서 고개를 갸웃갸웃거렸대요. 아빠는 그 꿈이 너무 생생하고 불길해서, 그래서 평생 그런 거 안 믿던 아빠가 동네 박수무당을 찾아갔대요. 무당 아버지를요. 아버지가 그 꿈 풀이를 해주신거죠. 곧 태어날 당신의 아기가 칼을 아주 많이 갖고 있다, 태어나면 사람 하나 죽일거다, 애 엄마도 애를 낳으면 앓다가 그 애가 성인이 되기 전에 죽을거다, 이렇게. 그래서 아빠는 엄마한테 애를 지우는 게 어떻겠냐 했대요. 근데 엄마는 그런 미신은 안 믿는다고, 고작 그거 때문에 죄 하나 없는 아기를 죽이냐고 했죠. 당연하죠. 아무렴 그런 터무니없는 걸 믿을 수 있겠어요? 그런데 엄마는 저를 낳은 뒤로 병원

"이제 거의 4년 됐죠. 제 생일이었어요. 11월 13일. 아, 그냥 아주 꽉 안 아줄걸. 그 포옹의 압력으로 너의 몸은 살아있는 몸이다, 생명을 가진 몸이다, 하는 것을 알려줄걸 그랬어요."

김현은 곧 슬퍼할 것 같았다. 그래서 나는 빨리 다른 이야기로 화두를 돌려야했다. 내 이야기를 듣고 있는 김현의 눈동자가 너무 예뻤다. 곧 죽을 운명을 타고난 눈동자. 그래서 나는 얼떨결에 아빠 이야기를 시작했다. 나는 심지어 이런 말까지 했다.
"아빠는 제가 도저히 존경할 수 없는 사람인데요, 저는요, 제가 도저히 인정할 수 없고 존경할 수 없는 바로 그 사람에게 인정을 받고 싶은 거예요."
나 스스로도 이런 생각이 내 안에 있었는지 말을 하고서야 깨달았다. 나는 나 스스로 너무 솔직해진 것을 느꼈으나 도리 없었다. 나는 어린아이가 된 것 같았고, 그래서 언제까지고 김현에게 어리광을 부리고 싶었

밖으로 나오지를 못하셨어요. 그래서 아빠는 저를 미워했고요, 사실상 저를 돌봐주시지도 않았죠. 아빠는 작업실에 있거나, 우리 엄마 병실에 있거나 둘 중 하나였어요. 저를 돌봐주는 사람들은 한두 달을 주기로 바뀌었어요. 사람이 안 구해질 때는 그 무당 아버지 집에 가서 지냈고요. 그래서 이 유골함 주인하고 좀 각별해요. 저를 거의 키워주셨으니까요."

납골당의 차가운 대리석 바닥에 나란히 털푸덕 앉아서 그런 말을 듣고 있자니 김태현은 아주 어린 아이처럼 느껴졌다. 그때 느낀 감정은 사진첩에서 나의 과거를 마주할 때의 것과 아주 비슷했다. 삶에 서툴렀던 것이 떠올라 눈을 질끈 감다가도, 지금은 사라진 영특함을 발견하면 또 질투를 하는. 연민과 사랑과 쓸쓸함과 그리움이 밀려와서- 그래서 지금을 잊고 아주 멀리로 여행을 떠나게 되는 그런 감정.

다. 그럴 수 없다. 이제 곧 죽게 될 사람에게 기대어서는 안 된다. 호흡을 재정비해서 정신을 차렸다. 아무래도 김현에게 예정된 일들이 너무나 가혹하게 느껴졌다.

"다음에 또 만나요."

김태현은 집에 갈 시간이 되었다며 먼저 일어났다. 그리고 아무런 설명도 없이 쪽지 하나를 건네주었다. 종이 끝에는 산 모양의 흉터가 심볼처럼 새겨져있었다. 쪽지를 열어보니 푸가 제목이 하나 나왔다.

Wedge fugue in E minor - Bach

◐
 문을 열었더니 그곳은 아빠의 조각들이 전시되고 있는 화이트큐브 미술관이었다. 엄지만이 남아있는 엄마의 손들, 아빠의 자소상들, 누구의 몸인지 알 수 없는 인체들, 토르소들이 놓여있었다. 관람객은 한 명도 없었다. 그저 돌로 만들어진 신체, 신체의 조각들만이 매끈하게 늘어서 있었다. 그 돌로 된 인체들은 저마다 등허리에 암석 모양의 흉터를 가지고는 무겁다. 그곳에서는 시간이 느껴지지 않았다. 나는 그때 시간이 느껴지지 않는다는 것이 의미하는 바를 알았다. 그 어떤 생명도 호흡도 심장박동도 느껴지지 않는다는 것. 나 또한 그 사이에서 조각이 된 것 같았다. 아니, 나는 그곳에서 정말로 아빠의 조각 중 하나가 되어 서있었다. 영원히 매끈하고 고요한 방식으로, 아무도 죽일 수 없고 죽임당하지 않는 방식으로, 내가 그토록 되고자 하던 방식으로 말이다.

 나는 이 헐벗은 돌들처럼 가만히, 시간을 잃어버린 채로 공간 위에 펼

◐
 취미평론모임의 사람들과 함께 김태현과 갔던 갤러리를 다시 갔다. 보통은 영화나 연극을 주로 보는데, 오늘은 나의 제안으로 처음 갤러리에 가기로 했던 것이었다. 지난번의 감흥만큼은 아니었지만, 내가 평생 보았던 조각이나 회화 중에서 가장 와닿는 것이라는 평에는 변함이 없었다. 나는 돌의 등허리를 타고 흐르는 살의 양감을 한참 동안 바라보았다. 뇌에 맺힌 물방울이 이마를 타고 콧물로 떨어졌다. 나는 조각을 손으로 만져보고싶었지만 그래도 되는지 몰라서 그만두었다. 나는 그정도의 유치한 물음들과 소소한 감흥을 사람들과 나누고 싶었다. 그러나 사람들은 말을 해야만 했다. 평하는 것, 논하는 것은 말을 하는 식으로 이루어졌기 때문이다. 그런데 감흥하는 것은 말로 꺼내기 어려운 것이었으므로 사람들은 언제나처럼 자신의 것이 아닌 역사와 철학과 담론들을 꺼냈다. 그나마 인상적이었던 것은 공간예술과 시간예술에 대한 것이었다. 공간에 배치된 조각이나 회화, 시간에 배치된 영화와 연극, 그리고 시간적 흐름

쳐진 것들이 좋다. 시간 위에 펼쳐져 있는 것들은 어렵기 때문이다. 이를테면 연극, 영화, 우리의 삶 같은 것은 시간 위에 펼쳐져 있어서 내가 아직 그것들을 다 감지하지 못했음에도 나를 과거의 공간에 놔두고 저 멀리 가 버린다. 나는 쏟아지는 암호들을 해독할 충분한 시간을 가질 수가 없다. 시간 속에서 내가 아무것도 해독할 수 없다는 것, 결국에는 평생 풀 수 없는 암호들이 나를 그저 스쳐 지나가는 것, 그래서 나는 그 모든 것들을 그저 놓치고 흘러 보낼 수밖에 없다는 것, 그것이 나를 불안하고 조급하게 만든다. 그러나 공간에 놓인 것들은 안전하다. 공간에 놓인 것들이 가진 암호들을 내가 충분한 시간을 가지고 해독할 수 있으니까.

그러므로 나는 이곳에서 시간을 잃어버린 몸으로 평생을 지내고싶다. 정말이지 내가 처음부터 돌로 태어났다면 아빠에게 사랑받을 수 있었을지 모른다. 아빠가 등장해서 하얀 대리석인 나를 쓰다듬기 시작한

을 갖고 지면이라는 공간 위에 배치된 글, 평론, 소설.. 나는 그 인체조각들이 공간이 아닌 시간에 배치된 것이었다고 주장하고싶었다. 그러나 그 이유를 몰랐기에 그것은 합리적인 것이 아니었고, 그러므로 끝내 말을 할 수 없었다.

사람들과 헤어지고 나오니 갑자기 외로움이 밀려왔다. 외롭고 쓸쓸하고 지루하고 이 세상에 아는 사람이 하나도 없는 듯한 공허함. 남편에게 전화를 걸어야겠다. 무슨 말을 하려는 것도 아니었고 어떤 말을 듣고 싶은 것도 아니었다. 그저 습관처럼 전화를 하려는 것이다. 전화가 연결 되었을 때 서로는 짜여진 각본을 읊듯이 정해진 말들을 주고 받을 것이다. 그 레파토리는 언제나 똑같은 것이고 아주 약간의 변화만 있을 뿐 모든 것은 예상할 수 있는 범위 안에서 이루어질 것이다. 뭐 하고 나오던 길인지, 점심은 먹었는지, 무얼 먹었는지, 일이 바쁜지, 저녁 먹기 전에 들어올 것인지, 야근을 하게 될 것인지- 그런 것을 물으면 더 이상 할

다. 아빠는 나를 아주 오래 쓰다듬는다. 추지석으로 쓰다듬고 그 다음에는 사포로 쓰다듬는다. 사포의 방수를 올려가며 더 부드럽고 매끈한 표면을 만든다. 결국 마지막 사포는 그 사포조차도 매우 부드러워서 오히려 나의 손보다도 부드러운 느낌이 든다. 나는 그렇게 오랫동안 아빠의 손에 문질러졌다. 애정이 깃든 것인지 어떤 의무가 깃든 것인지 그것은 명확하지 않을 그 손길. 나는 그것을 누렸다.

 나는 꿈속에서 꿈을 꾸기 시작한다. 아주 여러 개의 꿈을 동시에 꾼다. 아주 여러 개의 꿈을 동시에 꾸다 보니 내 몸은 그 각각의 꿈들을 붙잡기 위해 뛰기 시작한다. 그런데 그 꿈들은 전부 갈라져 버린다. 전부 다 다른 방향으로 확산되기 시작한다. 내 몸은 그 무엇들 중 하나도 놓치기 싫어 조각 나 버리고 만다. 조각난 나의 몸들 그 각각은 각각 하나씩의 꿈들을 쫓아 뛰기 시작한다. 몸 조각 하나에 하나의 꿈. 그것들이 영원히 술래잡기 하는 꿈을 꾼다. 여러 꿈들을 나는 동시에 꾼다. 그중 아무것도

말이 없었다. 그렇다고 전화를 먼저 끊는 일은 없었다. 나는 어떻게든 누군가와 연결되어 있다는 느낌, 나도 온전한 내 편을 가진 사람이고 그 사람과 종종 대화를 한다는 사실을 보다 오래 실감하고 싶었기 때문이다. 그래서 쓸데없는 말을 하거나 궁금하지 않은 회사 일을 재밌는 척 듣고 있기도 했지만 그것은 실상 절망으로 이어지기도 했으므로 유의해야 했다. 왜냐하면 그런 이야기를 하다가 아주 약간이라도 다른 의견을 말하게 되거나 그로 인해 약간 빈정이 상하게 된다면 남편은 꽤 오랫동안 토라져 있었고 나도 역시 그랬기 때문이다.
 내가 평론 모임에 나가는 것과 남편이 변호일을 하는 것은 서로에게 전혀 관련도 의미도 없는 일들임에도, 그 일을 구태여 나눔으로써 우리가 결국에는 서로 다른 사람이고 영원히 서로 이해할 수 없는 한켠을 갖고있음을 구태여 느낄 필요는 없었다. 그래서 나는 오늘 처음으로 전화를 걸지 않았다. 이 시간에 전화를 걸지 않는다는 것은 어쩌면 암묵적으로 있었던 루틴을 깨는 일이었지만, 그리고 그렇게 루틴을 깨는 일을 남

제대로 보이지 않는다. 저 멀리를 보는 동시에 아무것도 보지 못한다. 설원에 누워있던 야쿠트마의 사체가 그런 눈동자를 가졌던 것 같다.

   어떤 이미지가 가장 먼저 오는 것인지 도저히 판별할 수가 없다. 동시에 일어날 수 없는 일들이 동시에 일어나고 만다. 현재라는 개념이 진짜인지 헷갈리기 시작한다.

편이 어떻게 해석 할 지는 모르는 일이었지만, 만약 필요하다면 남편이 먼저 전화를 걸 것이라고 생각했다.

   저녁때까지 전화는 오지 않았다. 저녁을 먹고 들어가겠다거나 몇 시에 퇴근하겠다는 그러한 문자도 없었다. 남편의 의식세계에는 내가 없음이 분명했다. 나는 억울한 생각이 들었다. 밤 11시 반이 되어서야 지친 몸으로 남편이 집에 돌아왔다. 나는 남편에게 나를 아주 세게 안아달라고 보챘지만 남편은 나를 아주 부드럽고 조심스럽게 쓰다듬을 뿐이었다. 아, 이 고상한 사람. 그 덕에 나까지 고상한 사람이 되었지만, 살아있다는 느낌을 받지는 못했다. 대화는 하지 않았다. 그리고 남편은 곧 잠에 들었다. 나는 그 옆에서 오래 잠들지 못했다.

◐

 만일 당신이 살인을 할 운명을 갖고 태어났다면, 그리고 언젠가 살인자가 될지도 모른다는 것을 이유로 누군가에게 미움을 받는다면, 그래서 그 슬픔과 오기로 결단코 살인자가 되지 않겠다고 아주 굳게 다짐했다면- 어떤 선택을 할 수 있을까? 자살밖에는 없다. 그 예언이 틀렸다고, 그 해몽이 틀렸고, 나의 미래는 누군가가 예정한 대로 흘러가지 않을 것이라는 것을 증명하기 위해서는, 내 목숨을 바치는 수밖에 없다. 그래서 나는 열네살 즈음에 아빠에게 자살하겠다고 말했다.

 "네가 기어이 칼을 드는구나."

 아빠는 그렇게 한마디를 하시고는 그 뒤로 일 년을 나를 없는 사람 취급하셨다. 사실은 나도 죽고 싶지 않았다. 솔직한 마음으로, 나는 언제나 내가 죽는 것보다 죽이는 것이 낫다고 생각했다. 그저 아빠가 나를 그만

◐

 나는 그날 김태현이 하는 이야기를 들으며 그가 단단히 오해하고있다는 느낌을 받았다. 김태현의 친부는 태어날 때부터 김태현을 미워한 것이 아니라- 김태현이 자살을 하겠다고 말했을 때부터, 그때부터 냉랭해진 것처럼 보였다. 패륜으로 해석했기 때문일까? 자식이 없어 부모의 마음을 완벽히 헤아릴 수는 없겠지만 제 자식이 죽겠다고 선언하면 그것이 얼마나 어려운 감정일지 알 것도 같았다. 그저 아빠가 되자마자는 아들에게 느끼는 진한 애증의 감정에 서툴렀고, 아내를 잃을지 몰라 슬펐고, 당장 눈앞에 닥친 경제난이 두려웠고, 여느 아빠들이 그렇듯 섬세한 감정을 어떻게 다뤄야 할지 몰랐던 것일 뿐이었을 것이다, 아마도. 나는 그것을 김태현에게 말해주고 싶었다.

 김태현이 준 쪽지에는 바흐의 푸가가 적혀있었다. 'Wedge fugue in E minor - Bach' 나는 그걸 찾아 틀었다. 나의 억양에 하나도 맞지 않는 소

미워했으면 좋겠다고 생각한 그뿐이었다. 그러나 아빠는 자살도 결국에는 살인의 일종이라고 생각하는 것 같았고, 그래서 더욱 나를 미워하셨다. 오래 생각해보니 맞는 말이었다. 그래서 나는 아빠 대신 아버지를 찾아갔다. 아버지는 한동안 답을 주지 못하셨고 우선은 그저 살아라, 하셨다. 그러다가 아버지는 당신이 돌아가시기 전날 내게 오셔서 아무도 죽이지 않고 자살도 피하는 방법을 알려주셨다.

"곧 죽을 명 하나를 너랑 묶어주면 될 것 아니냐. 그 명이 저승으로 떨어질 때 그 명과 너를 묶은 실이 저승으로 따라가면, 너도 곧 그곳으로 끌려 떨어질 수 있도록 내가 해주면 될 것 아니냐. 그 명을 이용해라. 니가 아무도 죽이지 않고 깨끗한 지금에, 너의 미래될 사람이 서둘러 죽는다면 너도 다른 목숨 낭비할 것 없이 4년 후에 죽게 되니까."

아버지는 냉정하게 다정하셨다. 냉정이 많아서 다정이 된 것이었다. 아

리였다. 요란하고 정신없는 오르간. 영원히 갈라지는 병렬회로. 한 번에 여러 가지 생각을 동시에 하지 않으면 연주할 수 없을 것 같은 인상이었다. 나도 거기에 동화되기 시작했다. 남편에게 갖는 서러움과 그리움과 호흡이 어그러지고 마는 더러운 침대, 마음에 들지 않는 배역, 조각난 말의 사체를 꿰매는 실, 김태현의 벗은 몸, 등허리에 있는 산 모양의 흉터, 인체조각, 엄지만 남은 손, 마주 대고싶은 손바닥, 손바닥이 그립다. 나는 달아오르는 채로 글을 썼다. 남편에게 보낼 문자였다.

아— 당신아, 착각하지 말아줘. 나는 당신이 아닌 당신의 손바닥이 필요한거야. 나는 당신을 아주 잠시동안만 기다릴거야. 숨을 한번 들이쉬고 내쉬는 시간만큼만 기다릴거야. 나는 기다림에 쉽게 지치는 체력을 가졌으니까. 나는 금방 새로운 손바닥을 찾아나설거야. 당신의 손바닥이 아닌 새로운 손바닥을 말이야. 그건 전혀 어렵지 않아. 장갑을 벗고 반지를 빼고 대신 라텍스를 한 겹 바르고는 손바닥을 서로 맞대고 꾹 눌러

들을 이렇게까지 지지해주는 아버지가 있을까. 아들의 욕망이 진정 고요하게 죽음에 이르는 것이라고 할 때, 그것을 진심으로 지지할 수 있는 아버지가 또 있을까. 아버지는 기회를 주셨고, 나는 결심했다. 김현을 만나서는 이전에 있었던 유사살인의 경험을 물어보기. 그 사건이 벌어진 때와 장소를 파악하고 그것을 조심하기. 그리고 김현이 죽는 것을 바라보기.
  하지만 정작 김현을 직접 마주쳤을 때는 반짝이는 실금같은 사람이 이 세상에서 사라질 것이 너무 아까웠다. 나는 김현에게 사랑같은 것을 느낀 것 같았다. 김현은 나의 미래였으니 당연한 감정이었다. 미래는 선망의 대상, 혹은 영원히 오지 않기를 바라는, 그러면서도 종국에 닥쳤으면 하는 느낌을 준다. 가끔은 현재를 패싱하고 당장 미래로 달려나가고싶은 마음도 든다. 나를 버리고 김현에게 달려가고싶다. 미래를 위해서 현재를 희생하고, 현재를 조각내더라도 괜찮을 것 같다. 종국에 미래에 도달했을 때 그제서야 뒤늦게- 이미 과거가 된 조각들을 봉합해 줄 김현이 있을테니.

잡으면 되는걸. 나는 그렇게 역겹지 않은 새로운 피부를 찾아나설거야. 내 손바닥의 굴곡과 꼭 맞아서 부합을 맞추는 야릇함을 느끼게 해줄 새 것을 찾아나설거야. 그러므로 당신아, 나를 기다림에 두지 마오. 나를 시험에 들게 하지 마오. 지금 당장 내게 와서 당신 손바닥을 내게 주오.

8분이 조금 넘는 푸가는 다행히 내가 그 문자를 남편에게 보내기 전에 끝났다. 나는 내가 써내려간 글을 보고 한참을 웃었다. 미친사람처럼 호탕하게 웃어재꼈다. 그리고는 개운해진 채로 모든 글을 지우고 새로 문자를 썼다.
여행가서 만난 사람한테 바흐의 푸가를 소개받았는데, 마침 한국에서 연주회가 있더라. 직접 가서 듣고싶어. 같이 갈 수 있어?

답장은 오지 않았다. 아주 많이 바쁜 것 같았다.

◐

 문을 열었더니 하늘을 날던 새들이 떨어져 죽는 이미지가 솟아오른다. 높은 상공을 날던 새는 최단거리로 추락하고 낮게 날던 새는 나름의 포물선을 그리며 추락한다는 궤변이 솟아오른다. 눈발을 날리며 날아오르는 까마귀와 아주 얇은 옷 하나를 걸치고 굿을 하는 아버지가 스친다. 아, 최단거리. 그 최단거리가 핵심이었다. 최단거리란 모두에게 확정된 미래로 곧장 달려나가는 것이다. 그 어떤 유려한 곡선도 기교도 없이, 죽음으로 내지르는 추진력이다. 나는 그러다가 엄지하나만 남은 손을 보았다. 그 손은 우리 엄마의 손. 뭉뚝해진 절단면이 만들어낸 곡선이 예쁘다. 나는 그것을 잡는다. 사실은 결코 잃고싶지 않은 포물선. 나도 사실은 낮은 하늘에서 낮게 날고싶다. 위대한 곧음은 곡선으로 보이기 때문이다.

◑

 공연장 규모는 오르간이 있는 것 치고 생각보다 작은 편이었는데, 로비에는 사람으로 북적거렸다. 다들 평소보다 조금씩 더 잘 차려입은 듯한 모습이었다. 나는 그 사이에서 남편을 찾았다. 남편 역시 정장차림의 말끔한 모습이었다. 간만에 기분이 좋았다.
 "오느라 고생했어."
 "아냐. 근데 푸가는 왜? 갑자기 듣고싶었어?"
 "얼마 전에 말한 공연 있잖아. 그게 이거야."
 "아, 내가 요즘 일이 너무 바빠서 잊었나 보다. 미안."
 "으응. 그리고 오늘 내 생일이거든. 우리 처음 만난 날이기도 하고."
 그 뒤로 남편은 놀라더니 아주 큰 죄를 지은 사람처럼 잊어서 미안하다며 오래 말을 붙였고, 나는 남편의 손을 잡고 괜찮다고 말했다. 나는 괜찮다는 말을 아주 여러 번, 가능한 길게 말했다. 그런데 남편은 계속 사과했다. 그 연속된 사과 때문에 나는 마치 남편이 내 생일을 잊은 것

문을 열었더니 거북이 두 마리가 있었다. 하나는 뒤집힌 채 버둥대고 있었고, 다른 하나는 그걸 우두커니 보고만 서 있었다. 나는 재빨리 그 뒤집힌 거북이를 집어 올려 수조에 넣었다. 그리고 나머지 한 마리도 같은 수조에 넣었다. 그러자 뒤집혀 버둥거리던 거북이는 빠르게 헤엄치더니 우두커니 서 있던 다른 거북의 목덜미에 입질을 했다. 내가 죽어가는데 왜 가만히 보고만 있었냐는 식의 불만을 표현하는 것처럼, 없는 이빨로 거세게 목을 물어뜯었다. 거북이의 매끌거리던 검은피부는 군데군데 분홍빛으로 벗겨지기 시작했다. 나는 너무 당황스러워서 그 두 마리를 재빨리 떨어뜨렸는데, 그 거북이는 몇 번이고 다시 돌아가 입질을 했다. 그것은 동종에 대한 살기였다. 그것을 눈앞에서 목격하니 섬뜩했다.

나는 그때 '살인'이라는 단어를 언어로서가 아니라 정말 현실의 의미로 다시금 감각할 수 있었다. 다른 인간의 목덜미를 물고 피부조직을 질근질근 끊어내고 그걸 뜯어 뱉어내고 솟구치는 따뜻한 피를 얼굴에 맞는다는 것… 그것은 절대 수행할 수 없는 것이었을 뿐더러 그 장면을 지켜

이 작은 해프닝이 아니라, 남편이 나를 생각하는 방식에 대한 상징처럼- 아주 무거운 것이라고 착각하기 시작했다. 그런 궤변이 머릿속에서 굴러다녔으므로 나는 사과를 그만하라고 말했다. 그러자 남편은 더 간절하게 용서를 빌기 시작했다. 그 때문에 나는 기념일을 잊은 남편에게 잔뜩 화가 난 아내 역을 갑자기 떠맡게 되었다. 그것은 끔찍한 클리셰였다. 이런 사람과는 제대로 싸워볼 수도 없다. 아, 한없이 고상하고 부드러운 사람. 그때 오르간으로 연주하는 푸가가 들렸고, 로비의 관객들은 웅성댔다. 나는 더이상 적절한 대답을 찾을 수 없었고, 로비에 울려 섞이는 바리톤과 소프라노 때문에 정신이 없었다. 남편은 내게 이야기를 하는 도중 큰 소리를 내기도 했고, 약간 눈물을 보이기도 했으므로 우리는 잠시 건물 밖으로 나왔다. 언젠가부터는 내가 남편을 달래주고 있는 꼴이었다. 결국 이야기를 마치고 건물로 들어왔지만 간발의 차로 공연장에 들어가지 못했다. 이제는 정말로 화가 났다.

"있지, 나 이 공연 정말로 보고싶었는데."

보는 것도 몸을 움찔거리게 만드는 것이었다. 아버지가 찐 감자를 건네주셨다. 베어물었더니 피가 흥건했다. 아버지는 여전히 속이 다 비치는 도포를 하나 걸치고 고귀한 얼굴을 한 남자 손을 잡고 계셨는데, 그 남자의 목덜미에서는 곧 피가 흘렀다. 혀 밑에서 비린 맛이 난다.

문을 열었더니 김현은 연기하는 듯했다. 80년대 영화의 색감으로 촌스런 화면 속의 배우같은 모습이었다. 저 멀리의 억양으로 김현은 말했다. 요조의 표면을 만져본 적 있어? 당신과 내가 클로즈업된다. 당신은 '요조의 표면'을 말한다. 당신의 입에서 나오는 그 말은 기껏해야 '민들레 한 송이' 정도 되는 의미를 가진 것 같다. 내가 그렇게 느끼도록 당신은 낭만적으로 말한다. 나는 그 뜻을 모르지만 대답한다. 응, 만져봤어요. 내가 당신 것을 만졌잖아요. 당신은 비장하게 대답한다. 그랬구나. 나는 네 것을 못 만져봤거든. 왜냐하면… 나는 손이 없었으니까. 나도 네가 못 만져본 줄로만 알았어. 너도 손이 없었

"다음에 다시 같이 올래?"
"오늘 딱 하루 하는 공연이야. 로비에서라도 듣고싶어. 먼저 집에 가 있어."
나는 2층으로 올라가 그곳에 있는 의자에 앉았다. 남편도 따라와 옆자리에 앉았다. 남편의 팔이 내 어깨를 껴안았다. 나는 그게 조금 거슬렸지만 작은 모니터로 무대의 모습이 실시간으로 보였고, 오르간의 소리는 크고 웅장해서 로비에서도 들을 만했으므로 나는 가만히 푸가가 흐르는 것을 들었다. 그런데 두 번째 곡이 시작되자 또다시 너무 많은 생각이 동시에 떠올랐다. 그것들은 쐐기의 모양으로 뻗어나갔다. 제일 먼저는 내 어깨를 쓰다듬는 남편의 손이 거슬렸고, 아까운 티켓값, 정말로 보고싶었던 공연을 강탈당한 억울함, 생각해 보니 단 한 번도 나와 제대로 대면한 적 없는 남편, 가장 가까운 사람의 가장 깊은 비밀을 알지 못하는 것에 대한 서늘함, 불건강한 솔직함으로 죽음 하나를 방조했던 나, 끔찍한 나, 그리고 그 뒤로 한 번도 누군가를 세게 안아본 적 없다는 것

으니까. 나는 그 말에 반박하고싶어서 무슨 뜻인지도 모르는 말로 대답을 했다. 손에는 자극막이 있잖아요. 그니까 나는 손으로는 만지지 않았지만 그치만 만졌어요, 우리 서로 만졌잖아요. 당신은 골똘히 생각에 잠긴다. 그 골똘함은 너무 진지해서- 유월의 신랑으로 나를 선택할지, 남편을 선택할 지 고민하는 듯 무겁다. 나는 멀리 가는 당신을 붙잡는다. 당신은 요조의 표면을 만진 적 있어요? 당신 약혼자의 것을 만졌어요? 당신은 그렇다고 대답한다, 손으로 만졌다고 대답한다. 나는 그 말이 틀렸음을, 틀린 것임을 알았다. 나의 움찔대는 요조의 표면이 그 거짓을 감지했다. 등허리를 타고 흐르는 산, 암석, 울퉁불퉁한 켈로이드, 그리고 내리치는 번개. 아, 이제서야 당신이 내게 무얼 물었던 것인지 알았다. 등록의 표면이 무얼 의미하는지 알았다. 그 순간 나는 너무 무서워져서 당신에게 이걸 절대 말해주지 말아야지, 평생 숨겨야지 결심한다. 당신은 모르는 채로 강 너머에서 식을 올렸다. 손이 없는 당신에게 손을 흔들어 마지막 인사를 건넨다. 결혼 축하해. 그리고 내

에 대한 깊은 안타까움이 밀려왔다. 그래서 나는 갑자기 의자에서 일어나 남편에게 나를 세게 안아달라고 했다. 온 팔의 압력을 이용해서 아주 세게.

남편은 역시나 망설였고 고상한 채로 뻣뻣했다. 나는 그것을 참을 수 없었다. 나를 부드럽게만 대하고 그래서 결국에는 제대로 대면할 수조차 없게 만드는 그 얌전한 도덕성을. 푸가는 점점 시끄러운 화음을 만들었고, 그 풍성한 불협 속에 나는 압박감을 참을 수 없었다. 심지어 그 푸가에서는 천진한 아이들의 목소리가 섞여들려서 나는 정말 견딜 수 없었다. 나는 남편의 뺨을 후려갈겼다.

"세게 안아주질 못하겠으면 목이라도 졸라봐 결국 같은 거니까."

남편은 당황한 듯 보였다. 내가 이렇게까지 몰린 것을 처음 봤겠지. 나는 가만있는 남편의 뺨을 몇 대 더 쳤다. 아주 큰 소리가 났지만 절정에 도착한 푸가에 묻혀 제대로 들리지는 않았다.

리치는 천둥소리.

 문을 열었더니 송로버섯의 향이 났다. 설원에서 보았던 고귀한 얼굴이 보인다. 아버지가 내 자리를 대신하라고 데려왔던 말끔하고 부드러운 그 얼굴이다. 평생 변기 물을 내린다고 해서 변기가 청소되는 것이 아닐 텐데. 그 얼굴을 계속해서 두고 보니 그 얼굴은 김현 남편의 얼굴이었다. 나는 김현 남편을 본 적 없지만 몸 깊은 곳에 있는 아득함으로 알았다. 나는 변기 뚜껑을 닫았다가 다시 열었다. 그곳에는 거북이 두 마리가 있었다, 모가지가 발갛게 되어서는. 나는 소스라치며 깨어났다. 이 사건이라는 것은 김현의 남편이 얽혀있는 것이었다. 오늘은 나의 생일이자 김현의 생일. 그리고 그 사건이 예정된 날. 나는 바흐의 푸가가 연주되는 공연장으로 출발했다.

 "제발 너랑 제대로 마주 볼 수 있게 해줘. 목을 졸라봐, 응?"
남편은 잠시 두려워하는 표정을 지었고, 나에게 몇 대를 더 맞은 뒤에는 약간의 흥분과 함께 분노한 것 같았다. 내 목을 조르기 시작했다. 그 얼굴에는 더이상 고상함이 없었다. 단 한번도 세상에 보여준 적 없는 날것의 민낯.

 더 해도 돼, 그렇게 말하려는데 남편의 표정은 이미 어떠한 경지에 올라와 있었다. 극도로 흥분된 표정으로 내 목을 잡고 거의 내 온몸을 들어 올리기 시작했다. 나는 그제서야 남편이 아닌 황상현이라는 사람을 처음 마주한 것 같았다. 황상현이라는 이름은 그제서야 자신도 생명을 가지고있다는 것을, 하나의 인간이고 동물이라는 것을 핏줄 선 새빨간 얼굴로 보여주고 있었다. 나는 드디어 황상현이라는 사람을 처음으로 사랑해 볼수도 있겠다고 생각한다. 그리고는 잠시 의식을 놓친 것 같았다. 정신을 차려보니 나는 바닥에 누워있었고, 기침이 났다. 누군가가 남편과 몸싸움을 하고 있었다.

◐
　김현은 어떤 남자에 의해 목이 졸린 채 남자를 뚫어져라 쳐다보고 있었다. 그 시선은 살아있는 것이었다. 그것을 본 나는 거의 제정신이 아니었다. 아까운 김현, 아, 너무 아까운 나의 미래. 네가 살인을 하는 것을 바라지도 않지만 김현이 죽는 것을 바라지도 않아. 푸가가 흘러나왔고 나는 어쩔 줄을 몰랐다. 아아, 오르간에서 갑자기 비명의 소리가 들리자 그 비명은 테너톤의 중후한 음계로 어떻게 이어질 수 있는지에 대해 고민하게되는, 그런 식으로 나는 몸이 움직였다. 소리가 들린다는 것은 그런 의미였다. 엘리베이터는 굵은 철사에 달려 내려왔다. 철사와 도르래가 마찰하면서 쇳소리가 났다. 나는 그 소리를 거의 처음 들어보았지만 아마 그 소리는 기차가 급정거할 때의 소음처럼, 녹이 슨 톱으로 철판을 자를 때 그 녹들이 튕겨 나가는 소음처럼, 매섭게. 아주 무거운 쇳덩이 두 개가 서로 몸을 비벼대는 소리의 육중함이었을 테다.
　문을 열었더니 김현이 있었다. 김현은 옷을 훌렁훌렁 벗더니 제 흉터

◐
　남편이 죽었다. 고작 이층에서 매끈한 로비 바닥으로 떨어진 것이었는데 하필 목뼈가 부러졌기 때문이다. 나는 거의 바로 119에 신고를 했는데, 구급차가 오기 전에 공연이 끝났기 때문에 그 모든 관객들이 남편이 죽은 것을 보고 말았다. 사람들이 아주 어수선했다는 것, 김태현이 우두커니 서 있었다는 것이 그날 기억의 전부다.

그 후로 나는 말을 아꼈다. 남편이 나를 위협하거나 죽이려던 것이 전혀 아니고, 사실은 내가 남편에게 목을 졸라달라고 부탁했다는 사실을 나는 사람들에게 말하지 않았다. 김태현은 사람들 사이에서 그저 위험에 처한 여자 하나를 지키느라 어쩌다 사람을 죽이고 만 것으로 이해되었지만 그럼에도 나는 말을 아꼈다. 내가 아무도 모르게 학생 하나를 자살로 몰고 간 것이 떠올랐기 때문이거나, 과거의 나를 구제해주고 싶었기 때문이거나, 김태현에 대한 모성애같은 것을 느꼈기 때문이다. 적어도 그때 당시

를 보여주었다. 내 몸을 내려다보니 나도 맨몸인 채였다. 둘은 그 어떤 고귀함도 걸치지 않은 채 서로를 영원히 마주보고 서 있었다. 영원이 정말로 영원으로 변하기 전에 김현과 나는 등을 마주대고 앉았다. 척추를 기준으로 대칭에 있는 그 똑같은 흉터를 꼭 맞추어보았다. 완벽한 부합이었다. 우리는 원래부터 하나의 온전한 돌이었던 것처럼 꼭 맞아들었다.

나는 어떤 남자의 멱살을 잡고 있었다. 김현은 옆에서 콜록대며 무슨 말을 계속 하며 나를 말리고 있었다. 나는 그 말이 들리지 않았다. 아니, 사실은 너무나 명확하게 들었지만 듣지 못한 척 계속 그 남자를 난간으로 밀었다. 김현은 계속 소리쳤다.

"제가 목을 졸라달라고 했어요. 오해세요. 그만 놔주세요, 내 남편이라고요-"

의 나는 그렇게 생각했다.

조문객이 붐비는 장례식이었다. 나는 손님들을 받느라 혼이 빠진 채로 시간을 보냈다. 사람이 눈앞에서 죽은 것으로 인한 충격은 잊을 수 없는 인상으로 남았지만, 나는 슬픔을 떠올리지는 않았다. 그저 정신 없고 피곤하고. 잠에 들고싶었다. 나와 시댁 식구들은 입관을 지켜보았고, 서로 껴안고 울었던 것도 같다.

그리고 나는 빈 집에 돌아가 아주 오래 잠을 잤다. 아주 긴 꿈을 꾼 것 같다. 아주 긴 서사시였는데, 나는 일어나자마자 그 꿈을 잊어버렸다. 너무 오래 자고 일어난 탓인지, 내게 그 어떤 험한 일도 일어나지 않은 것만 같았다. 그리고 나는 평소와 같은 외로움을 느꼈다.

푸가가 흘러나왔고, 나는 그것을 핑계로 김현의 말을 듣지 못했다. 왜냐하면 운명을 믿는 사람만이 운명을 피하기 위해 몸부림치고, 운명을 믿는 사람만이 그 운명이 현실에서 수행되는 순간을 감지하기 때문이다. 그러므로 잠시 뒤 그 남편이라는 사람은 발코니 아래로 떨어졌다. 피가 났고, 곧 사람들이 몰려나왔으며, 나는 우두커니 김현을 바라보다가 건물 밖으로 나와서 구급차와 경찰을 기다렸다. 지금껏 나는 스스로의 목숨에 대해서는 너무나 가볍게 생각했지만, 오히려 나의 미래에 대해서, 김현이라는 빛나는 실금에 대해서는 생각이 닿았다는 것을 느꼈다. 그 푸가가 흘러나올 때 내 온몸의 감각이 그것을 읊었다. 그리고 내 몸은 미래를 향해 내달렸고 나는 거기에 탑승해 있을 뿐이었다.

하늘을 올려다보았다. 천둥과 번개가 거의 동시에 쳤다. 눈 앞이 번쩍했고 귀가 아팠다. 낙뢰가 내 바로 앞으로 내리친 모양이었다.

전화할 사람이 없었다. 그뿐이었다.

◐
 재판은 시간을 타고 흘러갔으나 그 재판에서의 발화들은 전부 해독 가능한 명징한 언어들로 이루어져 있었으므로 나는 처음 앉은 피고인석에서 안정감을 느꼈다. 재판은 사건에서, 그리고 사람에게서 설명 불가능한 부분을 한 톨도 남겨놓지 않았다. 각각의 설명을 각각의 의문에- 제자리에 붙여 넣었다. 나는 그게 마음에 들었다. 몇몇 설명들은 진실과 다른 면이 있었지만 아무도 거기에 의문이나 반박을 제기하지 않았기에 거짓들은 진실로 박제되었다.

 나는 오랫동안 이 풍경을 그려 왔던 것 같다. 내 삶을 어지럽힌 모든 예견들이 모두 확정되고 아주 무거운 돌이 되어서 아무것도 움직이지 않을 고요한 풍경. 나는 어떻게든 누군가를 죽이는 일을 피하려고 애써 왔지만 그 운명이라는 것은 얄궂은 것이어서 종국에 사건이 일어나버렸다. 그러므로 나는 오히려 초연해졌다. 생명 하나가 내 손으로 인해

◐
 진심으로 내가 안타까워하던 것은 남편인 황상현의 죽음에 대한 것이 아니라, 그저 어떤 하나의 생명이 죽음에 대한 것이었다. 그도 그럴 것이 나는 황상현이 죽던 날 그를 처음 보았기 때문이다. 조금 보태자면, 독점적으로 서로의 편을 들어 주던 그 어떤 관계가 사라졌다는 것에 대한 안타까움은 있었다. 다만 진정으로 사랑하는 사람을 잃었을 때의 슬픔은 아니었으므로 나는 금방 회복되었다. 우선 오늘은 그렇게 생각한다. 지난주에는 남편을 사랑한다고 생각했지만. 그리고 내일은 또 다른 대답을 할지 모르겠지만, 우선 오늘은 그런 생각이 든다.

 나는 남편을 죽인 김태현이 기소된 법정에서 김태현과 눈을 맞추고 있다. 그리고 고백하건대 그 오가는 눈빛 속에서 나는 평생토록 단 한 번도 경험해 본 적 없던 끌림을 느꼈다. 나는 나 스스로가 역겹게 느껴져서 올라오는 구역질을 겨우 삼켰다. 알을 깨고 나온 새가 감히 아직

사라졌다는 것은 매우 죄스러운 일이었지만, 나는 김현이- 나의 아깝고 아름다운 김현이 살아남은 것에 대해서- 어쩌면 우리가 앞으로의 생애에서 다시 만나게 될지도 모른다는 그 가능성에 대해서 그 어떤 후회도 하지 않았다.

참고인석에 앉은 김현을 본다. 그 이목구비가 주는 아우라. 단순히 말하자면 예쁜 것. 아주 얇고 위태롭게 끊길 듯이 빛나고 있는 것. 나는 그것에 대해서 만큼은 해독할 수 없어도, 혹은 거짓을 진실로 해독하는 우를 범해도 괜찮으리라 하는 생각을 한다. 혹은 그것이 해독되지 않은 채로 나를 영원히 과거에 남겨 둔다고 할지라도, 그것이 나의 몸을 반으로 가르고 지나가 버린다고 할지라도 나는 괜찮을 것 같다. 나는 꽤 오랜 시간을 감옥에서 보낼 것이다. 물론 갇혀 있는 동안에도 그 안에서 예상할 수 없는 사건들이 발생하겠지만, 그것은 최소한 사람의 목숨에 관한 것은 아닐 것이기 때문에 평안의 시간으로 지낼 수 있을 것이다.

부화할 때가 되지도 않은 다른 알을 부리로 쪼아- 그 안의 날것을 빨아 삼킨 듯한 역겨움이었다. 언제부터 내가 이 매혹적이고 불결한 것을 품고 다녔는지 모르겠다.

방청석에는 김태현의 아빠로 보이는 사람이 앉아 있었다. 그 사람의 표정을 완전히 해독할 수는 없었지만 그 사람은 단순히 슬퍼 보였다. 김태현에 대한 원망이나 미움 같은 것은 그 표정에서 읽히지 않았으므로 나는 거기에서 아들에 대한 사랑을 읽었다. 나는 김태현을 바라보았다. 김태현은 아직도 나를 바라보고 있었다. 피고인석에 앉은 김태현은 아주 편안해 보였다. 그 어떤 죄책감도 후회도 불안함도 조급함도 없이 바닥까지 가라앉은 호흡을 하고 있었다.

나는 언젠가 그와 부합을 맞춰 보고 싶다는 생각을 했다. 우리 서로 등을 맞대고서는, 척추를 기준으로 대칭점에 있는 그 똑같은 모양의 흉터

김현은 법정에서 추가적인 진술을 하지 않았다. 검사는 남편과 왜 다툰 것이냐고 물었지만 김현은 다투었다는 그 자체의 오해를 바로잡지는 않았다. 그래서 나는 어떤 죽을 위기에 놓인 여자 하나를 살리기 위해, 우발적으로 남자 하나를 죽인 것으로 설명되었다. 그것은 틀린 해석이었지만 중요한 것은 김현이 그렇게 되도록 그저 두었다는 것이다. 나는 갇혀 있을 시간 동안- 호흡도 심장 박동도 없는 조각상으로서 살아갈 시간 동안에- 김현의 그 행동에 대해 아주 오래 해석해보려고 한다. 아주 천천히. 그리고 나는 아마 다시 김현을 만나게 될 것이고, 어쩌면 우리는 서로 등을 맞대어 볼 수도 있겠다. 척추를 기준으로 대칭에 있는 그 똑같은 흉터를, 아주 충분한 시간 동안. 김현과 눈을 맞추고 있자니 문득 그럴 거라는 예감이 들었다.

를 맞댄 채로- 아무도 죽지 않고 아무도 죽이지 않는 그 평온함 속에서 서로 등을 기대어 앉아서 아주 충분한 시간을- 그래서 눈에 보이는 모든 것들을 진정으로 해독해 낼 수 있을 만큼 오래- 그렇게 기대어 앉아 있고 싶다.

집에 돌아와서 따뜻한 물에 몸을 씻었다. 샤워부스에 달린 작은 창문 밖에서 천둥과 번개가 거의 동시에 쳤다. 눈 앞이 번쩍했고 귀가 아팠다. 낙뢰가 창문 바로 앞으로 내리친 모양이었다. 문명의 향내가 나는 바디워시로 거품을 내서 몸 이곳저곳을 문질렀다. 등허리 쪽을 문질렀는데 매끈했다. 산 모양의 흉터가 사라져있었다.

05

무한이라는 환상

2025년 08월 09일, 정릉동, '동네생활연구소 한평'

준호   쓰다 보니 동엽 님을 비방하는 느낌이 된 것 같아서 좀 조심스럽네요.

시원   전혀 못 느꼈는데요.

동엽   고도의 돌려 까기인가요?

준호   전혀 전혀 단지 신기하다는 말이었어.

동엽   제가 돌려 까는 거 진짜 눈치 못 채거든요.

준호   그럼 무적이네요.

동엽   그래서 교토에 살면 행복할 것 같아요. 교토사람들이 말한 게 다 칭찬처럼 들릴 거 같아.

준호   밤에 닌자 찾아오면 어떻게 해요? 교토사람들이 너무 화나서 고용한 거야

시원   닌자가 온 지도 모르는 거 아냐?

동엽   (해맑게 웃으며) 닌자랑 술 한잔할까요?

시원   (연기톤으로) 손님을 다 보내셨네!

동엽   닌자의 삶은 어때요? 요즘 삶이 힘들죠? 들어와요.

준호   (질렸다는 듯) 진짜 무섭다. 공포스러워...

1. 통제적 삶

시원 (준호 에세이를 보며) 그러니까 누군가 먼저 와야지 받아준다는 거지 본인이 욕망하는 건 잘 없는거네요?

준호 그렇지 밤에 누구를 찾거나 그러진 않지.

하민 누구한테 답답한 감정을 토로하고 싶진 않나요?

준호 감정은 있는데 어차피 만나도 말을 잘 못 하는 편이기도 하고…. 그래서 신기해. 내 방에 찾아오는데 아해들은 자기 힘든 얘기를 이렇게 술술 잘 얘기할까?

하민 당신은 경상도 남자가 맞습니다.

준호 (하늘 보며 한탄하며) 또 쌍도야,,,? 피는 어쩔 수가 없나.

시원 그러면 여기서 본인의 욕망이 뭐예요? '잠을 안 자고 할일을 미룰 만큼의 그런 욕망이 없나?' 이런 생각이 들어요.

준호 다음 날 무조건 피해가 가니까 그걸 좀 싫어하는 것 같아요. 일정 수준의 비용을 내고 한다는 감각이 있는 것 같아.

시원 욕망을 실현하는 데 부과되는 기회비용 같은 거를 싫어하시는구나.

준호 욕망을 안 좋아한다고 그랬잖아요. 그러니까 욕망에 얹혀 있는 모든 것들을 피하려고 하는 것 같아.

시원 욕망을 싫어하는 게 욕망이라 할 수 있을까?

하민 본인을 컨트롤 하고 싶어서 그런 거 아닐까요. 통제하고 싶어서

준호 통제하고 싶은 욕망이 있는 건가. BDSM인가 그중 B.

시원 성적인 용어 아니야?

준호 네 맞아요. 통제성을 원하는 사람도 있거든요.

동엽 아니 아니 아니 너무 확 가시는 거 아네요?

시원 그럼 다른 사람을 지배하길 원하나요?

준호 아니야 난 지배하고 싶진 않아. 전혀.

시원 아무도 안 해주니까 나라도 하는 건가? 나 스스로를 지배.

하민 집에서 개목걸이를 한번 차보는 건 어떠세요. 이게 좋을 수도 있어.

동엽 욕망을 너무 실현했어요. 지금.

준호 (음흉한 얼굴로) 졸리게 해서…. 되게 재밌을 것 같다.

하민 옛날 불독들이 하는 예쁜 거로 해서.

준호 뾰족하니 다이어트 효과도 있겠네요.

하민 그초. (웃음) 근데 사랑하는 사람이 생기잖아요, 그럼 뇌에서는 이 사람을 나의 신체 일부로 받아들인대요. 그래서 사랑하는 사람이 자기 생각대로 행동을 안 하잖아요? 그러면 화가 나는 거예요. 통제가 안 되니까. 사랑하는 사람한테 짜증이 나고…. 사랑하는 사람이 생겼을 때 과연 준호 님께서는 어떻게 행동을 하실지…

준호 절대 통제하지 않아요. 한 번도 그래 본 적이 없어요.

시원 제가 볼 때는 이 사람은 사랑하는 사람이 생기면 오히려

'본인의 몸이 상대의 그 사람에게 소속되었다'고 생각 할 수도 있어요 (웃음)

하민 반대된다?

준호 막 공주님 대접하고 이런 건 아닌데. 제가 좀 더 움직이려고 하고 그런 게 좀 있긴 하죠.

시원 그러니까 예를 들어 100개 안 맞는 게 있으면 보통은 한 50개는 맞춰주고 50개는 상대방이 맞춰주고 이렇게 하는 거잖아요. 근데 본인은 100개를 다 맞춰주는 거예요. 맞죠?

준호 맞는데 이게 좀 어폐가 있는 게 100% 맞춰주는 건 맞아요. 근데 어느 정도 맞는 사람과 만나니까 그런 거죠. 안 맞는 사람 맞춰주는 건 아니고. 맞출 게 별로 없기 때문에 다 맞춰줄 수 있는 느낌.

하민 그럴 수도. 저는 응원합니다.

준호 지배해달라야겠다. 날 지배해 줘.

시원 그것 참 봉변이네요.

준호 말 많이 했으니 동엽 씨 거 한번 볼까요? 엄청 많이 써왔어.

동엽 쓰다 보니까 갑자기 필 받아가지고. 앉은 자리에서 다 썼어요.

시원 와 신나고 좋았겠다.

동엽 쓰기 시작하기까지 굉장히 오래 걸렸고, 감이 잡히니까 쭉 써지더라고요.

준호 아주 재미있게 읽었습니다.

동엽 굉장히 억압된 삶이잖아요. 그거를 인지하지 못하다가 갑자기 어떤 트리거가 딱 발동하면서 터져버리는 그런 소설을 써보고 싶었습니다.

시원 아, 저는 진짜 재밌었어요. 동엽다운.

2. 왜 SF?

하민 저는 항상 왜 SF여야 하냐에 대한 이유는 있어야 한다고 생각해요.

준호 맞아

하민 제가 봤을 때는 충분히 재밌어요. 근데 SF가 아니어도 할 수 있을 것 같아요.

동엽 그것도 그러네요.

하민 현실에서 공사 인부들의 이야기로도 대체가 될 수 있을 것 같아요. 그래도 전문적인 이과적 지식을 접목해서 SF 세계관을 만들어 낸다고 했을 때. 본인이 잘하는 분야잖아요. 그래도 SF를 쓰려면 왜 SF를 써야 하는가에 대한 이유를 먼저 찾은 다음에 쓰면은 훨씬 더 좋은 게 나올 거 같아요.

준호 반바지 작가님도 있지 않습니까? 과학 덕후인데 만화 그리는 사람. 암흑물질이라는 엄청나게 큰 세계관일 수도 있는 거잖아요. 살을 붙이면 이유가 생기는 건 금방이라는 생각이 들어요.

하민 암흑물질이라는 세계관 설정을 과학적으로 우리가 전혀 상상하지 못했던 흥미로운 설정을 결합해서 중심으로 이야기를 풀어가면 그건 충분히 SF여야만 하죠.

동엽 그걸 생각을 못 했네요. 좀 독특해지기 위한 장치로서만 생각했던 것 같아요.

하민 말만 다르지 SF도 판타지거든요. 좀 더 논리적이고 과학적인 판타지예요. 좀 더 파먹어 봤을 때 이게 개연성이 있고 논리 정연하고 근거가 있구나가 되면은 맛있는 글이 되는 거죠.

시원 제가 SF 연극 모임을 최근에 다녀왔는데요. SF라는 게 범위가 넓더라고요. 비인간을 다룬다, 혹은 미래의 존재를 다룬다고 했을 때, 그 존재 간에 어떻게 경계를 나눌 것이냐 생각을 해보면…. 글쎄요. 우선은 중심에서 멀리 있는 가장자리에 있는 사람이라는 얘기를 들었던 것 같아요. 그런 존재를 다루는 게 SF가 아닐까. 그렇기 때문에 어쩌면 사회적인 맥락의 풀이도 가능하죠. SF소설을 사변소설이라고 부르기도 하니까요.

준호 순문적이나 연극적으로 많이 쓰이는 말인 것 같네. 봉준호를 예술적 판타지라고 말할 수 있다면. 사변이 그런 걸 말하는 말인 것 같아요. '사변'. 경험에 의하지 않고 순수한 논리적 사고만으로 현실 또는 사물을 인식하려 하는 일이 사변이라는 뜻이라네요

시원 '이런 게 있어도 될까' 싶은 감각을, 그런 특이한 생각을 해보는 게 또 SF의 맛이 아닐까요? 한번 해보는거죠.

(소연이 들어온다.)

준호 지금 동엽님 거 하고 있습니다.

소연 아 네.

하민 개인적으로 sf 장르 중에서는 사이버 펑크 장르를 되게 좋아하는데 <블레이드 러너>그 영화의 원작이 되는 소설이 있어요. <안드로이드는 전기 양의 꿈을 꾸는가>

동엽 저 읽었었어요. 되게 재미있는 영역이잖아요. 전기 애완동물이라는 소재가 나오고

하민 제목만 봤을 때도 되게 철학적인 질문이에요. 안드로이드는 잠이 안 올 때 전기 양을 세는가 이렇게 될 수도 있는 거고 안드로이드 자체가 잠이라는 게 있을 수가 있나?

동엽 세계관이 생물들이 없어져서 부자만 동물을 기를 수가 있는데. 그래서 사람들은 동물을 기르는 꿈을 가지고 있어요.

하민 참고를 한번 해보시면 어떤 느낌으로 쓸지 갈피를 잡지 않을까 하는 생각이 듭니다.

동엽 암흑물질이라는 소재를 넣은 것도 클라이맥스 장면에서 시간의 나열이 뒤틀리면서 혼란스럽게 만드는 장치를 넣고 싶어서 넣은 건데. SF만의 매력을 깊게 담아내지 못한 것 같아서 아쉽네요. 더 재미있게 한번 써보겠습니다!

준호 씩씩하네.

소연 저는 시원님이 주신 키워드로 글을 써봤는데. '피부, 소리, 냄새'라는 키워드가 저한테는 흔한 단어지만 생각하지 못했던 욕망에 대한 주제라 느꼈거든요. 그래서 풀어내는 것도 예상하지 못하게 이 워드를 풀어보려 했어요. 픽션, 논픽션 섞어서 글을 쓰기도 했고 견해나 평소에 느꼈던 생각을 써봤는데 어쩔 수 없이 제 평소 글과 비슷하게 나오더라고요.

시원 궁금했던 게 여기 '카멜레온 같은 것'이라는 부제는 어떤 의미인가요?

소연 왜 카멜레온 같은 것이라고 했냐면 카멜레온 피부가 사물에 닿았을 때 그 사물로 색깔이 확확 변하잖아요. 그런 것처럼 이때는 내 피부가 이렇게 변했는데 다른 걸 닿으면은 이렇게 또 달라지는구나. 그런 간단한 느낌이었어요.

3. 내로남불

준호 담배 얘기 나오는 파트를 보며 생각이 좀 많아졌어. 이런 아버지가 있기도 하구나. 물론 이게 다 소연 님의 관측결과지만 이렇게 관측이 될 수도 있구나.

하민 보여주는 모습이 툭 놓고 봤을 때, '나는 되고 너는 안돼' 잖아요.

소연 맞아요. 그렇게 볼 수도 있어요.

하민 이게 저는 인간의 본능 중에 하나라고 생각하거든요.

소연 어떤 생각을 하면서 썼냐면. 예를 들어 운동을 했어요. 땀 냄새가 날 거 아니에요. 나한테 지금 땀 냄새가 나지만 지금 당장 씻고 싶지 않은 거예요. 하지만 주변 사람들은 불쾌하겠죠. 스스로가 그런 타협을 한다고 저는 느꼈어요. 내 주변 사람이 운동을 열심히 하고 와서 땀 냄새가 났다. 그러면은 장난으로라도 저는 말을 하는 타입이에요. 씻어 빨리…. 나는 내 편한 대로 있는데 남한테는 허용하지 않는 사람이라는 걸 알게 됐고….
내 냄새니까 거기에 익숙해진 나머지 지금 상대방을 불쾌하게 만드는 걸 모르는 거예요. 익숙하니까 별로 개의치 않는데 남한테 느껴지면 되게 불쾌하고 민감하게 받아들인다…. 스스로가 무섭다고 느꼈어요. 난 이런 사람이구나. 다들 속으로는 이런 생각을 해보지 않았을까 해서….

하민 다들 한 번씩은 그러죠. 내로남불에 단 한 번도 빠지지 않은 사람은 없을 거야.

준호 난 공감 못 받았는데…. 지하철에 총 쏘고 싶다고 그러니까 다들 너무 하다 했잖아요.

하민 (농담 같은 표정을 지으며) 그건 심했어요.

동엽 냄새가 가장 빠르게 피곤을 느끼는 감각이잖아요. 역치가 빨리 높아지다 보니까 스스로가 풍기는 냄새를 알지 못해 항상 자신은 자신이 풍기는 냄새를 알 방법이 없는 거죠.

시원 내로남불이랑 잘 어울리는 감각이네요, 후각이.

준호 느낀 게, 내로남불이 삶에서 필수적인 요소가 아닌가 싶기도 해요. 제가 어렸을 때 뚱뚱했어서 냄새에 좀 예민해요. 그래서 절대 냄새를 안 풍기려고 그리고 냄새가 좀 나도 내로남불 안 하려고 강박적으로 행동하는데…. 그렇게 힘들게 사느니 '미안합니다' 하고 좀 민폐 끼치는 게 더 행복한 삶 아닐까 하기도 해요.

동엽 그래서 오히려 저는 그걸 지적해 줘야 한다 생각해요.

준호 그럼 싸움을 할 수도 있잖아요. "니가 뭔데"

동엽 그러면 교화가 필요한 사람이죠. 왜냐하면 제가 모르는 사이에 막 냄새날 수 있잖아요. 이때 지적해 주는 사람이 고마울 때도 있거든요. 진짜 제가 막 땀 냄새가 나는지 모르고 있을 수도 있잖아요. 스스로의 냄새 혹은 스스로의 어떤 자기모순 이런 걸 짚어줄 수 있는 사람은 타인밖에 없으므로.

준호 그럼 이렇게 하면 어떻게 해요? 고등학교 농구하고 왔는데 어떤 여자애가 자꾸 와서 지금 씻을 수도 없는데 너 냄새 나. 냄새나. 계속해 그러면 화나지 않을까요? 걔는 냄새 난 적이 한 번도 없어 내로남불은 아니야 지적할 수 있는데. 짜증 나잖아. 지금 어떻게 할 수가 없는데.

동엽 그러면…. 다음부터는 안 그러겠죠.

준호 근데 농구는 해야 하잖아요. 농구를 포기해 그러면?

동엽 가치 판단을 하겠죠. 아니면은 그거를 인지했다면 상태랑 인지를 못 한 상태랑은 다르니까

준호 그렇긴 하죠. 근데 그럴 때마다 계속 와서 막 뭐라 해. 이 더러운 자식. 근데 좀 일진 여자애야 무서워서 말 못 할 수도 있잖아요.

시원 그렇게까지 계속 말하러 오는거면 좋아하는 거 아니야?

준호 고백 공격으로 해결하면 되나? '너 나 좋아하냐?'

동엽 그럴 수 있어.

준호 코 찌르는 향에 반한 거야

시원 아, 저는 에세이에서 '소리' 부분도 좋았어요.

준호 "어릴 때 초능력이라고 생각했던 능력이 어른이 돼서 껍질 같은 저주임을 알게 되었다" 이게 참 좋네요

시원 "심장은 조그만 온점이 되고 말았다…." 여기도.

소연 평소에 생각도 많이 하고 어떤 주제에 관해 이야기하는 걸 되게 좋아하거든요. 근데 말과 생각을 정말 많이 하는데 이걸 정말 글로 쓰니까 너무 어렵더라고요

준호 미치죠

소연 글은 너무 쓰고 싶고 그래서 최대한 생각을 적는다고 하니까…. 너무 딱딱 끊기는 느낌이 들어서 말로 하면서 계속 써보는 연습을 이번에 해봤어요.

시원 만약에 그림도 원하시면은 하셔도 돼요.

소연 감사합니다. 떠오르는 게 있다면 그려볼게요. 알바가 있어서…. 그러면 저는 오늘 여기까지.

하민 고생하셨어요! 파이팅입니다.

인간의 결함에 관한 원망법

이동엽

그대의 모든 원망하던 바를 위하여 씁니다.

[네트워크에 다시 연결되었습니다]

사용자 [   ] 동기화 진행중....

이 과정은 수 분에서 수십 분이 소요될 수 있습니다...

주요 기억 확인 중... (0/2,513,002GB)

예상 소요 시간 17분

'주마등'을 재생합니다...

.
.
.
.

[error_동기화되지 않은 기억 데이터 발견]

동기화 하시겠습니까?

[예 / 아니요]

[warning_사용자의 기억이 아닐 수 있습니다]

[무시하고 동기화하기 / 취소]

동기화 진행중...

예상 소요 시간 3분

'주마등'을 재생합니다...

[warning_이 주마등은 불완전할 수 있습니다]

[무시하고 재생하기 / 취소]

'주마등'을 재생합니다...

*이쁨, 쁨아, 우리가 사는 건 별을 닮았어.
그 유한함을 제하고서라도 너무 찬란한 거잖아.
그러니 우리는 그걸 영원히 이어 나갈 거야.
영-원히. 영원히.*

쏟아지는 별빛 아래서 아내의 그런 속삭임을 듣는 것은 내겐 분명 버거운 일이었다.

인생을 바꾸어 놓는 커다란 사건들은 언제나 돌발적이다. 내가 아내를 죽인 일도 그랬다.

아내 김안나의 죽음 앞에 나는 슬퍼야 했다. 하지만 내게 주어진 것이라고는 약간의 아쉬움과, 눈앞의 시체를 바라볼 때 스멀스멀 피어나는 혐오스러움뿐이었다.

안나는 컴퓨터 앞 의자에 축 늘어져 있었다. 케이블이 목을 두 바퀴 감아 깊게 팬 자국. 호흡이 끊기자 입술은 푸른빛으로 변했고, 눈동자는 흐린 회색으로 굳어 허공을 향해 뻗어 있었다. 안나가 늘 말하던 대로, 죽음은 부조리했다. 깨달음이 뒤늦은 감이 없잖아 있지만, 살육은 역시 손이 떨렸다.

그래도 나는 슬픔을 만들어내야 했다. 시체를 정리하고, 증거를 치우고, 감정을 조향해야 한다.

나는 차갑게 식은 입술을 내려다봤다. 그 입술이 생기를 가지고 있었을 적에는, 내게 영원과 행복, 그 아름다움에 대해 조잘조잘 속삭여 댔었지. 그러나 그 노래는 결국 남편이라는 이름의 실험체에 의해 끊어졌다. 별안간 진한 키스로 그 단절에 공감하고 싶은 충동이 들었다. 안 돼. 어딘가에서 속삭임이 들렸다. 나는 정신을 새로고침하듯 고개를 세차게 저어 그 목소리를 끊어냈다. 그리고 시체를 들어 올렸다.

지상 3층과 지하 2층의 호화로운 가정주택은 연구소를 겸했다. 지하 1층은 연구실이었다. 안나는 죽을 때까지 연구 속에서 살았다. 지하 1층의 실험실 벽은 시약과 기계들이 도배되어 있었다. 몇 달 전 지하 2층에 그것이 설치되어 놓일 자리를 잃고 넘실대던 약품들은 1층, 2층의 생활 공간까지 침식해 들어왔다.

나는 지하 1층의 문을 잠그고 철제 계단으로 향했다. 어둡고 축축한 지하 2층으로의 통로이다. 백색 페인트가 덧칠된 벽, 그 밑에는 마감되지 않은 콘크리트가 거친 흉터들을 드러내고 있었다. 그 틈에서는 화학 약품의 냄새가 스며 나왔다. 포르말린, 메탄올, 정체 모를 산성의 매캐한 향. 얼얼한 입자에 코가 마비되는 것 같았다. 계단은 길고, 발걸음마다 철판이 삐걱였다. 시체의 무게는 어깨를 짓눌렀다. 내려갈수록 향기의 밀도는 짙어졌고, 이목구비가 따끔거리기 시작했다. 순간 발목이 내전되었고 불이 붙은 듯한 통증에 모든 따가움은 잊혔다. 나는 김안나를 놓치지 않으려 그녀의 딱딱한 엉덩이를 세게 움켜잡았다. 가까스로 균형을 잡았다. 절뚝이며 계단을 밟을 때마다 통증은 칼처럼 파고들었다.

계단 끝에 다다르자, 두꺼운 문 너머로 웅웅거리는 진동이 전해졌다. 그것. 불법 설치된 소각로였다. 연구 과정에서 쏟아져 나온 갖가지 유기물들을 삼키는 장치. 어떤 이들의 눈에는 가시였겠다만 안나의 성과는 그 모든 불법을 덮을 만큼 컸다. 덕분에 지금의 나에게는 최적의 탈출구가 만들어진 셈이다.

 문 뒤에서 기계는 거칠게 숨을 몰아쉬고 있었다. 굶주린 짐승이 배를 채우기 전 목구멍을 울려대는 것 같았다.

 단열을 위해 이중으로 된 철제문을 밀자, 뜨겁다 못해 매캐한 검은 열기가 온몸을 덮쳤다. 소각실의 벽은 기름때로 검게 칠해져 있었다. 검은 막은 벽의 모든 결을 잠식해버려, 원래 벽지가 흰색이었는지 베이지였는지 이제는 기억조차 흐려졌다. 소각실 안에는 소각로 하나뿐 다른 것은 없었다. 뜨겁고도 냉정한 기계. 직사각형의 공간 맨 뒤쪽에 홀로 자리 잡은 그것은 지옥불 같은 열기를 뿜어내며 고독한 숨을 쉬고 있었다.

 또 무엇이 소각되고 있었나? 아마 직전의 실험에서 바이오 프린팅된 폐와 심장이 소각되고 있었을 것이다. 몇몇 혈관들이 잘못 설계되어 폐기되어야 했고, 내가 장기를 소각로 안에 던졌다. 안나의 연구는 3단계였고, 근 수개월간 소각로까지 동원하며 진행하던 실험이 마지막 3단계에 해당했다.

 그 연구는 낭만적인 것임에 틀림없었다. 목 놓아 부르짖던 영생. 그렇지만 그건 이렇게나 위태로운 욕망이었다.

 점점 달아오르는 열기에 정신이 아득해졌다. 희미하게 이어지던 의식이 툭 끊어지고 이윽고 옛날 생각이 난다.

다섯 아니면 여섯. 아니, 넷이었던가. 나이가 얼마였는가는 잘 기억나지 않는다. 흐릿한 기억의 바닥에는 때가 탄 노란 장판이 더러운 알몸처럼 펼쳐져 있다. 그 위에는 피투성이가 된 여자와 깨진 술병을 든 남자, 그리고 경찰까지가 나를 둘러싸는 어정쩡한 삼각의 구도로 놓여 있다.

 전후좌우를 둘러싼 낡은 얼굴의 벽지와 비가 올 때마다 뚝 뚝 물이 떨어지는 천장은 지금 이 집 밖으로 새어 나갈 수 있는 그 어떤 도주로도 허용하지 않겠다고 선언하는 것 같았다. 유일한 숨구멍은 결국 아무런 범죄도 막아주지 못한 방범용 쇠창살이었다. 그 사이로는 은색의 별빛과 달빛이 네모난 모양대로 반짝 쏟아지며 존재를 알리고 있었다. 나는 언제까지고 쇠창살의 틈을 향해 공벌레의 모양대로 존재했었다.

 트렁크 팬츠 하나만 달랑 입고 그 위에는 아무것도 걸치지 않은 남자의 몸은 말라비틀어졌으나 배만은 볼록 튀어나와 있었다. 얼굴에 홍조를 띤 그 남자는 누워 있는 여자를 향해 흔들리는 손가락질을 하고서는 버럭버럭 소리를 질러댔다. 질끈 감긴 그 두 눈, 그 당시에는 그곳에서부터 측은함이라든지 공포라든지 하는 것들을 어렴풋이 느낀 것도 같았지만, 지금에 와서는 아무것도 느낄 수 없다. 경찰은 처진 눈으로 내 손에 사탕을 쥐어주었고 그 이후로 나의 부모라고 하는 자들을 다시 본 일은 없었다. 한 사람은 고인, 한 사람은 살인자가 되었으니까. 우스꽝스런 연극의 무대가 막을 올린 것도, 꼭대기로부터 바닥으로 돌이 굴러가기 시작한 것도, 인지하지는 못했으나 아마 그때부터였을 거다.

 내게 감정이 언제부터 없는 것이 되어버렸는지는 알 수 없다.
 주말 아침이면 아버지는 늘 어디론가 향했고, 이틀 내내 돌아오지 않았다. 그럴 때면 어머니는 내 손을 잡고 시장으로 갔다. 비린 생선 냄새와 푸근한 아주머니의 얼굴, 온몸을 따스하게 비추던 햇살. 기술이 극단으로 발전해도 시장 바닥 어딘가에서는 사람의 냄새가 풍기고 있었다. 조그만 몸으로 어머니의 손을 잡고 올려다본 풍경에서는 아무리 애를 써도 재현되지 않는 그 기분이 있었다. 그것이 사람들이 행복이나 충만함이라 부르는 것이었을까?

 나는 보육원으로 거처를 옮기게 되었다. 운이 나빴다. 원장은 아이들을 방치했다. 배가 고프다, 춥다, 덥다, 여러 불평 섞인 울음을 터뜨리는 아이들은 새 폭력의 대상이 되었다. 자신의 몸집의 절반도 채 되지 않는 어린 것들을 향해 주먹을 내지르던 그의 표정은 내가 본 아버지의 것과 닮아있었다.

 초등학교에 갈 무렵 나를 둘러싸고 있던 모든 어두운 요소들은 구름처럼 걷히는 것 같았다. 보육원의 원장이 구속되면서 새로운 보육원으로 거처를 옮겼다. 초등학교의 친구들은, 그 나이대의 누구나가 모두 그렇듯 순수함이라는 군락을 이루어 매일 같이 꺄르르 웃었다. 그러나 나는 그 틈에서 이미 그들과는 다른 무언가가 되어있었다. 그들의 웃음도 울음도 이해할 수 없었다. 사람의 냄새를 떠올리려 애써도 기억나지 않았다.

 지금은 이름조차 기억나지 않는 당시의 짝꿍. 그 애 생각이 난다. 학교에서는 단 한마디도 뱉지 않고, 학교가 끝나면 보육원으로 바로 이동하던 나의 동선에는 그 어떤 동급생도 끼어들 틈이 없었다. 다만 나의 짝꿍만은 어떻게 해서든 그 틈을 비집고 들어오려 애쓰고 있었다. 호기심? 이성적 호감? 어린 나이였으므로 아마 전자였을 것이라 추측할 뿐이다.

 누구보다 발 빠른 하굣길, 그 친구는 항상 짧은 팔다리를 흔들며 나를 쫓아 달려왔다. 어떤 용기를 낸 것인지, 그 친구는 내 손을 향해 손을 내밀었고 손끝이 서로 닿게 되었다. 그 순간 커다란 메스꺼움이 솟아오르고 위장이 요동쳤다. 살과 살이 맞닿는 감각은 소름이 돋는 것이었다. 나는 교문을 향해 전속력으로 도망치고, 8초 남은 초록불을 보고 횡단보도 반대편으로 몸을 던졌다. 그리고 그 친구는 짧은 팔다리를 흔들며 나를 쫓아 달려왔다. 그리고는 몸의 스무 배쯤 되는 트럭에 치여 산산조각이 났다.

 죽음은 추한 것이다. 내가 겪은 모든 종류의 죽음이 추했으므로, 김안나가 처음 그 말을 했을 때 나는 쉽게 고개를 끄덕일 수 있었다. 짝궁의 팔은 어깨에 가까스로 매달려 있었다. 차들이 빠앙 소리를 대며 멈추는 가운데, 나는 짝궁의 몸을 향해 발걸음을 뗐다. 그녀는 눈을 채 감지 못했고, 어디를 보고 있는지 알 수 없었다. 트럭에 부딪힌 왼팔은 어깨에서 덜렁거렸다. 나는 문득 아까의 메스꺼움의 정체를 알고 싶었다. 짝궁을 죽게 만든 그 메스꺼움. 그러나 손을 다시 가져다 대도 그 기분은 들지 않았다. 피비린내에서 또 다른 종류의 메스꺼움을 느꼈다. 나는 도로 바닥에다 위장의 모든 내용물을 쏟아냈고, 그 광경은 도로 건너편의 같은 반 친구들이 모두 보고 있었다.

 그날 이후 학교에서는 괴물로 불렸다. 오로지 보육원의 선생님만이 나를 처진 눈으로 바라보고 있었다. 의사에게 상담을 맡겼고, 그림 치료에서 나는 그날의 상황을 자세히 묘사했다. 덜렁거리는 팔과 새어 나오는 피. 의사는 PTSD 운운했으나 나는 아무런 표정도 짓지 않았다. 옆자리에 앉아 결과를 듣던 선생님의 눈은 동그랗게 커졌다. 그리고는 눈물을 흘리며 나를 껴안았다. 그때 비로소 나는 사람들과 평생을 섞일 수 없겠다는 서늘한 예감이 들었다.

 예감은 놀랍도록 맞아떨어졌다. 괴롭힘은 날이 갈수록 심해졌다. 급우들이 던진 우유곽의 찐득한 자욱은 씻어도 씻어도 없어지지 않았다. 그 구릿한 냄새는 피부 안까지 스며들어가, 나는 이들과 다르다는 지워지지 않는 표식을 새겼다. 아무렇지 않았다. 아무렇지 않다고 생각했다. 다만 지겹고 불편했다. 반복되는 폭력과 위계. 그것은 이미 아버지의 집에서, 보육원의 원장에서 본 장면과 다르지 않았다. 모든 것은 예감대로 흘러갔다. 나는 삶에 싫증을 느꼈다.

 죽음은 그 탈출구로서 분명 매력적이었다. 그 뒤에는 천국이 있을 수도, 환생이 있을 수도, 혹은 아무것도 없을 수도 있었다. 마지막 견해가 가장 사실적으로 보였고, 그렇다면 그것은 해방이었다. 해방? 삶은 감옥인가? 나를 둘러싼 수많은 다른 이들은 어째서 행복이란 것을 누릴 수 있는 것인가? 나는 이들과 무엇이 다른가? 결핍에 대한 인식은 나를 학자로 만들었다. 나는 내게 없는 것을 하나씩 연구하기 시작했다. 나는 닿을 수 없는 별에 손을 뻗는 마음으로 삶을 억지로 이어 나가야 했다. 인간의 닮은 꼴이라도 될 수 있다면, 연극은 그렇게 본격적인 막을 올렸다.

 1. 흉내.
 처음 따라 하려는 시도를 한 것은 미소였다. 이유는 알 수 없었지만 그것은 확실한 아름다움을 풍겼다. 나는 혼자 시간이 날 때면 거울을 바라보고 미소를 흉내내곤 했다. 첫 모방은 서툴렀다. 얼굴 근육이 찢어질 것처럼 아팠고 못난 얼굴에는 아무런 아름다움도 묻어나지 않았다. 남들이 웃는 모습을 째려보며 모든 근육의 움직임을 분석하는 나의 지독한 버릇은 이때 든 것이다. 관찰과 모사의 반복을 통해 나는 미소를 학습하는 데에 성공했다.

 2. 암기.
 그러나 죄다 외워야 했다. 특정 상황에 대응하는 특정 감정. 특정 감정에 대응하는 특정 표정. 그 연결은 내게 다분히 무작위적인 것이었다. 수년의 관찰 데이터가 누적되며 통찰이 생기는 듯도 했다. 슬픔이라든가 기쁨이라든가, 여러 일차원적인 감정은 이해의 범주 내로 조금씩 발을 들였지만, 여전히 직접 느낄 수는 없었다.

3. 공허.

 그래서 내 눈은 텅 비어있었다. 다른 이들의 검은 눈동자는 가득 차 있다 못해 반짝이는 색색의 빛이 흘렀다. 나는 그 다채로움이 내 것이 되기를 바랐다. 아무리 외우고, 아무리 따라 해도 여전히 눈은 비어있었다.

 시간은 빠르게 흘러갔다. 먼 동네로 중학교를 다니고 고등학교를 다니며, 나의 추악한 모습을 아는 이들은 뿔뿔이 산포되었고 나는 새로 출발할 수 있었다. 생명과학과 화학을 공부하며 감정의 근원은 호르몬임을 알게 되었다. 호르몬만 있다면 나도 같아질 수 있을까? 물론 기전은 조금 더 복잡하긴 했다.

 대학 전공은 생화학으로 골랐다. 모든 것을 알아낼 때까지 연구는 지속되어야 했다. 신을 믿지 아니했고 인간의 존엄성을 믿지 않았으므로 나의 처절한 연구가 의미있는 일이었기를, 우주에다 기도하는 수밖에 없었다. 우주는 내 기도를 들어주었다. 졸업할 때 쯤에는 감정 상점이라는 것이 생겼다. 일본에서부터 시작된 흥미로운 기술, 감정 추출과 감정 재현이 바다를 건너 한국에서까지 상용화된 것이었다.

 모든 거리에 감정을 사고파는 상점이 속속들이 들어섰다. 웃음, 분노, 연민, 심지어는 죄책감까지 예쁜 오색 빛의 구슬에 담겨 팔려나갔다. 인위적이라며 눈살을 찌푸리던 사람들은 시간이 조금 지나자 언제 그랬냐는 듯, 당연하다는 듯, 미친 듯이 감정 구슬들을 사갔다. 나는 감정 상점을 처음 목도하자마자 홀린 듯 입장했다. 가게 양 벽면에 위치한 여섯 층의 기다란 선반 위에는 감정을 품은 오색 빛의 형형한 구슬들이 정연히 배열되어 빛을 뿜고 있었다. 가격표와 함께, 감상적인 이름표가 붙어있었다.

강아지와 처음 만난 순간 느낀 기쁨 - 88,000원
엄마한테 잘못을 들킨 순간 느낀 두려움 - 35,000원
아내와 헤어진 순간 느낀 슬픔 - 65,000원

나는 손을 덜덜 떨어대며 '강아지와 처음 만난 순간 느낀 기쁨 - 88,000원'이라고 적힌 가격표가 붙어 있는 구슬을 집었다. 구슬 안에 든 액체, 감정이 출렁거리며 소용돌이를 일으켰다. 따듯한 파스텔 톤의 노란색 배경에 주황색 선들이 섞여들어가며 만들어내는 그 아름다운 소용돌이는 내 몸까지 빨아들일 것 같았다.

"구슬을, 떨어트리지 않게끔 조심하시지요."

감정 상점은 일본에서 시작되었기에 우리나라에서도 도입 초기 감정 상점의 주인은 모두 일본인이었다. 일본 억양의 서툰 한국어로 내게 주의사항을 안내해주었다. 나는 카운터로 향해 결제를 했고 상점의 주인은 나를 푹신한 침대로 안내하더니, 검고 붉은 전선들이 이어진 헬멧을 내 머리에 씌웠다. 구슬에 주사기를 찔러넣고 액체를 뽑아내었다. 곧이어 내 팔을 더듬으며 정맥을 찾아냈고, 주사기를 찔러넣고 액체를 주입하였다.

곧이어 0.3초 간의 짧고 희미한 쾌감이 스쳐갔다. 그러나 그뿐이었다. 나는 감정 상점의 주인에게 따져 물었다. 감정을 느낄 수 없었다고. 나의 뇌파 반응을 지켜보던 주인은 당황하더니 고개를 숙이며 무언가 잘못된 것 같다며 환불 처리를 해주었다. 상점 안에는 여전히 다른 손님들의 웃음소리와 울음소리가 가득했다. 유리 진열장에 부딪히는 구슬 소리가 유난히 크게 들렸다.

아무런 내용물 없이 상점을 나서는 나만이 텅 빈 깡통이었다. 잘못된 것은 상점의 구슬이었을까 내 수용체였을까? 확신할 수 없었다. 몇몇 감정 상점을 더 들러보았다. 결과가 변하지 않으니 높은 확률로 내 수용체에도 결핍이 있었음을 알 수 있었다. 짧게나마 미세한 감정이 가슴에 스친 것을 보면, 나는 완전한 불구는 아니었으나, 정상과는 거대한 벽을 사이에 두고 있었다.

기술이 극단으로 치달아 모두가 풍요를 느끼는 와중에도 나는 소외되어 있었다. 정상 흉내를 내는 우스꽝스런 연극을 이어 나가는 일도 서서히 힘에 부치려 했다. 나는 우주를 다시 올려다보았다. 하늘이 검게 비어 있는 것에는 아무런 이유가 없었다.

시선은 고층 건물 표면에 영사되는 화려한 홀로그램 광고로 옮겨갔다. 운명처럼 이런 글씨가 영사되고 있었다.

[대한민국 감정 조향사 1기 선발 시험일 확정...]

일본에서 건너온 사람들로는 넘쳐흐르는 수요를 감당하기에 턱없이 모자랐던 것이다. 시대는 마침 '감정 조향사'라는 새 직업을 애타게 찾고 있었다. 호르몬이 포함된 약물을 조합하여, 사람들이 원하는 감정을 만들어내는 일, 또는 손님이 공유하고픈 감정 상태를 혈액 채취를 통해 완벽히 복사해내는 일. 단순한 일이지만 위험한 일이었기에 아무나 해서는 안되는 일이었다. 마음대로 감정을 조절하는 일. 그 일은 위험도만큼이나 큰 희망으로서 내게 손을 내밀고 있었다.

나는 나의 오래된 결핍이 제발 눈 녹듯 해소되기를 간절히 바라며, 난생처음 느껴보는 강렬한 감각에 사로잡혀 석 달을 밤새워 보냈다. 감정 조향사 자격증을 취득하기 위해서 공부했다. 일 년, 이 년을 공부해도 합격 근처에도 못 가는 사람이 수두룩한 반면에 나는 손쉽게 자격을 취득했다. 나는 마침내 내게 없는 것을 지배할 수 있게 되었다.

감정 조향사 자격을 얻자 인터넷을 통해 손쉽게 감정액을 주문할 수 있었다. 나는 '기쁨 원액' 2리터를 주문했다. 드디어 실험의 차례. 나는 자취방의 안방에다 작은 실험실을 꾸렸다. 유리 플라스크와 바이알들이 얽히고설켜 기묘한 분위기를 풍겼다. 나는 그 틈에서 목이 빠져라 '기쁨'을 기다리고 있었다.

  하루가 채 되지 않아 기쁨은 도착했다. 배송 상자를 열자 투명한 유리통 안에서 노란빛 액체가 일렁였다. 크레용처럼 순박하고 가벼운 빛깔. 그러나 내 덜떨어진 수용체는 그것을 그대로 받아들일 수 없었다. 더 진해야만 했다. 농축, 또 농축. 일주일 동안 밤낮으로 증발과 여과, 침전을 반복했다. 유리 플라스크 안에서 액체는 점점 빛을 잃어갔다. 노란색은 금빛에서 갈색으로, 갈색에서 마침내 검붉은 덩어리 같은 액체로 변했다. 2리터는 20밀리리터로 압축됐다. 작은 바이알에 담긴 그것은 마치 피처럼 보였다. 어쩌면 피보다 더 탁하고 무거워 보였다.

  나는 멸균 주사기를 꺼내 들었다. 떨림을 숨기려 했지만, 손끝이 경련을 일으키듯 까딱거렸다. 바늘 끝이 혈관을 찾아 피부를 뚫고 들어갔다. 순간적으로 통증이 스멀스멀 번졌다. 주사기 속 검붉은 '기쁨'이 천천히 내 혈관을 타고 흘러들었다. 가슴이 불규칙하게 요동쳤다. 숨이 막히듯 가빠졌고, 시야가 순식간에 밝아졌다. 눈가가 뜨겁게 달아오르고, 이내 얼굴 전체가 불에 덮인 것처럼 후끈거렸다. 나는 손으로 입술을 누르며 몸을 움켜쥐었다. 그럼에도 입꼬리는 비실비실 하늘을 향했다. 나는 온갖 실험 도구들이 난잡하게 놓인 안방에서 대뜸 뛰쳐나와 화장실로 달려갔다. 차가운 타일 바닥으로 몸이 곤두박질을 쳤다. 미쳐버릴 정도로 박동하는 심장을 겨우 눌러두고, 간신히 몸을 일으켜 거울을 들여다보았다. 땀에 젖은 머리카락, 벌게진 눈가, 입술에서 새어 나온 피 한 방울. 다만 눈동자는 금방이라도 넘쳐흐를 듯 가득 채워진 채로 빛나고 있었다. 그 모든 것을 가진 채로, 누구보다도 아름다운 내 모습이 나를 바라보며 미소 짓고 있었다.

벽을 허물어냈다. 연극은 이제 한결 간편해질 것이다. 아니, 연극을 할 필요조차 없어질지도 모른다. 나는 진심으로 감정을 느낄 수 있게 되었다. 비로소 평범함을 얻게 되었다. 전지전능함은 덤이었다. 밝게 빛나는 생각들이 뇌 내를 가득 채웠다. 그러나 호르몬의 파도가 나를 휩쓸고 지나가자, 내겐 아무것도 남지 않았다. 직전에 경험한 황홀경에는 아무런 이유가 없었으며 나는 멍하니 거울을 들여다보고 있을 뿐이었다. 서서히, 텅 비어가는 눈동자를 바라보며 내 연극은 평생 유지되어야 할 것이라고 나는 깨달았다. 다시 흉내를 내기 위해서는, 잠깐이라도 벽이 허물어진 듯한 착각을 하기 위해서는 감정 원액이 더 필요했다.

진한 농축액을 마련하기 위해서는 돈이 많이 필요했으므로 나는 감정 상점을 열었다. '최초의 한국인 감정 조향사가 운영하는 감정 상점'. 화려한 간판 아래서 온갖 감정들은 불티나게 팔렸다. 인기 있는 감정들은 두 달이나 석 달씩 예약을 받았다.

돈을 벌고, 감정 원액을 구입하고, 농축시켜 내게 투여하고. 남은 감정 원액을 조향하여 감정을 팔고. 수렁으로 빠져드는 선순환을 지속하며 나는 차츰 감정의 전문가로 거듭나기 시작했다. 감정의 무단 농축과 무단 합성은 불법이었지만 나는 점점 대담해지고 있었다. 필요할 때마다 자취방의 실험실에 들러, 원하는 감정을 제조해 오곤 했다. 어쩔 때는 슬픔과 분노를 7 대 3 비율로 섞은 살기 어린 위스키를 만들었고, 어쩔 때는 기쁨과 설렘을 5 대 5 비율로 섞은 달콤한 칵테일을 만들었다. 긴급히 감정이 필요할 때를 대비하여 주머니에 몇 개의 작은 주사기를 가지고 다니기도 했다. 이건 기뻐야 할 때, 이건 슬퍼야 할 때, 이건 화를 내야 할 때. 재미있는 일이었다. 사람들의 눈을 속이며 손바닥으로 감정을 투여하고, 감정이 살아있는 사람인 양, 나도 너희와 똑같은 사람인 양 구는 일에 모두가 감쪽같이 속아넘어갔다. 나는 분명 성공적인 연극 배우였다. 내게 주어진 결핍된 인생이라는 무대, 그 앞에서 나를 지켜보는 관객들은 나의 연기에 감화되어

내가 서 있는 곳이 무대라는 사실조차 인지하지 못했다. 내게 일반적인 감정은 없지만 어떤 감정을 느끼고 싶다는 감정만은 있다는 것을 처음 인지했을 때, 나는 연기에 심취한 나머지 배역 그 자체가 되어버린 배우의 기분을 느꼈다.

김안나를 처음 만난 것은 그런 과정 중에서였다. 마감 시간 직전, 상점 문이 덜컥 열리더니 한 여자가 비틀거리며 들어왔다. 굽이 닳은 구두가 바닥을 긁었고, 그녀는 카운터로 곧장 다가왔다.

"아저씨. 내가요- 찾다 찾다 여기까지 왔어요. 집에서 칠십 킬로나 떨어져 있다고요. 칠십 킬로나요. 한국인이 하는 데가 도통 어딨나- 했더니 여기가 딱 하나래요."

그녀의 목소리는 술기운에 배배 꼬여 있었다. 그녀는 진열장에 놓인 구슬들을 손가락으로 마구 가리켰다.

"아니, 이-딴 걸 왜 사고 왜 파는 건데요? 네? 그쪽은 이걸 왜 파는 거예요-? 대다압! 대답 좀 해주세요-."

입 안에서 위스키 냄새가 코를 찔렀다. 나는 본능적으로 눈살을 찌푸렸다. 술기운에 발그레한 얼굴, 그러나 눈빛만은 또렷하고 매서웠다. 나는 최대한 사무적인 목소리로 말했다.

"죄송합니다, 손님. 음주하셨으면 출입이 불가능합니다. 나가주셔야겠습니다."

그녀는 아랑곳 않고 두서없는 말을 이어나갔다.

"사장니임, 이름이, 이-핍? 이핍... 외자예요? 흐으음... 외자 이름은 어딘가 쓸쓸해 보인단 말이에요."

내가 뭐라고 대꾸할 새도 없이, 김안나는 카운터에 머리를 처박고 잠에 들어버렸다. 어쩔 도리가 없던 나는 감정 투여 시 손님이 눕는 침대에 그녀를 눕혀두었다. 첫사랑이자 첫 살인의 대상과의 첫 만남은 그렇게나 황당했다.

정신을 차렸을 때 소각로의 열기는 어느 정도 가셔 있었고, 김안나의 시신은 내 등 위에서 더욱 차갑게 식어 있었다. 한쪽 발목이 성치 않은 상태에서 사후 경직이 진행된 김안나의 몸을 옮기는 일은 어려웠으나, 결국 소각로 안으로 김안나의 몸을 밀어 넣는 데에 성공했다. 김안나는 뼈와 관절이 으스러지며 좁은 소각로 안으로 다리부터 밀려들어 갔다. 눈을 감겨주어야 했으려나. 아무렴 어때. 죽으면 결국 모든 것이 끝이다. 김안나는 이미 없다. 소각로의 입구가 굳게 닫히고 다이얼을 돌리자 가열이 시작되었다. 짐승의 울음소리가 다시 공간을 가득 메웠다. 소각로의 튼튼한 창 너머로 김안나는 녹고 있었다. 피부가 타고 내장이 녹아가며 활활 불이 붙은 두 눈알은 나를 향한 것 같았다.

일단은 시신은 일차적으로 정리한 셈이다. 김안나가 모두 녹아내리고 남은 유골 등을 정리한 후에는 무엇을 할 수 있을까? 연극을, 삶을 이어나가야 할까? 아니면 스위스로 편도 여행을 떠날까? 가장 큰 무대가 사라졌고 나는 여백 위에 놓였다. 극본, 무대는 없지만 극본이 필요했다. 가장 현실성 있는 극본에 따르면 일단 나만의 방식대로 김안나를 추모해야 했다. 하지만 나는 어떤 기분을 느껴야 하는지, 어떤 기분을 느끼고 싶은지 알 수 없었다. 가짜 이퓝을 열렬히 사랑한 너를 위해 슬퍼해야 할 것도 같았고, 하마터면 영원할 뻔한 연극이 일시 중지되었으므로 기뻐해야 할 것도 같았다. 나의 손짓으로 죽어 없어진 안나에 대해 죄책감을 가져야 할 것도 같았고, 자유의 삶을 개척한 내게 자긍심을 가져야 할 것도 같았다. 나는 결국 갖가지 감정들을 몽땅 섞어 넣은 잡탕을 만들기로 했다. 기쁨, 슬픔, 분노, 죄책감, 자긍심. 감정의 이름을 휘갈겨 적어둔 라벨이 붙은 시험관이 비워지고 검은 농축액들이 비커에서 몽땅 섞였다. 시꺼멓고 혼탁한 액체는 비커에서 주사기로 다시 자리를 옮겼고, 나는 주사자국이 가득한 팔에서 주사를 꽂을 새로운 위치를 찾아댔다. 혈관을 찌르는 익숙한 통증, 액체를 밀어 넣자 척추의 끝에서 끝까지 전기가 오른다. 눈물이 핑 돌고 심장은 박동을 넘어 파열할 듯이 고동쳤다. 미친 사람처럼 배를 잡고 깔깔대며 웃음을 터뜨리면서도, 눈에서는 눈물이 주체할 줄을 모르고 쏟아졌다. 몇 시간 동안이나 웃으며 울다가 지친 나는 책상 앞에서 다시 잠에 들었다. 누군가가 1층의 대문을 세게 두드리는 소리가 들리는 듯도 했지만, 눈을 뜨기에 나는 너무 지쳐있었다.

 이핍이라는 이름에는 별 뜻이 없었지만, 나를 잘 설명하는 이름처럼 느껴지곤 했다. 사랑도 없고 감정도 없는 건조한 삶. 그 결핍 두 개를 해소하려 발버둥 치는 것이 나였기 때문이다. 결국 의자에 앉아 쪽잠으로 밤을 지낸 나. 그 옆의 김안나는 침대에서 태평하게 자고 있었다. 깨어난 김안나는 어젯밤의 모든 상황을 기억한다고 했다. 그러고는 뻔뻔하게도 내게 협업을 요청했다.

 김안나는 영생을 꿈꾸는 과학자이자 의사였다. 제안은 단도직입적이었다. 인간 의식의 시뮬레이션, 그녀는 영생을 발명하려는 시도 중에 있었고, 감정 재현 부분에서 난항을 겪고 있다고 했다. 그래서 한국에서 감정의 최고 권위를 찾아왔다는 것. 개인적인 일로 어젯밤에는 술에 잔뜩 취해 있었는데, 무례했다면 용서해달라 말하는 그녀의 말투는 너무 고압적이어서, 마치 내가 용서를 빌고 있는 듯한 착각이 들 정도였다.

얼떨결이었지만 그녀와 함께하게 된 연구는 매우 흥미로웠다.

"좋아요. 우리가 할 일은, 영생을 발명하는 거예요."

영생의 발명이라니. 인물의 생전에 뇌지도와 전신의 세포를 스캔하여 데이터 파일로 만들고, 인물의 사후에 가상현실에 그 파일을 추가하는 방식으로 업로드. 그렇게 하면 인간의 몸은 죽어 없어졌을지라도 정신은 영원히 살아 숨 쉰다.

그녀가 말하는 영생의 발명은 3단계로 구성됐다.

1단계 - 인간 의식의 데이터화
2단계 - 의식이 살아 숨 쉴 시뮬레이션 개발
3단계 - 의식 데이터를 담은 육신 출력하기

그녀는 3단계까지의 발명을 완료하면, 인류는 죽음을 극복할 것이라고 말했다. 그 눈은 빈틈 없이 검은색으로 색칠된 채, 확신과 욕망을 연료로 불타고 있었다. 나는 그 불길에 이끌린 것일지도 모른다. 감정 조향사가 되기 위하여 밤을 새우던 내 눈과도 조금은 닮아있었으니.

김안나와 함께하는 시간은 자연히 많아졌다. 감정 상점의 문을 닫고 나오면 그녀는 항상 그 앞에 있었다. 김안나의 연구실로 가서 영생과 감정에 대한 기술적 이야기들을 밤이 깊도록 나누었다. 다만 왜 이 연구를 하고 싶은지, 서로의 인생이 어떠헜는지에 대해서는 서로가 서로의 영역을 인정하는 짐승들 마냥, 절대로 침범하지 않았다. 그래도 그녀와의 기억은 재미있었다. 연구에 진척이 없을 때면 쌀쌀한 바깥 공기를 쐬며 산책을 하거나, 편의점에서 컵라면 하나를 사 나눠 먹기도 했다. 한 번은 컵라면의 포장을 넛기고 뚜껑을 뜯어내어 물을 붓고 있는 나를 향해 김안나가 말했다.

"오, 컵라면? 컵라면이야말로 영생이네요."

"무슨 말씀이세요, 또"

"압축된 상태잖아요. 물 붓기 전 컵라면은 그대로 멈춰 있어요. 우리 연구로 치면, 전송 전 데이터 파일."

"그럼 물을 붓는 건 '업로드'고요."

그녀는 고개를 끄덕였다. 나는 이상한 점을 짚었다.

"근데 데이터 파일 그 자체는 살아 있지 않죠. 물을 붓고 시간이 지나면 면은 붇고... 언젠간 썩잖아요. 아니면 누구 입 속으로 들어가죠. 물을 붓고 나서 컵라면은 그렇게 죽어요. 아니면, 물 붓기 전에 꽁꽁 굳어있는 그걸 살아있다고 볼 수 있다는 이야기예요?"

"아뇨, 물을 붓지 않은 컵라면을 무한히 만들어낼 수만 있다면?"

"아... 동일성만 문제 삼지 않는다면..."

"그거대로 괜찮은 영생이죠. 게다가 컵라면은 공장에서 찍어내는 거라고요. 완전 똑같이요. 인간 의식이라고 그럼 안된다는 법이 있나요?"

"보통 있다고 보긴 하죠."

"크히히. 재밌다니까 이핍 씨."

의학과 과학밖에 모르는 괴짜와, 감정을 모르는 괴물의 대화는 생각보다 순조롭게 흘렀다. 다만 때로는 아찔한 긴장 위에서 줄을 타기도 했다.

"인간의 감정은 호르몬의 작용, 그걸 인지하는 뇌의 전기적 신호에 지나지 않는다는 건 알고 계시겠죠. 그럼 혈액을 타고 흐르는 분자 하나하나까지를 시뮬레이션할 수 있어야 해요."

스트레스 수치가 극에 달한 김안나의 대답은 평소보다 날카로웠다.

"맞는데, 문제는 그게 아니라요 이퓝 씨. 지금까지의 가상 시뮬레이션에서는 가상 인격을 특정 상황에 노출시키더라도 아무런 호르몬도 '안 나왔다'는 거예요. 시뮬레이션 상에서."

"네, 그러니까, 시뮬레이션을 조작해서 적절한 상황에서 적절한 호르몬이 방출되도록 하는 알고리즘을 개발하면 될 것 같아요."

"네? 인위적으로요? 감정 상점처럼?"

황당하다는 듯한 표정이었다. 나는 그녀가 왜 그런 표정을 짓는지를 이해하기 어려웠다. 다행히 그녀가 덧붙였다.

"아니, 아니. 가짜잖아요 그건. 진짜 감정은 기억과 상황이 엮이면서 스스로 유발되어야 해요."

그 순간, 내 뒤통수에 우유곽을 던지던 아이들의 목소리가 겹쳐졌다―가짜, 괴물.

"뭐가 진짠데요? 누가 정하는데요, 뭐가 진짠지. 안나 씨가 정하신 거예요? 그럼 천국은 진짜예요? 시뮬레이션은, 정의상 가짜잖아요."

"…"

공기는 급속도로 차가워졌다. 나를 보는 김안나의 눈빛이 묘하게 젖어 들어감을 느낀 나는, 보이지 않는 선을, 경계를 유지하기로 마음먹었다. 친해졌다고 해서 연극을 멈춰서는 안된다. 아니, 오히려 더 철저한 연극을 기획해야 한다.

냉랭함과 어색함은 시간이 풀어주었고, 우리는 나날이 가까워졌다. 연구를 이유로 밤새 함께 있는 나날들이 생겼다. 사랑은 인식할 새도 없이 스며드는 감정이라는 이야기를 어딘가에서 본 적이 있다. 김안나가 나를 대하는 태도가 언젠가부터 달라졌다.

연구실 난방은 늘 늦게 따라왔다. 찬 밤공기는 유리창을 타고 내려와 바닥에 고였다. 모니터는 파랗게 파랗게 숨을 쉬고, EEG*는 잔잔하게 깜빡였다. 나는 김안나의 손목에 센서를 붙였다. 표준 위치에서 3mm나 어긋나는 자리에 붙였는데도, 그녀는 "괜찮아요,"라 했다. 보통은 정밀을 고집하는 사람이었는데도. 그건 의외였다.

시뮬레이션은 자꾸 막혔다. 가상 인격은 자극을 주어도 아무 호르몬도 분비하지 않았다. 그래프는 평평했고, 시간은 새벽을 넘어 아침에 가까워지고 있었다. 김안나는 천천히 손을 움직여 센서를 떼어냈다. 그래프가 끊기고 '신호 없음' 문구만이 모니터에서 약을 올리듯 자리를 옮겨대며 춤을 췄다. 얼마 지나지 않아 모니터는 꺼졌다. 우리 역시 극도의 피곤함을 느끼며 조금씩 의식이 꺼져가고 있었다. 내가 말했다.

"늦었네. 오늘은 이쯤 할까?"

김안나는 고개를 젓고 말했다.

---

*EEG: 전기 뇌파 검사. 뇌의 전기적 활동을 두피에 부착된 전극으로 측정하여 그래프로 기록하는 검사를 말한다.

"아니, 조금만 더."

그 순간의 얼굴은 계획된 것과는 거리가 멀었다. 순간의 충동에 그녀 자신조차도 미세하지만 '놀라움'을 느끼는 표정이었다. 순간적으로 스친 표정을 가다듬고 몸을 일으킨 그녀는 내게 물었다.

"커피? 아님, 컵라면?"

"인간 의식으로 해줘."

그녀가 자리에서 일어났다. 선반에 쌓아둔 컵라면을 꺼냈고, 포장과 뚜껑을 뜯고 뜨거운 물을 붓는 소리가 들렸다. 김이 피어오르고 연구실 안에 라면 스프 냄새가 퍼졌다. 모니터를 보다가 돌아보자 김안나가 바로 뒤에서 젓가락을 쪼개며 말했다.

"면이 아직 덜 풀렸어."

"업로드가 늦네."

안나는 웃었다. 소리가 없는 웃음, 눈꼬리만 살짝 접히는 표정. 입술 끝이 올라가다 말고 멈췄다. 젓가락을 내게 건넸다. 두 사람이 한 그릇을 사이에 둔 모양이 되었다. 라면 스프 냄새를 품은 김이 오르내렸다.

"핍."

처음 듣는 호칭이었다.

"응, 왜?"

"손. 줘봐."

갑작스러운 요청이었다. 무슨 뜻인지는 몰랐으나 나는 김안나를 향해 손을 내밀었다. 그녀가 내 손등을 탁, 하고 집어들었다. 구역감을 예상했으나 나는 처음으로 두근거림과 따스함을 자연히 느낄 수 있었다. 당황하며 손을 뺐다. 김안나는 웃었다.

"픕, 가끔은 이게 충분한 것 같은데... 이것으로 괜찮은 것 같은데."

어떤 정의도 붙지 않고, 완결조차 되지 않은, 김안나답지 않은 모호한 말이었다. 세세한 정의를 따져 묻지 않고 모른 채 했다. 모르는 척하는 것이야말로 연극의 기초이다. 무대 위가 현실이라면, 배우는 자신의 미래에 대해 아무것도 알거나 알려 해서는 안된다.

타다다다-

잠에서 깬 실험용 마우스 한 개체가 요란하게 쳇바퀴를 타며 묘한 분위기를, 생각을 끊어 놓았다. 놈은 충혈된 검은 눈으로 다리를 정신없이 흔들며 속도를 높였다. 또 한두 시간은 저 바퀴를 돌겠구나. 나는 기록을 위해 자리에서 일어나, 쥐가 갇힌 케이지 앞으로 걸어갔다.

두개골이 개방되고 유리 덮개가 씌워진 녀석의 하얀 뇌에는 검푸른 전극들이 촘촘히 붙어 있었다. 사람 이전에, 쥐에서부터. 모든 걸 낱낱이 알아내겠다는 김안나의 집념이 고스란히 느껴지는, 지독하게 세밀한 배치였다. 모니터에서는 5초 뒤, 15초 뒤, 3분 뒤, 20분 뒤, 1시간 뒤에 녀석이 어떤 행동을 하고 있을지 예측하는 3D 모델링이 재생되고 있었고, 예측은 정확히 들어맞았다.

다만 그 녀석, 두개골이 따여 모든 행동을 투명하게 예측당하는 이 존재가 지금 이 순간에 느끼는 감정은 무엇일까? 단순한 쥐라는 개체에게는 쾌와 불쾌, 단 한 가지 축에서의 단순한 지표만 주어질 뿐이었다. 그러나 그것이 전부였을까? 우리가 알 수 없는 어떤 마법과도 같은 기전이 있어서, 쥐에게도 영혼이라 부를 만한 것이 있지만, 의사소통이 불가하다는 이유로 그런 가능성이 깡그리 배제된 것이 아닐까? 그렇게 모든 존엄함을 잃고 우리 앞에 이렇게 놓인 것이 아닐까? 그건 마치 나 스스로가 나를 존엄하지 않은 존재로 여기는 방식과도 닮아 있었다.

밤이 깊었다. 쓸데없는 생각이었다. 나는 생각을 끊어내고 무릎을 구부려 쥐와 눈높이를 맞췄다. 바지 주머니에서 볼펜을 꺼내어 케이지 앞에 놓인 노트에 덤덤한 사실을 기록했다.

'일치율 100%, 특이사항 없음.'

김안나는 내게 다가와 어깨에 손을 올리더니, 돌연 부드럽게 쓰다듬었다. 그 밤은 이해할 수 없는 것들로 점철된 밤이었다.

분명한 사실은 그날 이후 우리는 약속하기라도 한 듯이, 여타 연인들이 하는 일들을 흉내 내기 시작했다는 점이다. 공연히 산책을 한 시간 이상 진행하고, 카페에서 쓸데없는 메뉴를 시키고, 심지어는 영화를 보기까지. 그러다가 김안나 쪽에서 먼저 '고백'에 가까운 말을 건넸다.

"핍, 생각해 봤는데, 우리는 아무래도 사귀는 것 같아. 그냥 이 상태를 유지하면서, 우리 관계를 '사귄다'라고 정의하자."

깔끔한 정의 내림이었고, 나는 동의했다. 연구와 연애는 동시에 큰 진전을 이루었다. 나는 시뮬레이션 모델의 가상 인격에서 시상하부, 뇌하수체, 부신 부위의 시뮬레이션 상수가 매우 무작위적으로 설정

되어있음을 발견하였고, 김안나에게 이를 알렸다. 김안나는 마치 상을 주듯 나를 세게 껴안았다. 놀랍게도 쾌감이 느껴졌다.

그렇게 심하게 고장이 난 나의 뇌조차도 김안나와의 연애 행위에 따라 분비되는 도파민은 감지할 수 있다는 사실을 깨달았다. 심박수가 증가했다. 그러므로 나는 어떻게 해서든 그 관계를 유지해야만 했다. 그렇게 내 무대는 넓어졌다. 김안나는 무언으로 약속한 우리 사이의 경계를 자꾸만 허물고 싶어했다.

교우관계를 얕게 하고, 꼭 말을 할 필요가 있을 때에만 말을 하던 그간의 방식으로는, 김안나와의 관계 유지가 불가능했다. 그녀는 마치 연구를 하듯 내 모든 걸 알고 싶어했다. 결국 나는 이핍이라는 이름의 아주 새로운, 동시에 아주 정상적인, 그런 연극 속의 등장인물을 창조해내야만 했다. 그리고 매 순간 그 인물을 연기해야만 했다. 연인답게도, 함께하는 시간은 자꾸만 늘어갔기에 연극의 무대는 해가 갈수록 넓어졌다. 그 무대에 발을 묶이는 것은, 스스로 선택한 구속이었다.

김안나는 벽을 허물며 자신이 왜 영생을 연구하는지 이야기했다. 김안나의 아버지와 외할머니, 남동생까지 심장병으로 죽었다고 했다. 죽음의 문턱에서 그녀가 맡은 병원의 냄새, 굳게 감긴 그들의 눈. 그녀는 눈물을 글썽이면서 숨을 쉬지 않는 인간은 추하다고까지 말했다. 그러면서 인간이 죽어야 하는 것이 참으로 부조리하지 않으냐고 물었고, 나는 그녀의 말에 큰 감명을 받은 듯이 초롱초롱한 눈을 하고 고개를 끄덕였다. 물론 '감동' 주사의 효능이었다.

김안나는 우주를 좋아했지만, 나는 우주를 싫어했다. 그래도 우리는 시간이 날 때면 늘 함께 별을 보러 갔다. 나는 우주를 싫어했어도 이핍이라면 우주를 좋아했을 테니깐. 김안나는 돗자리에 누워 이렇게 말하고는 했다. 서툰 감상의 부끄러운 시였다.

이핍, 핍아, 우리가 사는 건 별을 닮았어.
그 유한함을 제하고서라도 너무 찬란한 거잖아.
*그러니 우리는 그걸 **영원히** 이어 나갈 거야.*
영-원히. 영원히.

김안나의 시선은 달콤함으로 가득 차 있었지만, 내 시선은 늘 그렇듯 비어있었다. 그녀의 시선에 화답하기 위하여 나는 늘 몰래 '사랑'이라는 이름의 특제 약물을 주입해야 했다. 미세한 쾌감과 진정한 사랑은 다른 문제였으니 말이다. 전자는 김안나 덕택에 자연히 얻을 수 있게 되었다만 후자는 여전히 미지의 영역이었다. 주사를 놓을 때 **빼고는.**

"핍아, 너도 영원해 줄 거야? 나랑?"

손가락을 허리 뒤편에서 몰래 움직여, 손바닥에 '사랑'의 농축 주사를 꽂았다. 벅차올랐다. 나는 내 눈앞에 놓인 김안나라는 이름의 귀여운 여자와 무엇이든 함께해야만 하며, 그렇게 한다면 지금의 벅차오르는 기분이 영원할 것만 같다고 생각했다. 나의 빈 눈의 공허함은 한순간에 사라졌고, 안나와 같은 것으로 가득 차올랐다. 그래서 나는 그리하겠다고, 너를 위해서 영원하겠다고 확신에 찬 채 대답했다.

연애에서 경험하는 설렘의 유효기간은 짧고, 그것은 인체의 호르몬에 대한 적응 체계 때문이라는 사실을 나는 잘 알고 있었다. 그렇기에 김안나와의 연애가 길어질수록, 쾌감의 양도 줄어들까봐 전전긍긍하였던 적도 있다. 그러나 걱정과 달리 쾌감의 한계 효용 감소는 그리 극적이지 않았다. 이전만은 못했지만 여전히 김안나의 얼굴을 바라보는 것만으로도 적당한 쾌감을 얻을 수 있었고, 불안은 금세 사그라들었다. 아마 다른 것에서 얻지 못하는 쾌감에 대한 민감도가 그런 쪽으로 집중된 것이 아닐까 하는 가설을 세울 수 있었지만, 김안나만큼 의학과 실험에 정통하지 못했기에 검증할 수는 없었다.

연구를 시작한지 2년쯤 되었을 무렵 김안나와 나는 결혼을 하게 되었다. 김안나는 슬슬 프로포즈를 기대하는 눈치였고 나는 그것을 알아차려 제법 근사한 프로포즈를 해주었다. 그러고는 신혼집을 알아보고 식을 올리는 등 여러 귀찮은 과정들을 거쳤다. 김안나는 객관적으로 아름다운 여자였으며, 내게 그녀는 첫사랑이라는 것이 웨딩 영상에 드러났다. 그래서인지 하객들은 꽤 부러워하는 눈치였다. 그러나 아직 나는 김안나 때문에 느끼는 쾌감이 진실한 사랑이라고는 확신할 수 없었다.

나는 결혼 후 연극이 안정 궤도에 올랐다는 생각에 연구에는 조금 소홀해졌다. 김안나는 내게 서운한 기색을 표하기보다는 연구에 더욱 매진했다. 1년이 지나자 뇌추출과 전신 세포 스캔 장치의 프로토타입을 완성했다. 수천 번의 실험 실패로 눈 밑이 시퍼렇게 멍들고 손끝이 터져 피가 맺히곤 했다. 그래도 포기하지 않았다. 실패할수록 김안나는 오히려 내게 생긋 웃으며, 귀중한 데이터를 얻었다고 자랑했다.

반년 뒤, 김안나는 마침내 디지털 인간이 머무를 가상 현실의 구현에도 성공했다.

"핍, 드디어, 드디어. 천국을 완성했어."

김안나의 몰골은 말이 아니었다. 살은 15킬로그램이 넘게 빠졌고, 눈은 충혈되다 못해 피가 흐를 지경이었다. 그럼에도 그녀는 이상하리만큼 기뻐보였다. 그러므로 연극 속 이핍이라면 기꺼이 눈물을 흘리며 박수를 쳐주어야 했다. 나는 감동의 칵테일을 혈관에 밀어넣었다. 김안나를 껴안으며 진심으로 울어줄 수 있었다.

그런데 김안나는 뜻밖의 말을 건넸다.

"자기가 먼저 스캔되었으면 좋겠어. 나부터 자기의 모든 걸 알고 싶거든."

불안한 대사였다. 나는 되물었다.

"모든 걸?"

"응. 뇌지도가 추출되고 세포가 스캔되는 동안, 그리고 천국에 접속하는 동안, 사용자의 모든 생각과 기억이 화면에 재생되도록 만들었어. 육신의 유언을 남기듯이. 일종의 주마등과도 같은 거지."

"…"

김안나는 뇌지도 추출과 전신 세포 스캔의 첫 대상자로 나를 골랐다. 영생을 노래한 사이. 인간으로서의 근원적 결핍인 죽음을 해소하기를, 김안나는 본인보다도 나에게 먼저 권했다. 하지만 그녀는 모른다. 내가 김안나에게 느낀 사랑은 모조리 가짜 호르몬으로 만들어진 연극이라는 사실을 그녀는 모른다. 나는 이퍕이라는 배역을 연기하는 괴물이라는 사실을 그녀는 모른다. 모르기에, 몰랐기에, 연극의 무대 위에서 서로 모르는 척을 했기에 죽도록 행복한 그녀의 영원한 이야기는 유지될 수 있었다. 주마등이라니? 예측하지 못한 일이었다. 그리고 멍청한 선택임이 틀림없었다. 뇌지도가 추출되면 나의 숨겨둔 기억과 생각이 그대로 투시될 것이다. 안나가 나의 결핍을 이해할 수 있을까? 그녀는 늘 의외의 인물이었기에 확신할 수 없었지만, 그런 불확실함에 베팅을 할 수는 없었다.

외통수다. 스캔을 거부하는 것도 연극의 폭로로, 스캔을 진행하는 것도 연극의 폭로로 이어진다. 오, 뾰족하고, 분명하며, 묵직한 묘수는 정녕 없을까? 순간 컴퓨터와 스캔 장치를 잇는 굵직한 케이블이 선명하게 눈에 들어왔다. 김안나는 컴퓨터 앞 의자에 앉아 맨 목을 무방비하게 드러내놓고 있었다.

　단순한 일이다. 멍청한 이가 내린 멍청한 판단, 멍청한 선택의 결과였다. 영원한 행복을 자기 발로 걷어차 버렸다. 영원히 모른 척했으면 됐잖아. 비록 네가 연극 위의 인물은 아니었을지라도. 그렇게 해 줬으면 됐잖아. 구태여 왜 알고자 한 거지? 왜? 대체. 정말 나는 내 아내조차도 이해할 수 없는 괴물이었나? 케이블로 김안나의 목을 감아 세게 조르며, 나는 주사를 맞지 않았는데도 감정으로 격앙되어 있었다. 그런 일은 처음이었다.

　침과 눈물과 땀으로 범벅이 된 내 방의 책상 위에서 나는 눈을 떴다. 형사들이 집 안으로, 내 방 안으로 들이닥쳤고, 나는 얼떨떨하게 앉아 있었다. 그들은 파란 박스에다 내 플라스크와, 라벨이 붙은 감정 농축액과 알코올 램프까지도 꼼꼼하게 쓸어담았다. 감정 원액의 농축 방법을 연구한 서류들도 챙겨갔다. 직책이 가장 높아보이는 이가 내게 싸늘하게 통보했다.

　"이핍 씨, 감정 조향 및 감정액 관리에 대한 특별법. 위반 의심 정황이 있어 긴급히 압수 수색이 진행됩니다. 협조 부탁드립니다."

　잠이 번쩍 달아났다. 지하 2층. 지하 2층. 안나의 유골을 미처 정리하지 못했다. 아직 녹아내리고 있을지도 모른다.

　"집, 집 전체를 말입니까?"

　"예."

　형사의 대답은 차갑고 무심했다. 그리고는 내게 이어서 질문했다.

"이핍 씨, 지하 1층 방은 어떤 공간이죠? 뭐가 있는지 말해주실 수 있나요?"

연구실의 문을 굳게 잠궈둔 것이 천만다행이었다. 두꺼운 철제문은 무슨 수를 써도 열리지 않을 것이다.

"어... 그건 잘... 아내의 개인적인 연구 공간인 터라 들어가 본 적 없습니다."

거짓말이었다. 나는 마른 침을 꿀떡 삼켰다. 그때 방문을 열고 다른 형사가 들어왔다. 직책이 가장 높아보이는 이가 그에게 말했다.

"특별한 거 있어?

"반장님, 이상한 걸 찾았습니다."

안나를 죽였음에도 불구하고 연극의 끝은 오고야 마는 것인가, 이제 모든 것은 제 4의 벽을 뚫고 관객에게 드러나게 되었다. 이 모든 것이 역겨운 연기였다는 사실이 폭로되는 순간이, 끔찍한 연극의 끝이 도래하게 된 것이다. 대체 왜. 나는 철저하게 숨겨왔다고 생각했다. 모든 것을, 모든 연기를 진짜인 것처럼 곱게 포장해두었다.

형사들을 따라 지하 2층으로 내려가는 길은 가시밭길이었다.

지하 2층의 이중으로 된 철문이 열리고, 아직 열기가 가시지 않은 소각로가 어두운 기운을 뿜어대고 있었다. 소각로의 문은 열려 있었다. 그 너머로는 김안나의 깨진 뼈들이 자리했다. 아무래도 다 끝난 것 같다.

감식 결과가 나오기까지는 시간이 꽤 걸린다고 했다. 나는 초조와 불안을 느껴야 했다. 아내가 집에 들어오지 않고 있기 때문이다. 물론 극본상의 이야기이다. 실제로도 나는 범행이 드러날까봐 초조와 불안을 느꼈어야만 했지만, 고장난 수용체는 말을 듣지 않고 있었다. 형사들이 모든 약물을 수거해 갔으므로 칵테일의 제조는 불가능했다. 나는 시간의 흐름, 연극의 파멸이 다가오는 감각을 온몸으로 느끼며 그저 살아있었다.

감식 결과는 전화로 통보되었다.

"이핍 씨, 자택에서 발견된 유골은... 아내 김안나 씨의 것으로 감식되었습니다."

"...네, 알겠습니다."

몇 초간의 공백을 두고 목소리를 떨며, 너무 과하지도 않은 축축함으로. 그것이 가장 자연스러워 보일 것 같았다. 전화기 너머의 목소리에서도 착잡함이 전해져왔다. 뭐라뭐라 상투적인 위로의 말이 전해졌다. 일단 연기는 성공했다. 다만 가장 험준한 난이도의 연극은 이제 시작되었을 뿐이었다. 장례식은 곧 열릴 터였다.

서로 가서 형식적인 조사를 마쳤다. 형사는 나를 범인으로 특정하지는 않았다. 여러 가능성을 열어두고 검토해보고 있다고 했다. 나의 텅 빈 눈은 이럴 때 도움이 되었다. 아내의 죽음에 너무도 큰 충격을 받아, 아무 감정도 느끼지 못하는 상태인 것처럼 보일 테였으니 말이다.

그 밖의 여러 서류 작업을 마쳤다. 사망신고를 하고, 가게에 휴가 공지를 올려두고. 귀찮고 피곤한 일들의 연속이었다. 사망신고에 대한 확인 서류에 서명하는 자리에서 김안나의 어머니를 만났다. 그녀는 흐느끼고 있었다. 딸의 죽음을 받아들이지 못하는 눈치였다. 간단히 대화를 했는데 핵심만 기록하자면, 상주는 내가 맡기로 했다. 집이 사건 현장이 되어버려 잠을 자기에 곤란했으므로 급한 대로 근처 모텔에 방을 잡았다. 시신이라고 부르기도 민망한 뼛조각 몇 개는 다음 날 인도될 것이고 장례도 내일 시작될 것이었다. 나는 피곤함에 못 이겨 잠에 들었다.

시신은 예상대로 다음 날 오전에 인도되었다. 경찰은 뜻밖에도 사인을 밝혀내는 데에 성공했다. '질식사' 과학이 참으로 발전했구나 실감했다. 다만 어떻게 질식을 했는지는 밝혀내지 못한 것 같았다.

장례식장의 분위기는 마음에 들지 않았다. 죽음이라는 것의 엄숙함을 이해하기 힘들었다. 어차피 끝이 정해져 있음은 자명한 일이 아닌가? 다만 김안나의 경우에는 그 끝을 피해보고자 어떻게든 발악을 한 경우였고, 그 발버둥은 인생의 마지막 페이지쯤 와서 거의 성공할 뻔했다는 점이 다른 이들의 죽음과는 한 차원 차별화된 부분이라 하겠다. 하지만 그것이 곧 안타까움이라든지 슬픔이라든지 황망함이라든지 하는 고차원적 감각과 연결되는 연유를 파악하는 것은 내게 어려운 과제이다. 그걸 알았더라면 나는 구태여 이픔을 만들어내고 연극 무대에 서서 살아올 이유가 없었겠지.

나는 장례식장에서 많은 조문객들을 맞이했다. 김안나의 연구는 꽤 유명한 일이었으며 학계의 이목이 집중되는 일이었던 것을 체감할 수 있었다. 대학 시절의 김안나를 가르친 교수를 포함한 여러 석학들이 빈소를 방문했다.

"삼가 고인의 명복을 빕니다."

"마음 써주셔서 감사합니다."

오늘 지겹도록 많이 듣고 많이 뱉은 대사들이다. 역시 목소리의 떨림이 중요했다. 너무 축축하지도 않게, 너무 건조하지도 않게. 무언가를 억누른다는 듯한 느낌이 핵심이다. 몇몇 사람들은 나의 연기에서 진심을 느끼고 눈시울을 붉히기도 했다. 사람을 속이는 일은 이렇게나 간편한 일이다.

그러나 조문객을 맞이할 때 외에는 할 일이 그리 마땅치 않았다. 그래서 나는 김안나를 죽인 범인이 누구였을지 생각하는 사람의 얼굴을 흉내 내어 보기로 했다. 상념에 잠긴 듯한 나의 얼굴은, 완벽하지는 않더라도 장례식장이라는 자리에 제법 어울리는 얼굴이 될 것이다.

김안나의 연구 성과를 탐내던 늙은 교수의 얼굴이 떠올랐다. 그리고는 김안나의 연구를 줄곧 반대했던 종교 단체의 이름들도 머릿속을 스쳤다. 김안나에게 연구에 참여시켜 달라고 조르던 후배의 모습도 스쳤다. 안나에게는 독선적인 면이 있었다. 적을 세기 시작하니 끝이 없었다.

많은 이들이 찾아왔고 그들 모두는 어쩔 줄을 몰라하는 표정이었다. 1에서 2할은 눈물을 흘렸다. 그 눈물을 흉내 내는 일만큼 고역인 일도 드물었다.

김안나의 어머니는 나더러 방에 들어가 잠시라도 눈을 붙이라 했다. 거절할 이유가 없었으니 그렇게 했다. 어머니의 표정과 같은 표정을 짓는 일도 잊지 않았다.

깨어나니 새벽 두 시쯤이 되었다. 갑자기 머리가 깨질 듯이 아파왔다. 천장의 형광등이 회전하기 시작했다. 회전의 속도는 불규칙했고, 형광등은 둘으로 셋으로 갈라지더니 이내 우주에 수놓인 별빛으로 둔갑을 했다. 김안나가 보여주던 그 버거운 별빛들. 이마가 뜨거웠다. 눈의 감각도 이질적이었다. 뜨겁고 더러운 물이 가득 차 출렁이는 느낌이 들었다. 당장이라도 슬픔의 칵테일을 정맥에 꽂아넣어 그 모든 더러운 물을 쏟아내고 싶었다. 결정적으로 두통과 발열. 바닥은 얼음장처럼 차가웠다. 난방이 꺼져 있었음이 분명하다. 꼼꼼하지 못했음을 한탄하며 나는 억지로 몸을 일으켰다.

김안나의 어머니는 "이서방, 어디 가는가?" 하고 물었고 나는 머리가 아파서 약을 사러 간다고 했다. 몹시 안타깝다는 얼굴이었으나 구태여 오해를 정정하지는 않았다.

겨울철 새벽의 공기는 살을 에는 듯했다. 나는 무인 약국으로 향했다. 약들은 단색의 플라스틱 용기나 종이 상자에 담겨 정연하게 진열대 위에 놓여 있었다. 나는 해열 진통제를 하나 고르고 키오스크로 걸어가 결제를 했다. 정수기의 물을 컵에 따랐다. 물을 따르는 소리는 물속에서처럼 먹먹하게 울렸다. 포장을 뜯어 물과 함께 알약을 삼켰다. 바람을 맞으며 빈소로 돌아오는 길 두통은 가라앉기 시작했다.

아내의 친척들 중 몇몇은 어제 저녁에 와서는 그때까지 돌아가지 않고 있었다. 퉁퉁 부어 있는 그들의 눈을 마주치기 싫었다. 부은 눈은 내게 너도 나와 같은 것을 느껴야 한다고 우겨대는 것처럼, 윽박을 질러대는 것처럼 보였다. 그래서 그냥 조용히 방에 들어와 누웠다.

아침에는 조문객이 한 명 왔고, 나는 그 사람과 함께 식사를 했다.

미나라는 이름의 여자였다. 사십대 중후반으로 보였고, 새치가 군데군데 박힌 긴 머리를 단정히 뒤로 묶었다. 그녀의 손에는 백색 지팡이가 쥐어져 있었고, 회색빛 눈동자는 초점을 잃은 채 어딘가 허공에 걸려 있었다. 그제야 그녀가 시각 장애인임을 알 수 있었다.

미나는 일본인이라고 했다. 한국어에 능통했으므로 그녀가 일본인이라는 것은 식사 중의 대화를 통해 알 수 있었다. 김안나와 미나는 오래전부터 서로의 연구를 공유하며 교류하던 사이였다. 미나의 연구 분야는 디지털 환경에서의 감각 재구성. 보지 못하는 이가 가상 현실 속에서 시각을 경험하도록 한 공로로, 미나는 노벨 생리의학상을 수상했다고 했다.

"당연한 발악이었지요, 보고 싶다는 것은 가장 오래된, 가장 열렬한 저의 욕망이었습니다."

그 사실을 그녀의 담담한 목소리로 듣자, 눈앞의 작은 여인이 이 세계의 감각 지형을 뒤집어버린 위인이라는 사실이 비현실적으로 다가왔다.

김안나와 미나는 타국에서 오랜 시간 메일을 주고받으며 협력하다가, 몇 년 전 연락이 돌연 끊겼다고 했다. 그 전까지는 서로가 서로의 연구에 불을 붙이는 존재였다고 한다.

김안나는 미나에게서 '천국'을 설계할 기초 기술에 대한 영감을 얻었고, 미나는 김안나의 연구를 통해 감정을 체험하는 기술의 아이디어를 구체화했다. 이윽고 미나는 그 기술을 완성시켰다.

감정 상점의 개발자. 그제서야 나는 눈앞의 인물이 나의 은인이라는 사실을 알아챘다. 내가 바로 한국 최초의 감정 조향사라는 사실을 자랑스럽게 떠벌리고 싶었다. 당신이 없었더라면 나의 연극은 지금보다 훨씬 더 엉성하고 힘겨웠을 것이라고 재잘재잘 말하고 싶었다. 그러나 보는 눈이 너무 많다는 것을 깨달았다. 그렇기에 나는 미나의 이야기에 적당히 호응하며, 연극 속 이픕의 반응을 계산하고 그대로 출력했다. 식사 자리는 그렇게 그 이면의 의미에 비해서는 싱겁게 끝나버렸다.

점심이 되기까지 몇 명의 조문객이 빈소를 더 방문하였고, 개중에는 내가 떠올렸던 '용의자'들도 있었다. 늙은 교수는 미간을 찌푸리고 입술을 앙다물고 있었다. 종교 단체의 대표는 입꼬리를 아래 바깥쪽으로 잡아당긴 채 시선을 고정하지 못하고 있었다. 김안나의 후배는 고개를 두리번거리며 경직된 표정으로 뒷목단 연신 긁어대고 있었다. 나는 그들의 얼굴을 차례차례 살폈다. 마음속으로 고개를 끄덕였다. 그렇지, 사실은 저놈이었던 게 분명해. 그게 이치에 맞는 일이지.

무대는 언제나 참으로 훌륭한 공간이다. 역할만 확실하다면.

오후부터 저녁까지 찾아온 조문객 중에서 그다지 인상적인 인물은 없었다. 저녁밥을 먹고선 잠시 쉬었다. 두통이 찾아와서 해열 진통제를 초콜렛처럼 꺼내먹었다.

발인 전 김안나의 고등학교 동창들이 떼를 지어 빈소에 들어섰다. 열댓 명쯤 되어 보였다. 검은 옷차림의 여자들은 좁은 복도를 가득 메우며 천천히 걸어왔다. 입구 쪽에서부터 낮게 흘러나오는 숨소리는 서늘하게 귓가에 스쳤다.

몇몇은 이미 눈가가 벌겋게 부어 있었다. 애써 울음을 참는 사람도 있었고, 그저 어색하게 주변의 눈치를 보는 사람도 있었다. 나는 그들 중 절반은 김안나의 소개로 얼굴을 아는 이들이었다. 웃음소리를 들어본 적도 있었고 몇 번은 함께 식사도 했다.

"아... 안나야. 아..."

별안간 한 여자가 풀썩 쓰러졌다. 김안나가 내게 가장 먼저 소개시켜 주었던 이였다. 단짝이라고 하던가. 그녀에 대해 내가 기억하는 것은 고양이를 기르고 떡볶이를 좋아한다는 사실뿐이었다. 그 두 가지 기억만이 유난스레 남아, 지금의 이 상황과는 도무지 이어지지 않았다. 아무튼 그녀는 그대로 무릎을 꿇더니 손바닥으로 바닥을 짚으며 영정 앞으로 기어갔다. 고개를 떨구고는 목이 찢어지는 울음소리를 내었다.

나는 울음에 대해 잘 알지 못하지만 그것은 전염성 질환과도 같은 성질을 지닌다. 처음에는 한 줄기였으나 곧 옆에 있던 다른 친구들의 곡이 잇따라 터져 나왔다. 서로의 어깨를 붙잡고, 끌어안으며, 미친 듯이 등을 두드렸다. 울음은 널리 널리 퍼져서 빈소에 머무르던 김안나의 친족들에게까지 닿았다. 그들에게는 더 쥐어 짜낼 울음이 남아있지 않다고 여겼는데, 그들도 힘없이 주저앉아 눈물을 흘리기 시작했다.

김안나에게로의, 대답 없는 질문들이 공기를 가득 채웠다. 어떤 곡은 찰흙처럼 뭉개지고 어떤 곡은 날카로워 금속을 긁는 것 같았다. 울음의 파도는 높아졌다가 잦아들기를 반복했다. 들이쉬고 내쉬는, 생명체의 거대한 호흡을 닮아있었다. 빈소만큼 커다란 짐승의 울부짖음 같았다.

그 힘찬 울음들은 도대체가 어디에서 나오는 것인가. 나는 칵테일 없이는 아무리 따라 해도 저것을 만들어 낼 수 없었다.

김안나의 사진 앞에 무너져 있던 여자를 몇 명이서 달려들어 일으켜 세웠다. 여자는 인형처럼 몸을 맡기며 흐느적댔다. 주변의 친구들은 울음을 멈추려 애쓰며 그녀를 부축하였다.

제정신을 잃은 채로 조문의 예를 다하는 그들의 얼굴을 나는 하나

하나 훑어보았다. 그들과 나는 무엇이 다를까 - 마치 생김새에서 그 차이를 알아챌 수 있는 것 마냥 - 끊임없이 반문하였으나 껍데기에서 알아낼 수 있는 것은 아무것도 없었다.

내 껍데기 안에서는 무(無)만이 메아리를 이루었다. 공허를 들키지 않기 위하여 나는 표정을 꾸며내야 했다. 그러자 머리가 어느 때보다 심하게 아파왔다. 고통에 주저앉고 머리를 움켜쥐었다.

통곡의 장 속에 던져지는 이 일은 결코 예상치 못한 종류의 것이었다. 나는 고통에 몸부림치는 잡초가 되어, 예쁜 식물의 모종인 양 연극을, 연극을 이어나가야만 했다. 깊은 어지럼증을 느끼며 나는 통곡하는 꽃들 틈바구니로 몸을 던졌다. 흐느끼며, 땅을 두드렸다. 입을 벌리고 갈라지는 소리를 뱉었다. 그러나 눈물은 나오지 않았다. 빨갛게 파랗게 노랗게 색색들이 핀 꽃들 사이에서 거무죽죽한 색의 잡초에게 가시 같은 눈길이 쏟아지기 시작했다. 뒤늦게 통곡을 흉내내던 내 모습은 기괴한 목각인형 같았음이 분명했다.

따가운 시선을 온전히 느낄 새도 없이 발인은 빠르게 진행되었다. 사람들의 울음은 끊일 듯 끊이지 않았고 관은 참 무거웠다.

발인을 마치고는 모텔 방을 다시 잡았다. 극도로 피곤했기에 깊은 잠에 빠져들었다.

푹 자고서 오전 10시쯤 눈을 떴다. 오전 8시경 경찰에게서 현장 감식 종료를 알리는 문자가 와있었다. 모텔에서 퇴실을 하고 집으로 돌아갔다. 김안나가 없는 집은 분명 어색함을 쿨러일으켰지만 그뿐이었다. 주방, 침실, 거실. 생활 공간의 잡동사니들은 일상적으로 놓여 있었다.

일단 나는 김안나의 컴퓨터를 켜보기로 했다. 굳게 잠긴 지하 1층의 문 안은 결국 경찰의 압수 수색 범위 밖으로 밀려난 것 같았다. 나는 떨리는 마음으로 컴퓨터를 열었다. 김안나는 내가 감정 원액을 감추는 것만큼이나 철저하게 컴퓨터를 사수해 왔다.

김안나는 가장 중요한 기록들은 보안 폴더에 넣어두었다. 그 암호를 나는 훔쳐보는 식으로 얻어낼 수 있었지만 단 한번도 입력해본 적은 없었다. 김안나와의 신뢰를 깨부수는 일이며, 그런 행동을 하였다간 나의 결핍들도 낱낱이 파헤쳐질 수 있다는 생각 때문이었다. 그러나 지금은 김안나가 죽어 없어졌으므로, 그런 다짐 따위는 무의미했다. 나는 호기심을 충족하기 위하여 보안 폴더의 암호를 조심스레 입력했다. 암호를 입력하고 엔터키를 누르는 순간, 뜻밖의 영상이 하나 재생되었다. 화면 속에는 김안나가 창백한 얼굴을 하고서 나를 바라보고 있었다. 김안나의 목소리가 동영상 특유의 기계음이 섞인 채로 흘러나온다.

[그래, 핍아. 애써 부정하려 했을 결말이, 어쨌든 여기 있네. 날 죽인 거지?]

김안나는 설명을 이어갔다.

[극본은 나쁘지 않았어. 연기력이 형편없었을 뿐이야. 네가 잘 아는 대로, 결핍은 욕망의 전제이고 쾌락은 그 전제의 밝은 음영이야. 우리는 그림자를 붙잡으려다 실체를 놓치곤 하지. 나는 오래 생각하고 깨달았어. 결핍을 사랑한 다음에야 비로소 그것을 폐기할 권리가 생긴다고.]

[네 부조화도 그 결핍의 목록 속에 있었어. 너는 웃음과 울음의 규칙을 외워 연기했고, 나는 그 연극을, 연극임을 알면서도 사랑한 유일한 관객이야. 불완전한 너의 모사로 구축된 이핍이라는 배역, 그리고

그 배역을 꾸역꾸역 연기하던 너라는 배우. 그래 나는 그 둘을 동시에 사랑했어. 모순은 모든 윤리와 도덕, 규칙의 출발점이니까.]

[나는 죽음이 부조리하다고 입버릇처럼 말했지만 사실 죽음보다 더한 부조리는 이것이지. 쾌락은 결핍으로부터 솟아나지만, 우리는 결핍 없는 기쁨을 꿈꾼다는 것. '천국'은 그 모순을 짊어진 장치야. 영원은 단순한 지속이 아니라, 끝 모르고 불타는 결핍의 회로를 닫고, '움직임'을 보존하는 형식이거든.]

[공감할 수 있을지는 모르겠네 핍. 너는 좀처럼 스스로의 '움직임'을 언어로 발화하지 않았으니깐 말이야. 그래도 하나만은 자명해. 너는 누군가가 네 결핍을 제거해주기를 간절히 바라왔어. 인간으로의 구원을 말이야. 웃음과 울음을 이해하지 못하는 너 스스로를 너는 '고장난 인간'이라고, 아니 어쩌면 인간이 아닌 잡초나 인형 같은 것일지도 모른다고 생각해 왔잖아?]

김안나의 말은 칼날처럼 정확했다. 머리가 다시금 지독하게 지끈거렸다. 해열 진통제. 해열 진통제가 필요했으나 어디에 두고 왔는지를 알 수 없었다.

[이핍. 내 '천국'은 네 결함을 병리에서 형식으로 옮겨 놓을 거야. 편도체의 작은 비문을 수선하듯, 단 한 번의 처치로. 물리적 제약을 넘는 곳에서라면, 결핍은 가변 설정일 뿐이야.]

[미안. 나는 너보다 먼저 건너갔어. 의식 복제를 끝마쳤지. 그러나 네가 나를 속였듯이 나도 너를 속인 것이라고만 말하긴 어렵네. 우리는 서로의 진실을 유예함으로써 관계를 성립시켰으니까. 이제 유예를 끝내자. 와. 영원으로. 모든 결핍을 도려낸 채로 기쁨만을 느끼는 거야.]

[복제 절차는 간단해. 저 관처럼 생긴 기계에 몸을 맡기고, 안에 있는 버튼을 눌러. 그것으로 모든 게 끝나고 모든 게 시작될 거야.]

 화면의 배경은 어느새 반짝이는 별들로 수놓인 밤하늘로 변해 있었다.

 [봐 우리가 사는 건 별을 닮았어.]
 [그 유한함을 제하고서라도 너무 찬란한 거잖아.]
 *[그러니 우리는 그걸 **영원히** 이어 나갈 거야.]*
 [영-원히. 영원히.]

 김안나는 생긋 웃었고 거기서 영상은 끝났다. 보안 폴더에는 '천국'이라는 이름의 프로그램 파일과 '김안나'라는 이름의 데이터 파일이 있었다.

 김안나가 육체를 가질 시절에 밤하늘을 보며 속삭이던 이야기는 내게 버거웠다. 고통뿐인 이야기였기 때문이다.

 그러나 그녀는 그 고통을 모두 오려내어 주겠노라고 말하고 있었다. 그녀가 정말로 나를 고칠 방법을 찾아낸 것인가. 나는 어떤 수를 두어야 할까. 그녀와 다시 대화하고 싶었다. 죽은 육신을 되살릴 수는 없으므로, 천국으로 직접 접속해야 했다.

 마른침을 삼켰다. 관처럼 생긴 기계는 숨통을 끊는 악어 마냥, 기다란 입을 탐욕스레 벌리고 있었다. 발부터 기계에 담았다. 천천히, 천천히 몸을 눕혔다. 빨갛고 검은 전선이 요란스레 연결된 헬멧을 착용하고, 몸 옆의 버튼을 누르자 기계의 입이 서서히 닫혔다. 이윽고 고약한 냄새를 풍기는 등장액이 기계 안으로 쏟아져 들어왔다.

 스캔이 시작되는 것 같았다. 등장액에 미세한 전류가 흘렀고, 모든 세포들이 타들어가는 듯한 고통이 느껴졌다. 머리에서는 두개골이 잘리고 뇌가 떨어져 나가는 듯한 기분이 들었다. 김안나를 만나야 한다. 오로지 그 생각만을 하며, 모든 고통을 인내했다.

 문득 김안나의 얼굴이 머릿속에서 생생히 상영되었다. 그녀를 만나면 무슨 말을 해야 할까? 왜 나의 모든 걸 알아내려 애를 썼느냐고, 왜 알아내고서도 말해주지 않았느냐고, 그래서 왜 너를 죽이게 만들었냐고 따져 물어야 할까? 그녀가 나를 치료하겠다 선언한다면, 나는, 또 이핍은 어떤 대사를 뱉어야 할까?

 그녀는 이핍과 나를 정말로 모두 사랑했는가, 나의 추악한 결핍까지도 그녀의 사랑의 대상이었더라면, 왜 그리 손쉽게 결핍을 도려내겠다고 선언하였는가.

 찌르르-... 전류가 척추까지 파고들며 내 머릿속에는 돌연한 깨달음 하나가 스쳐 갔다.

 나를 사랑해 줄 수 있는 것은, 모든 결핍으로부터 나를 구원할 수 있는 것은 단 하나뿐이다. 나는 어리석게도 그 사실을 인지조차 하지 못한 채 오랫동안 원망하고 있었을 뿐이다.

 나는 나를 둔탁하게 에워싸는 등장액을 헤짚어가며, 발작적으로 헬멧을 벗었다. 머리카락이 뜯겨나가고 피가 퍼져나갔으나 개의치 않았다. 그리고 긴급 종료 버튼을 다급하게 눌렀다. 등장액 사이를 손바닥이 뚫고 버튼까지 도달하는 순간은 슬로우모션처럼 찐득하게 재생되었다.

[추가 기억 데이터의 주마등 재생이 완료되었습니다]

주마등을 다시 재생하시겠습니까? [예 / 아니요]

피가 섞여 붉은빛을 띠는 등장액은 기계 하단에 있는 구멍으로 꿀렁꿀렁 소용돌이를 그리며 내려갔고, 기계의 딮은 다시 열렸다. 연구실의 형광등은 너무 밝아서 나는 눈이 부셨다. 그리고 바깥에는 햇살이 눈부시게 쏟아지고 있었을 것이다. 어느 쪽이든 작렬하는 빛은 날카로운 칼로 눈을 쑤신다. 그것은 그것대로 황홀한 일인데, 안나는 그것을 외면하고 있었을지도 모르겠다.

희한한 일이었다. 나는 비실비실 솟아오르는 입꼬리를 주체할 수 없었다. 전기자극의 부작용이었을까?

나는 기계에서 몸을 일으켜 책상으로 향했다. 푹 젖은 옷에서 피가 섞인 등장액이 뚝 뚝 떨어져 짙은 농도의 혈흔 만들어냈다. 그때 경찰에게서 전화가 걸려 왔다. 나는 떨리는 손으로 전화를 받았다.

"이핍 씨, 오늘 낮 12시까지 ○○경찰서로 와주시겠습니까?"

차갑고 건조한 통화음은 나의 심장을 뜨겁게 했다.

"아직은 참고인 신분입니다만, 사실대로 진술해 주셔야 합니다... 변호인 동석 가능하십니다."

"네, 출석하겠습니다. 곧 뵙겠습니다."

손이 병적으로 떨렸다. 나는 김안나의 살줃이 묻어있는 케이블을 손에 쥐었다. 이것이 네가 지구상에 존재했다는, 한때 육신을 가졌다는 유일한 증거로서 남아있구나. 얼굴 근육을 잔뜩 찌그러트린 채로 아랫입술을 꽉 깨물었다. 피가 나오고 저릿저릿한 감각이 하관에 퍼져나갈 때까지.

나는 책상 앞에 앉았다. 모니터 속에 안나는 파일로서 존재하고 있다. 물을 붓지 않은 컵라면처럼. 딱딱하고 건조한 상태다. 이윽고 나는 그녀에게 펄펄 끓는 뜨거운 물을 부어주기로 결심했다. 잠깐을 주저하다가 '천국' 프로그램을 가동했다. 그녀에게 실험을 이어나갈 기회를 제공했다. 다만 이제 실험체는 그녀 자신으로 바뀌어야 하겠지. 안나에게 가장 필요한 실험체는 실험용 쥐도, 감정 상점을 운영하는 사이코패스도 아니었다.

나는 그 사실을 그녀가 천국에서나마 직시하고, 빌어먹을 영원한 삶과 영원한 행복이라는 것의 종착지가 있다면 그게 어떤 모습일지를 알아낼 수 있기를 바랐다. 그렇더라도 나의 살인에 대한 속죄가 될 수는 없을 테지만, 그것이 모두에게 최선인 것으로 보였다.

이제 나는 경찰서로 향할 것이다. 모든 것을 진실되게 말할 것이다. 그러려면 김안나의 살점이 묻은 이 케이블도 챙겨야겠지.

연극은 끝났다. 나는 처음으로 진실된 웃음을 터뜨리며, 그 누구보다도 자유롭게 구속될 것이다.

怨望과 願望은 막을 내렸습니다.

당신은 무엇을 원망하시는지요?

다음 항목을 오려 원하는 곳에 붙이세요.

06

둥지 부수기

2025년 08월 16일, 정릉동, '동네생활연구소 한평'

(모두 정한의 에세이를 보고 이야기를 나누고있다.)

정한 어떻게 해야 할지 모르겠다는 생각에 많은 고민을 했는데요. 뭘 쓰고 싶냐는 걸 생각했을 때…. 저한테 가장 많은 영향을 준 사람의 이야기를 쓰고 싶었거든요. 그 사람의 욕망을 조금은 알 것 같아서. 그 사람의 욕망을 쓰고 싶었어요. 그래서 저번에 썼던 것처럼 성을 버린 사람이 어떻게 살아가는가. 왜 버렸고 어떻게 버렸고 남겨진 것은 또 무엇이 있을까.
원래 시를 쓰고 싶었어요. 그런데 시가 요즘 잘 안 써지더라고요. 생각하고 써보니까 어떻게 해야 할까. 생각이 정말 많았습니다….

시원 성을 버리게 된 사람은 자전적인 본인의 얘기인가요? 아니면은 다른 사람인가요?

정한 저도 비슷하긴 한데 그 사람이 더 강한 욕망이 있는 것 같아서. 다른 사람 이야기.

하민 신박한 구성이라고 생각이 들거든요. 말 그대로 성을 버리는 이야기면은 오른쪽과 왼쪽을 성과 이름으로 나누는 거잖아요. 이거를 발전시킨다면. 우리 이름을 생각해 봤을 때. 성은 결국 뿌리고 이름은 염원이잖아요. 이름 자체가 욕망 덩어리라고 생각이 들어요. 그래서 이름들에 관한 이야기들을 오른쪽에 적으면서 왼쪽에 뿌리처럼 글을 써서 점점 뿌리가 사라지는 형식이라고 생각이 들었어요.

정한 제목을 왼쪽에다 쓸 거니까. 제목을 시처럼 쓰고 오른쪽을 욕망처럼 쓰는 것도 되게 좋을 것 같아요.

준호 구조주의적인 시작이네요.

시원 실제 사람 이름을 적어놔도 좋을 것 같아요. 두 쪽이 있으면은 여기다가 4분할을 하는 거예요. 왼쪽 위에는 성을, 오른쪽에는 이름을 써서 성에 대한 뜻풀이라든지, 그리고 이름의 의미에 어울리는 이야기를 밑에 작성하면! 마치 페이크 다큐인척.

정한 그러네요. 에피소드로 구성을 하는 게 좋을 것 같아요. 그리고 원래는 되게 정제된 글을 좋아한다고 말씀드렸잖아요. 근데 욕망이니까 쓰고 싶은 대로 다 쓰고 싶어요. 쓸데없는 말 집어넣고 계속 붙여서. 조금은 난해하지만 그래도 읽기는 쉬운.

동엽 쉬운 글이라는 게 언어 선택이 쉽다는 소리 말인가요?

정한 읽기가 편한 문장, 길이가 짧다든가 길어도 술술 읽힌다든가. 되게 재미있게 있는 포인트가 몇 개 있으면 저도 많이 읽을 것 같아서, 그렇게 쓰고 싶습니다. 글을 쓰는 목적은 하고 싶은 이야기가 있어서 이렇게 표현도 할 수 있구나. 재밌네. 그 정도가 목적인 것 같아요
그리고 그 사람의 이야기를 세상에 출간하는 거니까 그것도 나름대로 의미가 있을 것 같아서 ….

1. 성

준호 그럼 본인에게 성은 어떤 의미인가요?

정한 지우고 빼고 싶은 것 같아요.

준호 그 정도로? 왜 싫으신 건데요?

정한 집 안에 갇혀 있는 듯한 느낌이 많아요, 집안이나 가정 분위기. 강요받고 억압받는 것들이 많아서. 그래서 저대로 살

고 싶은데 성이 있으니까. 또 한 씨 집안, 한 씨 남자들 이런 거 해야 한다. 그런 말들을 많이 들었는데…. 그런 경험이 있어서 성을 떼고 싶은 생각이 강했어요. 이건 일차적인 거고 좀 더 생각해보면 자유를 원한다. 결국엔 자유.

준호   날아가려면 뿌리 뽑아야지

정한   그래서 저번에 글 쓴 것도 넣고 싶어요.

준호   결국에 성이 뿌리 이야기라면. 몇 대 시초는 누구이며 이런 거 써놓고. 오른쪽은 이름에 대한 바람 같은 걸 써놓으면 그 대비 감이 좋을 것 같기도 하고.

시원   채시원. 채제공의 후예. 그런 식으로 갖다 놓으면 어이없긴 하겠다.

준호   충무공 이런 거 써놓으면 너무 막 이만한 말들이어서 가지고 인상 깊을 거 같아.

하민   전 강감찬 장군님의 36대손

준호   신숭겸 장군님의 37대손입니다.

정한   (웃으며) 다들 집안이 좋네요.

동엽   저는 아직까진 성을 버려야 된다. 정도의 생각이 안 들어서 성을 버린다는 것 자체가 흥미롭게 느껴질 만한 요소가 되는 것 같아요. 어떤 억압에 관한 이야기가 시작되는 걸까요?

정한   자기만의 억압을 이야기하지는 않을 것 같아요. 제 이야기를 쓰는 게 아니라 다른 사람 이야기를 재미있게 쓸 거라서, 자전적 얘기하면 조금 무섭지 않아요?. 어떻게 보면 힘든 일이었을 수도 있는데 어딘가에 남는 게 무섭더라고요. 그래서 비겁하게 하기로 했습니다.

시원 남의 이야기를 남긴다?

준호 그 사람은 무슨 죄야.

정한 재밌는 경험이라 글의 형태를 많이 고민하는 것 같아요. 다들 막 단편 쓰시길래 조금 쉬어가는 타이밍으로 읽기 쉽게 써볼까 해요.

준호 편집적으로 아주 맘에 드는 발언이군요.

나는 잘 있습니다.

우정한

집은 잘 떠나기 위하여 있다.

인간의 특권 중 하나는 집을 지을 수 있다는 것이다.

일용직 노동자들은 가장 강력한 권한이 있다.

나 역시 공장에서 일해본 경험이 있다.

사람의 특권 중 하나는 집을 고를 수 있다는 것이다.

집을 지을 수도 고를 수도 있는 우리는 너무 많은 생각을 하며 살아간다.

'성'을 버리면 어디서든 살아갈 수 있을 것이다. 또는 확신한다.

그러기 위하여 나는 이름만 불리는 것을 좋아하며 언제는 나의 성명을 뒤집는다.

시인은 아니고 집을 짓는 사람, 딱 그 정도로 불리길 원한다.

이번 원고를 다 쓴 후에는 공항에 갈 것이다.

한국과 가장 먼 곳을 찾아

언젠가는 거기서 살고 있겠다.

창문이 있었으면 좋겠어요
한쪽 벽엔 그림을 그리기 좋게 흰색으로
지하방엔 좋아하는 우울을 잔뜩 넣은 채로

옥상에는 새파란 수영장이 있었으면 좋겠어요.
떨어지는 낙엽이 더는 거슬리지 않는 내가 되면
마당엔 사모했던 물음들을 잔뜩 넣은 채

다람쥐 같은 마음만 가지고 책들에 둘러 쌓여 있는 일.
겨울에는 톱질이 신나고 그런다.

시월의 마지막 날에 만나기로 해요.
이 말을 꼭 해보고 싶었다.

사랑을 데리고 사는 일은 어색했다.
시월의 사랑은 공백 거렸다.

이별과 헤어짐은 같은 단어인가
책을 전공하는 친구는 말했다.
헤어지긴 했어도 이별을 못한 연인들이 수두룩하더라고,

당신과는 결코 헤어지기 싫었어.
우리 시월의 마지막 날에는 만나기로 해요,

나는 당신을 끌고
나에게로 간다.

우리는
시선 밑에 달을 두었다.
전율이 생긴다.

희박한 서울에 온도를 두었다.
흥겨움이 생긴다.

우리는
운 좋게 태어난 순서의 기록.

저녁엔 아침을 고르고
늦잠을 자는 날이면 당황한다.

우리는
호두과자를 까먹어야 되는 줄 알았다.
껍질은 텁텁했다.

지쳐 잠드는 날에는 꿈을 꾸었다.
우리는 운 좋게 태어난 최악의 기록,

j가 설계한 세상은 그리 멀지 않았다.

 새벽같이 일어나 공항으로 가고, 커피와 빵을 먹으며 비행기를 기다리면 되었다.

 남겨진 욕망이라고는 사랑 같은 마음들이 전부였다.

창가 자리에 앉아 다이어리를 펼치면 j의 세상이 보였다. 긴 비행을 즐기는 법은 무엇이든 적어내는 것이었다. 그제 먹었던 크림과 씁쓸했던 차와, 읽었던 문학과 잃어버렸던 사람들과 비슷한 것들을 적곤 하였다. j는 j의 글을 좋아하지 않지만, 항상 습관적으로 적었다. 이건 글은 아니고 그냥 끄적임, 무언의 기록. 이렇게 생각하면 되었다. 승무원은 와인을 가져다주었다. 창밖 보이는 하늘과는 대비되었다. 와인을 마시면 춤을 춰야 하는데, j는 옆에 앉은 승객들의 시선이 신경 쓰였다. 그냥 비행기를 무도회장으로 만들면 어떨까 모두가 비행하며 춤을 추는 거지, 완벽한 비행이었다.

 비행기가 착륙할 때에는 모든 것이 산란된다. 감정 기복이 심해진다. j는 두고 온 K가 마음에 걸렸다. 그래도 마음에 드는 가장 큰 도시에 도착하였다. 뉴욕이었나, 그랬다.

비가 오는 날
13일에 금요일이다.
평일의 끝에서
미신 같은 걸 믿어본다
,
나는 선택권이 없었다
,
어느 흐름에 몸을 맡긴 듯
오분 후에 오는 버스를 기다리고
젖은 한강을 지나
가장 낯선 곳으로 향했다.

나는 뉴욕이 싫어, 번잡한 파크에비뉴..

긴 글을 못 쓰는 것은 천성이었다.
감탄적이게 마치는 법.
쉼표 하나로 질질 끌며 절제하는 방법.
발단부터 결말까지 흐름을 놓치지 않는 법.
맘에 드는 문장을 적는 법.
단어가 중요한가 마음이 중요한가
이리저리 고민하였다.
결국 나는 시인이 아니었고
스물을 멋지게 실패한 대학생, 그쯤이겠다.
그럼에도 내가 적을 수 있는 것들이 있었다.
여름, 시월, 바다, 비행 또는 J.

노출값들을 정리하고
의연하게 걷는다.

싹은 처음부터 있지 않았지만
행인이 그 의지를 부여했다.

당신은,
당신은 어디까지 벗기어졌는지

마지막 세트에 듀스인데
라켓 말고 손을 잡다니

여전히
여전히 이상한 사람

j는 올해도 어김없이 찾아왔다.
가장 보통의 얼굴을 하고

사월은 의외로 30일까지 있었다.
봄은 그다지 봄 같지는 않았고
흥얼거릴 음악마저 부족했다.

모두가 원하는 선이 하나는 아니겠지만
우리들은 그 중간 쯤에서 만나기로 해요,

성을 잃어버린 자들은
스스로 떼어냈다고 표현한다.

계절이 미미해지면 추억이 찾아오곤 했다.

어떤 시간은 말이지
평생을 걸쳐 널어 놓을 수 있다.

추운 봄이
의자에 앉아 있던 건

위로와 헤아림이 얹혀 있다는 것
헤어짐과 말 없는 소망이 겹치는 일

찬란과 인연은 결코 이어지지 않다는 공리
바싹 마른 추억을 염원하기에
말과 사물은 깊어서
,
부푼 입술만 움직이지

오랫동안 탄생에 대하여 생각했다.
나는 매사에 가질 수 없는 것을 욕망하지 않았나
생을 살며 겪는 고통을 느끼며 윤회의 고리를 끊고 싶었다.
혹은 모든 생명을 멈추기.
바람이 옷깃에 스칠 때에도 예민해지던 찰나였다.
집을 짓고 싶다는 생각이 강하게 들기 시작했다.
그럼에도 내일의 마시고 싶은 커피를 고르는 것과
버스에서 갑자기 나오는 에어컨 바람에 시원해지는 것은
탄생은 그렇게 비극은 또 아니고, 욕망을 멈추지 않는 한
우리는 내일로 갈 수 있다.

흰

사람이 있다.

때묻지 않고 탄생의 울음에도 경건했다.

흰

벽이 있다.

세월을 상영하여 비바람에도 고귀한 집이 되었다.

흰

바람이 있다.

스치듯 만나는 너에게 내가 아프지 않았으면 좋겠다.

부쩍이나 들뜬 마음이 생기면 교외로 향했다.
잎이 바르게 자란 들을 보다 보면 오기가 생겼다.
쓰기로 한 글에 사랑을 담고 싶고 그랬다.

멈춰보지 못한 마음이 있었나
사랑 같은 것들이 들어왔을 때였다. 계절을 탓하고 했다.
남모르게 고장 난 줄 알았던 심장이 뛰었다.

입은 벙어린채 움직였고 눈은 당황했다.
너를 보고는 어쩔 줄을 몰라 발그레 진 채 주차장에서 달리기를 했다.

젊은
너와 나는
시차가 있었다.

너는 나의 스물을 먼저 살았고
나는 너의 스물하나를 살고 있다.

너는 스물둘을 살고 있고
나도 곧 거기서 살겠다.

겨울이 되면은 닿을 수 있으려만
아마 그때는 한국에서 가장 먼 곳에 있겠지

밴쿠버행 비행기였다.
날짜 분계선을 느끼며 비행하는 기분도 있었다.
나는 겨울의 나라로 향하며 이름을 좇았다.
겨울은 채워짐이 많았다. 푸르름과 하얀 마음들이 대부분이었다.

그래도 우리는 어깨동무를 하며 걸을 수 있다.
한번 적은 글은 지울 수 없기에 쓰지 못한 활자는 많으며, 미처 기록하지 못한 이야기들이 수많다.

공항에 철도가 있다는 사실은 소식처럼 들렸다.
항상 여름에는 방에 가만히 앉아 공항이나 가볼까라는 생각을 했다.
빠르게 달리고 날면 시원할 거란 착각, 내 모든 감각과 신경을 이동에 집중하고.
이방에 가는 것이 좋다. 정확히는 바다를 건너, 향하는 것이 좋아.
풀지 못한 이야기들을 잔뜩 싸매고 말이야. 그러다 보면 고향은 오래된 나침반이 된다. 나는 어디든 향할 수 있었다. 오늘은 청춘을 노래하다 젊음을 감각하는 사태이니까.

한씨의 팔이 절단기에 끼었다.

남은 이야기는 지워지거나 모르거나
그는 이제 'ㅓ'가 되어
,
H의 시대는 저물고
,

좋은 문학을 만들고 싶다는 다짐이 여름까지 번졌다. 이제 나는 지독한 세상에 무엇이든 남길 것, 여름이 끝날 때는 보통 비가 왔다. 나는 단촐히 앉아 가을을 기다리는 자세에 대하여 연구했다.

걸음을 걷다가 보면 신발이 세상에 밟히는 순간이 온다. 검으나 아름답지 않나. 화산재가 높이 솟았다. 모두는 어두워 밤인 줄 알았다. 이제는 지하가 가장 맑다. 그러니 무너지고 떨어지고 추락하여도 괜찮다는 말을 하고 싶다. 가을이 왔다.

건물을 부술 때

날고 있던 새가 힘을 받는다.
지상은 규율적인데
자유는 하늘에 있으니

공중은 법도가 없다.
누구도 점령하지 못해
안타까운 사연만 바닥에서 뒹굴고,

나는 화염 속에서 춤출래
직선과 곡선의 간격쯤은 무시한 채
음악은 하늘로 흘러가니
나는 또 한 번 비행을 할 수 있어

무지 더운 날이었다. 무료하여 책장을 넘겼다. 그다지 가슴 뛰지 않았던 이야기들이 있었다. 지금 해보겠다.

선착장에서
J는 지금 귀농을 한다. 곧 바다를 건너면 성을 잃어버린 자들이 j를 반긴다. 여하한 일은 잠시 있을 파도가 좋다. 해안선은 구불거리지만 굴곡 없는 삶 역시 없기에 나의 출항은 즐거울 수 있다.
늘상 하늘을 보던 친구는 언젠가 있을 집을 그리워했다. 모두가 노이즈캔슬링을 하는 바람에 남겨진 소리들이 있다. j는 그것들을 모아 집을 짓고 싶었다.
소음들이 모이니 벌어진 축제여!
배 위에서
나는 믿음을 가지고 춤을 춘다. 흩어진 이상이 두 손 가득 벌리면 닿을 것만 같다. 풍요의 시대가 온다면 좋겠다. 꽃들이 흩날린다.

고집이 싹을 피웠다. 한국이었다.
기어코 보낸 편지가 대륙을 횡단했다.

매미는 거칠게 운다. 그 진동은 마치 춤 같다.
여름에 마치는 생명, 고요 속에서도 요란하게

매미는 편지를 이고 간다.
편지가 닿을 때쯤이면 그의 생도 닳았다.

아이가 매미의 손을 잡았다.
그러자 브레멘의 음악대가 찾아왔다.
그리고 더 이상 작별하지 않는다.

대한민국을 떠나는 마지막 보트. 고깔모자를 쓴 지식인. 그는 결국 시인이 될 수는 없겠지. j의 초상은 아주 긴 겨울에 갇혀 있다. 곶에서 배를 힘껏 밀어보았다. 육지에 끝에서, 왜 나는 흔들리며 나아가야 하죠, 삶에 대해 묻는다. 내일 비가 내린다면 한결 추워진 날씨에 겉옷을 고르겠지. 사는거란 그런 거 아니겠어. 육지에서 떠난 후에는 추락의 위험이 도사리지만 아무래도 좋다는 마음. 나에겐 그런 믿음이 필요하다. j도 나도 곧 노래가 되어 눅눅해진 추억을 회상할 날이 오겠지.라며 닻을 올렸다. 스물하나의 가을엔 반환값이 없었다.

나는 번번이

질 나쁜 이방이 되어 밥을 함께 먹었다. 일요일 아침이면 나무에 레몬을 짜곤 했다. 생전 처음 보는 사람이 점심을 물었다. 외지의 바다에서 일탈을 한다고, 항구가 보이는 곳에서 모자를 깊게 누르며 안경을 올린다.

그리고 나는 모든 것을 보지 않으려 비선형의 중간쯤에서 해석한다. 모두가 다른 언어를 구사한다. 열여덟의 일구. 나는 체온이 겉도는 언어를 즐겼다. 나의 길엔 아무것도 없기에 찬란하여 글자들을 엮어 편평하게 만들었다. 그것들을 꾸역꾸역 들고 이곳까지 왔다. 조금 더 시간이 지나면 그때에 나는 새 노래를 지어.

따뜻한 목소리가 들린다. 나는 사람들의 동공이 좋다. 다들 무얼 담고 사는지 궁금하다. 여름에는 따스한 글을 쓰고 싶었다. 어디서든 읽을 수 있는 문장을 적고 싶었다. 그래서 나는 이곳저곳에서 글을 썼다. 나의 시간과 장소와 생각을 담았다. 하루를 온전히 살아가며 글을 쓰지 못한 순간에 집중했다. 젊은이에 대한 생각도 했다. 청춘의 책임에 대해서 골두 했다. 어른이 된다는 것은 남모르게 괜찮아진다는 것. 날샌 생각이 느리게 발현되는 과정, 바람 하나에도 걸친 책임이 있으니 우리는 즉흥을 잃고 있는 게 아닐까. 글을 쓰고 읽을 때만이라도 고등학교를 다닐 시절 여름이 떠올랐으면 좋겠다. 또한 이 책의 대부분을 비워놓았다. 당신이 글을 읽으면서 나머지를 상상할 수 있도록.

여자는 이탈리아라고 했다,

수없는 허상이 겹쳐진 곳.
그것을 우린 이상이라 부르기로 하고.

잘 정제된 생각은
그 무엇보다 강하여
낮에도 빛의 공백을 경험한다.

꽃들이 드디어 춤을 출 때,
눈이 오기 시작하면,
오프닝인가
엔딩인가

07

모든 영원

2025년 08월 23일, 정릉동, '동네생활연구소 한평'

소연   오늘 어디서 춤추시나요? *

준호   정릉천 앞에 있는 광장에서 동엽 씨랑 이 옷 입고 선글라스 끼고 할 예정입니다.

소연   컨셉은요?

준호   대통합! (동엽 : 호랑이!) 이건 천주교 묵주거든요. 이거는 절에서 사 온 목주.

소연   진짜 종교는 뭐죠?

준호   성당을 안 간 지 한 15년 정도 되긴 했어요.

소연   세례명은 있고?

준호   세례명은 요한 요한인데 어쨌든 뭐…. 되는대로 막춤 추지 않을까.

하민   혹시 전갈 춤도 춰주실 수 있나요?

준호   전갈…. '내꺼하자' 옆에서 불러주시면 하겠습니다.

---

* 준호는 밖에 나가서 막춤을 추는 것이 자신의 욕망이라고 했다. (107쪽 참조)

1. 영원

소연 제가 항상 작업을 영원성에 대해서 하거든요. 우주의 시공간까지 공부하면서까지 영원성에 대해 엄청나게 탐색을 많이 했는데….

준호 흥미롭네요.

소연 제가 중학생 때. 웹툰에서 어떤 악마가 말을 하는 거예요. 인간은 100년밖에 못 산다. 악마가 막 400살 500살 그것보다 더 오래 더 오래 살 수 있는 건데. 어렸을 때 그걸 보고 저는 100살 정도면 많이 산 거 아닌가? 이 정도면 많은 삶을 살다 가는 거 아닌가? 생각했던 애인데. 그때 처음 내가 살 수 있는 시간이 너무 짧다. 더 살고 싶다. 그런 생각을 했어요.

하민 계기가 확실하고 독특하네요.

소연 악마가 되고 싶다고까지는 아니지만. 악마의 존재가 있으면 좋겠다. 이런 생각을 해봤어요.

준호 하민님 첫날 에세이 제목이 <영원한- 건 절대 없어> 였는데 듣고 반발심이 일어나셨나요.

소연 원래 저 혼자 속으로 영원영원 이러고 있는데. 딱 왔을 때 그 얘기를 하는 걸 듣고. 조용히 해야겠다. 나의 욕망을 조용히 지우고 있었어요.

준호 혹시 영원이 존재한다고 생각하세요? 이게 언어 차이일 수도 있잖아요. 영원한 건 절대 없다는 건. 정언명령이라고 생각해요.

소연 정언명령?

준호 진리에 가깝다. 왜냐하면, 사람은 계속 변화하고 있으니까.

하지만 어떤 영원을 기준으로 잡느냐에 따라선 그게 성립할 수도 있다 생각해요. 나의 평생 정도의 영원?

소연 제가 영상 작업 같은 걸 하면서 했던 건데 주제가 영원이었고 저는 계속 바뀌어요. 제 옷이 바뀌고 그걸 순차적으로 보여주고. 이분할 시켜서 제 오른쪽에 친구들이 계속 등장하는 거예요. 똑같은 모습의 친구들이 달라지는 거 없이 점점 시간이 지났다는 걸 보여줬어요. 그것처럼 관점의 차이인 것 같아요. 내가 계속 달라져도 내 주위의 것들이 변하지 않는다는 건. 내가 느꼈을 때 영원한 거잖아요.

동엽 느낌이 기준이군요.

소연 주변 사람이 달라지지 않고 똑같은 옷, 똑같은 생김새, 똑같은 모습으로 계속 나오고 점점 나이는 들어가지만. 내가 계속 달라져도 나를 둘러싼 주변의 것들은 변하지 않는다고 느끼거나 믿으면 이게 영원해지고 싶다는 말이 성립되는 것 같아요. 영원할 수 있는 것들이 있다고 생각이 들거든요. 그들도 변하겠지만 내가 느꼈을 때 변하지 않는다고 생각하면 그건 저에겐 영원일 수도.

준호 인식 상의 안정감 이런 느낌?

소연 그게 좀 큰 것 같아요.

준호 만약에 연인이 있었는데 죽어서 영원해졌어요. 그럼 그건 영원이라 할 수 있나요? 본인의 인식 밖에 절대 떠나지 않을 것 같아. 살아가는 동안.

소연 제 마음이 달라지지 않는 거죠?

준호 그럴 확률이 높다고 당장 지금은 느껴져요.

소연 그러면 영원이라고 생각이 들긴 할 것 같아요

준호 꽤나 러프한 영원이네요.

2. 당신의 모든

소연   동결시키는 게 영원이라고 볼 수 있을까 싶기도 하고. 제가 어떤 영상을 봤는데. 만약에 제가 a랑 사랑하고 있어요. 보통 외부의 요인에 의해서 관계가 불안정해지고 그러잖아요. 그래서 그 영상은 다른 것을 완전 배제하고 둘만 살아요. 그럼 우리를 방해하는 요소가 없으면 우리의 사랑을 영원할 수 있지 않을까 이런 실험 같은 느낌의 영화.

동엽   재밌겠다!

소연   그 실험의 결과는 서로 모든 치부를 다 알게 되는 거예요. 둘이서 같이 있다 보니까. 내가 들키고 싶지 않았던 것들까지 모두 보이게 되는 거죠. 그 시간을 보내면서 모든 걸 알아도 사랑을 할 수 있나 그 실험의 결과는 없다였고 오히려 멀어지고 싶다. 외부의 요인이 아니고 그 사람에 의해서도 멀어진다는 걸 제가 느끼고…. 그래서 영원 한 건 없는 거 없다고 생각하기도 했어요.

준호   절대 없어

소연   어차피 안 된다면. 모든 건 다 안 되는 거 아닌가? 저는 영원을 부르짖지만, 생각해 보니까 자꾸 제 인식이 영원과 멀어지고 있는 건 아닌가.

준호   저는 이런 걸 들을 때마다 느끼는 건데. 지식은 어쩌면 저주스러운 면이 있는 것 같아요.
몰라도 되는 거 알면 사람이 전혀 행복하지도 않고…. 믿어지지 않는 것. 그걸 믿는 게. 젊음의 특권 아닌가 싶기도 하고. 헛된 거짓말. 사실 사랑도 거짓말이잖아요.
그 사람 제대로 아는 것도 아니고 본인 말대로 모든 치부를 다 알면 그걸 과연 좋아할 수 있을까? 사람의 모든 진실을 다 봤을 때. 모든 팩트. 어렸을 때 했던 모든 행적이라든지 그 사람의 속마음이라든지. 내가 싫은 행동을 했을 때. 그 사람의 순간 감정 변화라든지. 그게 다 느껴졌을 때. 과연 우리는 그 사람이란 존재를 좋아할 수가 있을까?

소연 (시무룩한 표정으로)모르겠어….

준호 쿠션어라고 하는 것도 어찌 보면 거짓말이잖아요. 진실에 도달하지 않는 말이니까 그래서 저는 어느 정도의 거짓말은 필요하다 생각해요, 기만은 하면 안 되겠지만

소연 이런 생각이 든 게. 불륜을 주제로 한 드라마를 봤거든요. 과거 남녀가 있는데 여자는 자기의 과거를 다 밝혀요. 근데 남자는 자기 과거를 밝히지 않은 채로 둘이 결혼을 한 거예요. 결국, 남자가 자기 과거를 우연히 이성에게 들키면서 자기 과거를 치유하면서 불륜을 저지르는데. 남자는 여자한테 자신의 과거를 말하면 자신을 사랑하지 못할 거라고 생각을 해요.
여자는 남자의 상처가 어느 정도로 깊고 어떤 과거를 가진지 모르니까. 무조건적으로 어떤 과거든 난 널 사랑한다고 말은 하는데…. 남자는 굉장히 불안한 거죠.
여자가 그럼 지금까지 나를 사랑해서 만난 거냐. 너의 과거를 밝히지 않았는데. 그러면서 날 만나는 것도 너의 사랑이라 볼 수 있냐?고 했는데. 남자가 대답하지 않고 떠나는 걸 보고. 생각이 많아졌어요.

하민 그건 남자가 쓰레기 아니에요?

준호 저도 마지막을 기만이라고 생각해요. 통일성을 못 지키면 그건 기만이잖아.

하민 사실 키 포인트로 생각되는 거는 대화의 부재였다고 생각들거든요. 말하기 전까지 당연히 모르지 어떻게 알아 말을 안 해주는데.

소연 그래서 여자가 계속 소통을 갈구해요.

준호 그런 여자의 행동도 아주 좋다고 생각하진 못하겠네요. 비밀도 필요한 게 아닌가.

소연 어쨌든 이 둘은 서로 사랑을 해도. 영원할 수 없는 관계가 아닌가. 자기의 단점을 밝힐 수 없는 사람이니. 오랫동안 함께 할 수 없는 거 아닌가 생각이 들어요.

준호 그럼 만약에 연인이 있는데 구구절절 얘기를 계속해요. 여기 올 때마다. 나 여기 누구랑 왔었는데 다 말해.

하민 '내 전 여자친구 이걸 먹었었는데….' 이렇게 막 다 말해줘.

준호 '야 너 이거 좋아해? 야 신기하다! 역시 나야! 취향이 한결같나 봐! 역시 내가 보는 눈이 있구먼!' 이렇게

소연 (당혹스러운 표정을 지으며) 으…. 믿음도 없고 이 관계의 지속이 불가한 거 같아요

준호 물어보면 대답은 해줘야겠지만. 물어보지 않은 거에 대해서는 굳이? 혹시 전 여자친구랑 여기 와 봤어가 굳이 할말은 아니니까.

소연 거짓말은 안 하네요.

동엽 거짓말을 하면 안 된다고 생각하는데 먼저 밝혀서 관계에 득이 되지 않을 것도 있잖아요.

준호 그럼 딱 아까 남자의 말이네요. 그 모습을 싫어하는 걸 알았기 때문에 말하지 않았어.

동엽 어느 정도 선까지인지 모르겠어요.

하민 결혼이라는 중대사가 있으면 어느 정도는 밝혀야 한다고 생각이 들어요. 너무 단순하게 생각하나요?

준호 단순한 게 명료한 거죠. 명료한 걸 쉽게 말하기 어렵잖아요. 영원한 거 절대 없어라는 말도 쉬운 말이 아니니까. 연인과 손잡고 있는데. 영원한 건 절대 없는 거 알지? 이런 말 하는 건 이상하잖아. 이건 잘못 명료한 거니까. 남자친구가 그럼 어떻게 하실 거예요? 손잡고 가다가 우리가 영원한 건 절대 아냐.

소연 저 실제로 말 들었어요.

준호 (입이 벌어지며) 우왓 진짜?

하민 (경악하며) 진짜 갑자기? 뭐 영원한 건 절대 없는데 너에 대한 사랑은 영원해 뭐 이런 것도 아니고??

소연 그냥 그렇게 얘기하던데. 갑자기 일깨워줬어요. 언젠가 우리가 끝이 날 거라는 암시.

준호 저도 옛날에 강박이 있었을 때는 그렇게 항상 말했어요. 난 결혼은 절대 안 할 것이라고 만나기 전부터도 말하고 만나고 나서 좀 말했던 것 같아요. 굳이 그런 식으로 말할 필요는 없었는데.

하민 최악이었네요.

준호 저도 이젠 함부로 건방 안 떠는 게. 어떤 사람들이 나에게 결혼해!라 했을 때 내가 거절할 자신이 있나? 이런 생각이 들 때가 한두 번 있어서…. 그래서 건방 떨지 말자. 그런 생각을 좀 했죠.

하민 진짜 어떻게 될지는 모르는 거다.

준호 그런 이상한 남자는 빨리 버려버리십시오. 공감도 못 하는데 뻥 차고 상큼한 남자로 만나시길 추천드립니다. (문득 실수를 깨달으며) 어…. 지금 만나고 계신 건 아니죠?

소연   안 만나고 있어요

준호   다행이다. 현 남자친구 너무 욕했나 싶어서….

하민   저도 놀랐어요.

준호   죄송합니다. 저의 편린을 발견해서. 주우재씨의 일화가 하나 있는데. T라 영원은 절대 없다고 생각하는데 그걸 여자친구한테 말할 필요가 뭐가 있냐 전혀 말할 필요가 없다. 그 순간 잘하면 되고 자기가 느끼는 걸 말하면 되는 건데….
그렇게 이성적인 사람도 그렇게 생각하는 거 보면서 내 생각이 너무 짧았다는 생각이 들었어요. 건방을 떨 필요는 없지. 어떤 사건이 생기면 그건 어쩔 수 없는 일이라고 생각하는 게 맞지. 시작부터 손잡고 영원한 건 절대 없어 하면은 너무 이상하잖아요.

소연   이상한 사람을 만난 게 확실한 것 같긴 해요

동엽   근데 영원한 게 있는지 저희는 절대 알 수가 없죠

준호   영원할 수 없으니까. 그렇죠?

동엽   그거를 떠나더라도 영혼의 정의를 생애로 한정하더라도 지금까지 벌어진 모든 것들이 변했다고 해서 앞으로 일어날 모든 것들이 변할 거라는 보장이 없어.

준호   진짜 이과적 발언인데. 또 위로되기도 하네요.

소연   근데 옷이 봐도 봐도 웃겨. 여성스러워요.

동엽   튀는 것들 다 넣어 왔습니다.

소연   신고를 당하면 어떡해요. 오늘 춤추다가

준호   저는 달리기 빨라요.

동엽   저는 떳떳하기 때문에 조사받겠습니다.

준호   (공포에 떨며) 난 도망갈 건데 저 경찰 무서워요. 경찰서 많이 가봤기 때문에..

소연   공범이 도망가면 동엽 님이 혼쭐나시는 거 아니에요. 공연풍기문란죄.

준호   할머니들이 거기 맨날 앉아 계시거든요. 할머님들이 잘 안 보이셔서. 그냥 태극기가 휘날리고 호랑이 팬티가 많이 휘날리는 것처럼 보일 수도 있어서 괜찮아요.

소연   국가 선전물도 아니고..

준호   사람이 적으니까 신기한 얘기도 했네요. 이상한 남자친구 얘기도 좀 듣고

동엽   저 소연 님이 말 많은 거 처음 알았어요.

하민   그게 내향성의 특징이에요.

준호   오늘의 주인공은 본인이니까

동엽   맞는 것 같아요.

소연   하하... (아쉬운 듯) 벌써 시간이 이렇게…. 가봐야겠네.

준호   고생 많으셨습니다.

소연   가보겠습니다.

준호   저희가 랜덤으로 선정을 하잖아요? 그래서 시작할 때마다 걱정하는데…. 이상한 사람 있으면 어떡하지…. 이런 생각

많이 했어요. 근데 신기하게 멋진 분들도 많이 오고 다행이라 느껴요.

하민   여태까지 운이 좋았을 수도 있어요.

준호   그렇죠. 3호로 감히 평가하면 안 되는데. 이게 삼인성호라고. 세 번 정도면 어느 정도 판단을 내릴 수 있죠.

동엽   이 개구리다의 흥미를 느끼고 지원하는 사람들의 풀 자체가 괜찮은 사람이 있을 수밖에 없는 것 같아요.

준호   첫 만남 딱 보면 느낌이 와요. 난 딱 첫 만남부터 재밌을 것 같다는 생각이 들었어.
기묘한 사람들이 있어서 좋았어요.

하민   저희도 즐거웠습니다.

준호   그러면 다행이긴 합니다. 그게 중요하니까.

건조한 낭만

김소연

#투명한 그림자

빛이 없는 그곳에도 그림자가 있다
설명이 되지 않는다는 것. 그 자체를 이야기 하고 싶다

시간과 누적된 세월이
짙은 결핍을 낳는다

결핍은 곧 무서운 열망이 되어
우리를 떨게 만든다

타자로부터 느껴지는 감각이 내가 살아 숨쉬게, 보이지 않는
세포들을 자극 시킨다.
따라다니는 꼬리표 라는 상투적인 표현보다는
투명한 그림자라는 이름으로 부르고 싶다
지독하고 무거운 존재가 아닌
누구나 숨기려고 들지만

투명하게 날 따라온다고
내가 빛을 받을 때면 말이다

혼자가 좋다
고요하고
쓸쓸한
그렇지만 푸근한
혼자로 채워지는 ...

파랑과 빨강

생각해보니 나는 너무 많은 결핍으로 이루어져 있다
스스로 행동하는 모든 과정을 욕망에 따른 결과로 인지한 게 아닌 지, 타인과 다른 나라서 가장 가까운 이와 섞이지 못 하는 이질감에 무너져 내리고 말았다

꼭 침대에 엎드려 배게에 얼굴을 파묻힐 때
괴로워진다

/수를 바라보며/
… 그도 결핍이 없진 않겠지, 하지만 나와는 다르다 …
그와 내가 다른 사람이라는 것을 온전히 느껴진다
머리 끝에 있는 솜털까지 바짝 긴장을 해서 하얗게 쇠어버리는 기분..
식도를 타고 내려와 배 안쪽이 막 울리기 시작한다

그래도 그가 좋아
…
나의 결핍으로부터 도망쳐 그에게 달려가고 싶었다
욕망과 연결이 되지 않는다는 것이 이토록 부럽고 닮고 싶은 일인가 싶다
그와 닮아가면 서서히 진정한 자유를 느끼는 사람이 될 수 있을 것만 같았다
결핍으로부터 도망치지 못하여 그 속을 계속 헤엄치며 나가려고 노력하는, 그것을 줄 곧 욕망이라고 생각했던 내게선 그 어떤 자유가 느껴지지 않으니 말이다

이처럼 우리가 원하고 갈망하는 것의 끝은 자유를 느끼는 것 아닐까
적어도 나는 그렇다
유영하는 삶
낭만이 들어와 있는 주체적으로 사는 인생
결핍이라는 골에 빠져 나오지 못 하는 내 모습, 속에 갇혀있는 내 모습
나비가 되고 싶은 번데기 처럼
꿈틀거려도 그냥 그 안에 무언가가 있다고만 보일 뿐이다.

연: 본능이든 뭐든 자기가 한 말이 맞는 것 같아 욕망을 꼭 실현하기 위해 노력할 필요는 없는 것 같아 그 자체만으로도 힘이 되는 거 그걸 갖기 위해 안달나는 거
그게 열망인 것 같다

수: 연아 애쓰지 않아도 때가 되면 나비가 되는 거야 지금 그 과정에 있고 자연스러운 성장을 애써 노력하지 않아도 괜찮아

#그냥 소설

온 몸이 부르르 떨리고 안에 것이 숨 구멍에 닿는다
쓰디 쓴 맛이 느껴질 때
건너 편 세상이 궁금해질 지경이지

이토록 평생을 걸쳐 갖고있게 될 줄
그 어린 나는 몰랐다
몰랐기에 믿었고 또 믿었기에 미련이 생겼나보다

수 없이 소리없는 눈물을 삼켜왔던 나는
이제껏 눈물이 없는 인격체 였다고, 허상을 나로
생각해버리니 한 순간에 들키기에는 십상이랄까

많이 다쳤고 낫지 못한 사람이라는 것을 말이다

내 마음은 우습게도 넓었던 지 지켜주지 못해 안달이 난다
그 작은 손을 아무리 펴봐도 다친 곳은 가려지지가 않아서 말이지
그저 현실인데 받아들일 수 없는 고통으로 다가온다
고통이 고통을 낳는다

안에서 이렇게 연민으로 물들여가고
괴로운 암덩이가 온 몸에 퍼져가는데 더 이상
그누구도 괴롭히지 말라지... 보태지는 말라지
그런데
아저씨 덕에 암덩이가 되버린 것만 같다
그 아저씨의 눈빛과 손짓 그리고 입에 담기도 힘든 욕설

뼛조각에 새겨졌다
10여년 전 그 날처럼 말이다
어김없이 난 너무 어렸고 무력했다
난 너무 어려서 할 수 있는 게 없다는 것이
얼마나 공허한 사실인 지
겪어봐야 알겠거늘
아저씨가 날 이렇게 만들어준 게 감사한 일인지
지우고싶은 분노인지

여름은 다가왔고
해년마다 여름은 내게 줄 상처를 가지고 온다
열 아홉살 때부터 여름이 오기 전 상처받지 않을
두꺼운 마음이불을 꺼내왔다
이번에는 이불로는 안 될 텐데
준비물을 다시 챙겨야겠다

이 불안한 마음은 언제쯤 얼굴에 흐르지 않을 수 있는가
언제쯤 닦아내지 않을 수 있는가

나는 왜. 하필 미술 같은 걸 좋아해서

나를 표현하는 게 너무 어려웠다
누구도 나를 안 봤으면 좋겠다
나 혼자도 잘할 수 있는데
시간이 흐르고 흘러
지금 모습은 아무렇게나 뭉쳐진 먼지더미와 닮아 있다
불완전하고 불안정한 상태지만
내 바람대로 눈에 띄지 않게
이런 모습이면 충분하다

" 너가 그렸어?"
누군가 내게 말을 건넨다
".. 응 "
뭐 그리 어려운 대답이라고
내가 그렸다는 말이 괜스레 나를 찌르는 것만 같아서
아닌 척하면서 부정할 수 없어 마지못해 대답했다
" 잘 그린다.. 혼자 한 거야?"
욕인지 칭찬인지 분간도 못했던 내가
그림에 대한 인정욕구가 생겼다

" 잘 하고싶다"
처음이다
나를 움직이고 입으로 소리를 내게 했다
그림은 내가 세상과 섞일 수 있게 도와줬고
또 나의 존재를 확인시켜주었다

참 고마운 존재다
내가 그린 그림으로 무언가 감정이나 생각이 느껴진다는 이야기를 들을 때쯤
미술이 하고싶었던 것 같다

미술을 잘 몰랐지만
어쩌면 잘 몰라서 좋아했고 곁에 두고 싶었고
사랑한다고 생각했다

잘 몰라서 했던 건
지금의 후회보단
안쓰럽고 안타까운 내 선택이었지만

다시 태어나도
난 미술을 할 것 같다

그 착각이 지금의 나를 만들어줬고
내가 미술을 좋아한다는 건
뭐가 됐든 불변한 사실이니까
난 그렇게 생각하니까
지금의 내가 좋진 않지만
고마운 미술에게
한 걸음 다가가는 편도
또 나를 움직이게 해주니까

..
왜 하필 미술같은 걸 좋아해서 .

#초콜릿 코스모스 cosmos .

천천히 흘러간 과거는 생각보다 선명하고
무서운 속도로 변화하는 현대는 흐릿하다

텔레비전 속 인물을 보면 다른 세상사람을 보는 것만 같다
가장 비현실적인 공간은 텔레비전 속 연극이 아닌가

구분 짓지 못하는 경계는 삶 곳곳에 숨어있고
계속해서 애매한 지점들을 구분 지으려고 부단히 노력한다

밤에는 꿈을 꾼다
잠이 오지 않을 때면 초콜릿을 생각한다
7살 어린 아이가 생각하기에 가장 진한 색이フ 든
이 초콜릿은 또다시 현실과 비현실의 경계면이 데려다 주고
다시 사경을 헤맨다

복잡한 이야기를 반복적으로 수행하고
혼란과 선택의 연속에 자신도 모르게 코스모스를 만들어간다

우리는 무얼 위해 살아가고 있나요
당신은 무얼 향해 가고 있나요
오늘날의 우리는 생각하지도 못한 지난날을 감춘 채
다가올 미래만을 생각하며 달려갑니다
그것만의 자신의 욕망인 줄 알고요,
실은 우리는 수많은 욕망을 경험하고 살펴왔습니다
힘에 부치면, 조금 쉬어 가도 되어요
우리는 이미 욕망이 무엇인지 알고 있습니다
온 힘을 다해 배우고 느껴왔습니다

이제는 그 욕망들을 꺼내어 볼 때 입니다
내가 어떤 사람인지
어떤 삶을 지나왔는지요 !

08

끝

2025년 08월 30일, 정릉동, '동네생활연구소 한평'

준호 욕망이 해소가 될 수 있는 건가 싶네요.

하민 없죠. 저는 없다고 생각합니다.

준호 근본적 해결이 아니니까 없는 것이다?

하민 하나가 해결되면은 무조건 다른 게 생겨날 것 같아요. 확정 지을 수는 없지만, 부자를 봤을 때 야 저만큼 돈 벌었으면은 뭐 평생 잘 먹고 잘살 만하지 않냐고 하지만 그들은 끊임없이 계속 더 많은 걸 벌잖아요. 그런 것처럼 우리가 생각하는 무언가를 달성한다고 해도 그 이상의 무언가는 무한히 있으므로 불가능하지 않냐는 제 생각입니다.

준호 부처가 된다면 자기의 카르마를 조절할 수 있을까?

하민 부처가 안 되어 봐서 모르겠네.

시원 결국, 그 해답은 못 찾았네요.

하민 욕망은 자신의 그릇을 시험하는 원초적이면서도 복잡한 본능이라 생각이 들었어요. 키워드는 자신을 시험하는 거예요. 대한민국으로만 봤을 때 욕망하는 게 되게 소박하면은 사람들이 너 되게 그릇이 작다. 그러고 욕망하는 게 너무 거대해지면은 너 분수를 모른다라고 하잖아요. 그러므로 대한민국이라는 이 환경 자체가 자신의 욕망을 숨겨야 하는 환경을 만들고 있지 않나 라는 생각이 듭니다.
그래서 저희가 욕망이라는 단어를 들었을 때 뭔가 부정적인 이미지부터 생각나지 않았나 조심스럽게 예상을 하는데요. 본능이라는 게 정말 어쩔 수 없는 거잖아요. 내가 원하지 않는다고 해도 원하게 되는 게 본능이기에 바라는 것들이 생기게 되는데. 그러면은 이 욕망이라는 거가 나를 계속해서 시험하는 거라고 저는 생각이 들었어요.

준호 킵 고잉. 에너지.

하민 앞으로 나가야지만 우리 자신이 점점 더 성장하고 성숙해지는 길이 될 것 같다는 생각인 거죠. 자신의 그릇에 맞는 욕망을 가득가득 채워서 표면 장력을 세웠을 때. 물 몇 방울 더. 넘칠까 말까 이러면서 실험하는 것처럼 그런 자세로 계속 이제 계속 자기 자신을 시험하면서 살아가는 게 좋지 않냐는 생각입니다.

준호 예쁜 비유군요. 소박한 바라기가 있는

시원 처음에 '바라기'라는 키워드를 잡아서 그런건지, 뭐가 이번엔 그런 방향으로 흘러간 것 같아요. 욕망의 끈적함보다는 욕망을 다시 보기. 우리가 다 그런 생각이 있었는지.. 아니면 하민님의 글이 그런 방향으로 이끌어주었는지..

정한 둘 다 일수도 있겠죠. 워낙 좋은 말이어서.

하민 그랬다면 영광입니다.

시원 (정한을 보며) 본인의 이야기를 꺼내는건 아직도 약간 두렵나요?

정한 아직 두렵죠. 그래서 놀랐던 게 녹음이 돌아가고 이게 현상돼서 나오잖아요. 그게 생각보다 많은 영향을 줬어요. 내가 이렇게 말했었나? 새로운 느낌.

준호 흐름 타면 뭐가 생각지도 못한 말도 막 뱉기도 했었고.

정한 맞아요.

준호 너무 걱정하지 마세요. 항상 마지막엔 컨펌을 받는답니다.

정한 모든 것이 욕망의 기반이 되는 것 같아요. 욕망으로서 어떤 경험과 생각이 또 들고 그럼 그 경험과 생각이 또 욕망의 기반이 되는 거죠. 계속 레이어들이 쌓이면서 형태가 생기잖아요. 그게 결국 저희 삶이 아닐까.

준호 욕망은 삶이다. 멋진데.

정한 계속 쌓여가는 거죠. 욕망하고 경험하고 생각하고

하민 벽돌담도 많은 단어의 벽돌을 쌓은 다음에 시멘트를 함께 발라야 하잖아요. 그게 이제 욕망이고 점점 높아지는 그런 이미지가 떠오르네요.

정한 사람은 언제 욕망할까요?

준호 그걸 다 알기는 어렵지 않을까요. 사람은 너무 많은 정보를 받아들이는 동물이니까. 받아들이고 나서 소화돼서 나오는 게 욕망 아닐까 싶긴 한데, 어떤 멋있는 옷을 보고 한 일주일 뒤에 생각나서 사고 싶은 게 욕망일 수도 있는 거니까. 자기는 모르더라도.

하민 알아차리는 시점의 문제인 것 같아요. 욕망은 이미 있고 뭔가 그걸 언제 알게 될까 내가 이걸 언제 알아차릴까?

준호 그래서 언어화가 되게 중요한 것 같아요. 말로 발화된 순간 이제 시작이 돼버리는 거니까

시원 개구리다 1 2 3호마다 다 각각 분위기가 다른 것 같아요.

준호 이번엔 에고가 강한 사람들이 많았던 것 같아. 단단한 뭔가가 확실히 있는 사람들.

시원 마무리 하면서 각자 소감이라도 한번 들어볼까요?

준호 정우 씨는 '우정한'으로 한번 '한정우'로 한번 해 주세요.

정한 저요? 음, 우선. 한정우로 말씀을 드리자면 저랑은 완전 반

대에 닿아 있는 분야라고 생각이 드네요. 글을 쓰는 분들이랑 교류를 해본 적이 거의 없어서 사람들이 이렇게 표현할 수도 있구나. 생각이 이렇게 깊은 사람들도 있구나 그런 걸 좀 느꼈어요. 그리고 약간 배고파지는 게. 하고 나면 이게 머리를 다 짜내고 말을 많이 하다 보니까 배고파지는 것 같아요. 그만큼 열심히 했다는 증거겠죠. 제가 확정 문자를 받았을 때가 학술지 개막식 때였는데. 어제 폐막식을 했어요. 감회가 새롭더라고요.

개인적인 이야기는 많이 안 나눠보긴 했지만, 되게 친해진 것 같다는 느낌이 드는 것 같고 이 공간에 이 시간대에 오는 게 익숙해졌나 봐요. 그래서 좀 아쉬운 것 같습니다. 조금 더 만나고 대화하고 개인적으로도 친하게 지낼 수 있으면 좋겠다는 생각도 해보고. 이런 생각 잘 안 하거든요. 되게 소중한 모임이었어요.

준호 저희 두요 ♥

하민 뭔가 이런 말을 직접 옆에서 들으니까 부끄럽네요. 친해지고 싶다는 저도 해본 적이 없는 말인데….

정한 모임도 하고 그러면 좋을 것 같습니다.

하민 아무도 안 가면 어떡해요?

정한 형님이 오실 거잖아요.

하민 (장난스레) 홈 프로텍트를 해야 해서 시간을 봐야 합니다. 상당히 중요한 일이라~. 현생을 사는 사람들은 이해를 못하겠죠.

준호 최근에 홈 프로텍터가 되어서 깊게 공감합니다.

하민 그때 2주 차였던가요? 제가 스스로를 코마 상태라고 표현을 했던 게 있었는데…. 그게 완전히 극복되지는 않았어요. 그래도 이제 영화를 만들고 좋아했던 이유가 뭐냐고 생각을 해보면은…. 이유 중의 하나가 어떠한 목표를 향해서 다 같이 달려가는 사람들이 있었기 때문이거든요. 그 에너지가 주는 긍정적인 느낌이 좋아서 그거를 좋아했던 건데. 오랜만에 느껴봅니다. 새로운 책이라는 예술 매체를 만드는 데 있어서 다 같이 목적을 가지고 이렇게 매주 모여서 무언가에 관해서 얘기를 하고, 경험들을 나눌 수 있다는 게 되게 좋은 두 달간의 경험이었다고 생각을 하고요. 그리고 어느 정도 다시금 깨달았다. 내가 왜 창작 활동 예술 활동을 하는 걸 좋아했는지에 대해서. 그러니 책도 잘 나왔으면 좋겠네요.

시원   노력하겠습니다.

준호   우선 정말 감사하다 말씀드려야겠네. (시원에게) 나 먼저 짧게 할까요? 항상 시작은 두려운데 신기하게 항상 멋진 사람들이 모여주고 열정적인 사람들이 많이 모여서 좋았습니다. 뭔가 하나 열심히 달려가는 게 참 좋은 의미인 것 같아요. 와서 꼭 목표 성이 아니더라도 자기 얘기하고 남 얘기 듣고 막 자기 발화하고 뭔가를 계속한다는 게 참 좋은 일인 것 같아요.
그냥 우리가 뛰어가는 건데. 그 부가적인 어떤 것들 속에 뿌듯한 게 있다는 생각이 들어서. 이렇게 제가 또 기분 좋게 끝낼 수 있게 만들어준 여러분께 또 감사를 드리고 싶다는 생각입니다. 저 멀리 계신 분들한테도 또 앞에 두 분한테도 그런 느낌.

시원   음 저는.. 오세혁 작가가 인터뷰에서, 연극을 하고자 하는 이유를 '사람들이 긴말을 잘 들어주지 않는다. 하지만 연극 무대에서는 긴말을 할 수 있기 때문에 연극을 하게 한다.' 하고 말씀하셨는데, 저도 개구리다를 처음에 생각할 때 그 말을 많이 떠올렸던 것 같거든요.
긴말을 들어주기가 어렵고 심지어 긴 글은 읽어주기도 어려운데 그래도 지금 여기에 같이 모여서 시간을 할애한다는 게 되게 좋았다는 걸- 까먹고 있다가 또 이렇게 소감을 얘기할 때가 되니까 또 생각이 나네요. 하여간 저도 대화록을 쭉 읽어보니까 그렇게 재밌는 말을 하지는 않았더라고요.

준호 (놀리는 듯이) 당신 재미없는 거 여기는 다 알고 있어.

시원 (듣지도 않고) 말이 거의 한 페이지가 넘어가는데도 다들 잘 들어주셨던 것이 기억이 나요. 그런 것이 되게 감사하다는 생각이 들었어요. 욕망에 대해서도 잘 생각을 해볼 수 있었고 특히 논쟁적인 이야기를 좀 더 많이 하게 된 것 같아서 만족스럽기도 합니다, 새로운 생각을 접할 일이 잘 없었는데 많은 걸 얻었어요. 끝! 마지막으로 정우씨 말고 우정한 씨가 해주세요.

준호 괴물 같은 말을 하는 남자.

정한 진짜 재밌다. 저의 발언이라고 해야 하나. 가끔 제가 속으로만 가지고 있었던 생각들을 말한 적이 있었지만, 저를 이상하게는 안 봤으면 하는 생각이 있었어요.

준호 당연하죠.

하민 끝까지 솔직했기 때문에 이상하게 볼 건 없었다고 생각을 했습니다.

정한 저는 개구리다를 처음에 오면서 생각했던 것이. 글이 더 잘 써지지 않을까라는 생각을 했었는데 오히려 그거랑 반대로 두 달 동안 글을 거의 못 썼어요. 시간이 없고 여유가 없어서도 맞지만. 처음으로 내 글이 못 썼다는 느낌을 많이 받았어요.
글이나 생각이 다 새로워서 영향을 많이 받았는데. 오히려 많이 쓰지는 못한 그런 두 달이었던 것 같아요. 생각이나 이런 게 성장도 많이 하고 사실 토요일 이 시간이 정말 골든 타임이잖아요. 친구를 만나서 밥을 먹을 수 있고 데이트를 할 수도 있고 술을 마실 수도 있고 아니면 놀러 갈 수도 있는 시간, 그 시간을 할애하고 두 달 동안 여기 왔는데 충분히 의미 있었다. 그렇게 말하고 싶습니다.

시원 과찬의 말씀이시네요.

정한 근데 글이 왜 안 써졌는지는 잘 모르겠어요. 두 달 동안

준호 인풋이 너무 많으면 소화가 안 될 때가 있거든요.

하민 맞아요.

준호 저도 어려운 책을 읽으면 그럴 때가 있는데 그런 순간이 아니었을까. 그러니까 평소에 잘 안 듣던 말들을 너무 많이 한 번에 듣다 보니까 그런 거지.

시원 아니면 열심히 읽어줄 사람이 있어서 그럴지도 몰라요.

정한 그런 걸까요?

시원 잘 쓰고 싶어서.

정한 맞아요. 그것도 맞는 말 같아.

준호 보여준다는 게 쉽지 않죠.

정한 말을 하는 거에 대해서 생각을 많이 해본 것 같아요. 친구들이랑 대화하는 거 말고 말을 할 때 내가 어떤 단어를 반복해서 사용하나. 뭔가 사실 이런 말을 많이 사용하고 있더라고요. 그런 포인트도 스스로 성찰할 수 있었고 또 말을 빨리하고 느리게 하고 이런 흐름도 말을 하면서 신경을 많이 썼던 것 같아요. 대화를 대화로써 생각할 수 있는 계기도 충분히 돼서 우정한 씨도 많이 만족했다 하십니다.

시원 처음에 말씀하신 그 막 '걸음걸이를 생각해 본다'와 비슷한 말인가요?

정한 그거랑 같은 맥락이었던 것 같아요.

하민 그리고 저는 늘 느꼈지만 여기 계신 분들은 전부 다 글을 너무 다 잘 쓰기 때문에 약간 제가 자신감이 높았는데. 여기 있으신 분들의 글을 보고 야 내가 이 정도야? 싶었네요.

시원 너무 박하신 것 같아요. 스스로에게.

준호 또 교수님께서 우리를 인정해 주셨으니까 또 우리는 어깨가 으쓱해지면 되지 않을까. 강 교수님의 영화 강의는 많이 못 실을 것 같아서 아쉽네요. 아주 유익하고 좋았는데.

하민 저는 절대 교수님이 아닙니다. 저는 하찮은 아마추어 퍼킹 아마추어이기 때문에

정한 전 처음에 왜 개구리다인지 몰랐거든요. 근데 처음에 왔을 때 시원 님이 초록 색깔 모자를 쓰고 흰 색깔이 있는 옷을 입고 바지도 카키색 비슷한 느낌이었잖아요?

하민 맞아

정한 그리고 뭔가 실루엣도 약간 개구리 같았어요. 그래서 개구리를 좋아하시고 개구리가 추구미 인가? 개구리 느낌이셔서 개구리다 지으신 거 아닌가 생각했었던 것 같아요.

시원 추구미가 개구리? 웃기다.

정한 진짜 실루엣이 그때 완전 개굴개굴-

준호 (쑥스럽게) 추구미가 개구리인 건 나긴 한데. 근데 그것도 벌써 두 달 전이네요.

하민 벌써 두 달이 됐군요.

준호 근데 그때도 더웠는데. 지금이 더 덥네. 말도 안 돼.

하민 시간이 참 **빠릅니다**.

준호	그래도 뭐든 마지막이 있는 거겠죠. 아직 편집이 많이 남았지만, 정규모임은 여기까지! 맥주나 때리러 갈까요, 정릉 맛집은 다가 봤는데. 이제 안 가본 게! 감자탕집이랑 정릉천의 꽃 야장. 어디가 맘에 드시나요.
하민	저 소신 발언을 하자면 감자탕 쪽이 화장실이 좀 더 잘 돼 있을 거라는 생각이 드네요.
준호	그러면 오늘의 주인공은 우정한이었으니까 우정한이 결정해 주시죠.
정한	형님 편하신 대로⋯.
하민	아니야 아니 아니 진짜 아네요.
정한	그러면 야장 한번 가시죠.
준호	아주 좋아요. 정릉의 맛이 있어야 해. 정릉 마지막인데.
시원	가시죠!

강하민

욕망은 자기 자신을 끝없이 시험하는 본능이다.
인간은 생각할 수 있기에 본능을 통제할 수 있고,
통제하지 못한 자들은 짐승과 다를 바 없는 취급을
하곤 했다.

욕망 역시 마찬가지라 생각한다.
우리를 당당하게 인간이라고 정의할 수 있는 이유는
스스로의 욕망을 이루기 위해 본능을 통제하며
원하는 바를 쟁취하기 위해 노력하기 때문 아닐까.

그렇기에 욕망의 크기에 따라 자신의 그릇 역시
시험해 볼 수 있다고 생각한다.

신준호

혐오스러워서 뜯어내고 싶은 것. 오른쪽 입가를 귀밑까지
올려 비웃는 것, 손이 부서질 때까지 방바닥을 때리는 것

…그러면서도 울면서 바짓 가랑이를 잡는 것.

채시원

욕망은 인간이 너무나 고귀해지는 것으로부터 인간을 보호한다.

인간이 사실은 동물이라는 사실을 깨닫게 한다.

관습이 만들어낸 위선으로부터 다시금 자유를 생각하게 한다.

인간이 너무 고귀해진 나머지 그 고귀함에 갇혀 버리는 것으로부터 인간을 구출해 낸다

이동엽

욕망이란 존재하지도 않는 것을 믿고선 갈망하는 일, 그로부터 비롯되는 끝없는 결핍과 충족의 순환이다.

이는 쓰러지고 있는 도미노에 다음 것을 계속 가져다 대는 일과 같다.

그 무지막지한 힘은 어디서 오는가?

추상을 현실처럼 받아들이는 1.4kg의 조그만 신경세포 덩어리가 모든 순환을 만들어낸다!

인간은 고귀함을 포기할 수 없기에 욕망이라는 쳇바퀴에 갇힌다.

아무렴 어때, 결국 쳇바퀴 속 다람쥐가 어떤 표정을 하고 있느냐가 중요한 것 아니겠어?

우정한

욕망은 어느새 밀려와 닿은 파도와 같다는 말에 공감한다.
욕망은 결핍과 그리움에서 출발하니
어떠한 감정과 경험이던 욕망의 기저가 될 것이다
그러니 우린 무엇이든 욕망할 수 있겠다

탐심을 **貪心**이 아닌 **探心** 으로 해석해도 재밌다

그러나 욕망을 그다지 믿진 않는다.

김소연

생각만으로도 피부 밑에 조용히 깔려있던 핏줄이
그밖으로 울긋불긋 나오며 작은 파동이 느껴지는 것이
욕망 아닐까
다시 말해 두들어서 보기 전까지 얌전히 나를 이루고 있던 것
이라고 생각했다
욕망이란 내게는 무서운 단어이자
쉽게 다가가지 못하게 만드는 힘이 있다
그러나
(개구리다) 우리의 '욕망' 대화를 통하여 새롭게
알게 된 사실이 있다

욕망이란, 우리의 모든 곳에 있다
나의 부족함을 채우기 위한 어떤 것이 아닌
나의 부족함도 욕망이 되었다
더는 무서워하지 않는다
더는 어려워하지 않는다
욕망은 우리를 나아가게 하는 힘이 있다
하나의 출발점이자 진행과정 그리고 끝맺음이다.

더 읽어보기

▼ 작가들의 미수록 에세이

▼ 독립출판 '개구리다'

욕망 - 바라기

1판 1쇄 발행 | 2025년 10월 31일

발행 | 개구리다
인스타그램 | @kkrt_frog
지은이 | 강하민, 김소연, 신준호, 우정한, 이동엽, 채시원
편집 | 신준호, 채시원
디자인 | 채시원

ISBN 979-11-989519-2-2 (03800)
값 15,000원

이 책의 내용을 이용하려면
저작권자와 개구리다 출판사의 동의를 받아야 합니다.
무단전재와 무단복제를 금합니다.